作者像

1942年摄于呈贡文庙

篠室

碎金文丛

浪迹十年之联大琐记

陈 达 著

2018 年·北京

图书在版编目(CIP)数据

浪迹十年之联大琐记/陈达著.—北京:商务印书馆,2013(2018.3重印)
(碎金文丛)
ISBN 978-7-100-09582-2

Ⅰ.①浪… Ⅱ.①陈… Ⅲ.①随笔－作品集－中国－现代 Ⅳ.①I266.1

中国版本图书馆CIP数据核字(2012)第246013号

权利保留,侵权必究。

碎金文丛
浪迹十年之联大琐记
陈 达 著

商 务 印 书 馆 出 版
(北京王府井大街36号 邮政编码100710)
商 务 印 书 馆 发 行
北 京 冠 中 印 刷 厂 印 刷
ISBN 978-7-100-09582-2

2013年10月第1版 开本787×1092 1/32
2018年3月北京第3次印刷 印张11⅝ 插页2
定价:36.00元

出版说明

　　学问一事，见微而知著，虽片言鳞爪，却浑然一体。及今观之，札记、书信、日记等传统书写方式，更是散发出无定向、碎片化的后现代气息。钱锺书先生便将自己的读书笔记题为"碎金"，凸显其特殊的价值。

　　文丛取名"碎金"，意在辑零碎而显真知，并与"中华现代学术名著丛书"相映衬。丛书所录，非为诸名家正襟危坐写就的学术著作，而是其随性挥洒或点滴积累的小品文章。分为治学随笔、学林散记、日记书信与口述自传等系列，多为后人精心整理或坊间经年未见的佳作。希望这些短小而精美、灵性而深邃、言简而隽永的吉光片羽，能帮助读者领略名家学者的点滴妙悟、雅趣文字，一窥学术经典背后的丰富人生。

商务印书馆编辑部

目 录

序 ··· 1
第一章 卢沟桥事变 ·· 5
    一、告别清华园 ·· 5
    二、《南洋华侨与闽粤社会》 ······································ 8
    三、南华迁民社区 ··· 9
    四、由北平到长沙 ··· 10
    五、长沙临时大学 ··· 15
    六、由长沙到昆明 ··· 19
第二章 战时的云南 ··· 23
    一、昆明及附廓 ··· 23
    二、蒙自 ·· 30
    三、抗战杂纂 ··· 35
    四、西南联大与社会学系 ··· 57
    五、旅行与调查 ··· 72
    六、观感偶记 ··· 93

第三章 呈贡的见闻 ·········· 139
　一、民风与节令 ·········· 139
　二、生活一般 ············ 153
　三、国情普查研究所 ······ 188
　四、读书随笔 ············ 210
第四章 抗战建国 ·········· 257
　一、全国主计会议 ········ 258
　二、内政部各省市户籍干部人员训练班 ········ 270
　三、云南环湖市县户籍示范实施委员会 ········ 291
　四、人口政策研究委员会 ·· 331
　五、全国社会行政会议 ···· 334
　六、中央训练团党政高级班 · 347
　七、社会部社会政策会议 ·· 351

序

在以往十年里，我的生活过程中，遭遇着极重要而稀罕的事变。其最显明的，便是驻华日军在卢沟桥的挑衅，酿成中日之战，随后演变为第二次世界大战。这件非常之事，对于我发生了繁杂而难以形容的影响。不说别的，单讲我国抗战开始的时候，我刚是四十有零的壮年。而今白发频添，精神渐衰；虽尚非是老者，但体力、毅力与记忆力，已远不如当年。抗战不是使我衰老的原因，因没有战争我亦是要衰老的，但抗战确实催我衰老，使我衰老得更快。所以在抗战期间，我个人如何生活，是值得分析的，因为由此可以反映出来许多和我相似的个人，或和我相异的个人。具体说来，在抗战期间，我的心情如何？工作如何？对于抗战的反应如何？对于社会的观感如何？对于我国建设的期望如何？见解如何？

为要解答前述的问题，或不胜列举的其他问题，理应有比较详尽的记述。记述的方式可以有下列数种：（一）自传：我还是中年以上的人，不想在这个时候，片段地叙述自己的生活。（二）回忆录（Reminiscences）：英美有些人士，关于追述过去的经验与事实，往往利用此法。（三）有些人把生活与自己的工作，在同一书内夹叙，例如美国社会学前辈，柯立教授（Charles H. Coeley: *Student and Life*）。（四）德国人有时采用一种通俗而随便的撰著，作关于"研究旅行"（Studienreise）的叙述，内中旅行的成分多，研究的成分可多可少。上述数种，我也有局部采用的，但没有纯粹地采用哪一种。我的最后决定，是用本书的方式，分章与节及目。分节的标准或用地域或按题目的性质。节下有目，记载较详的事情，大致依时期排列先后的次序。目与目之间有时没有系统的关系。一章之中亦往往缺乏严谨的组织。就本书的书名视之，仿佛是一种小品文的著作，细察其内容实是叙述我的见闻、我的观感、我的工作、我的思想。用随便的文笔，松懈的组织，说些我要讲的话，记些我认为有趣或值得注意的事物。我所见的东西如风土人情；我所遭遇的社会境地如讨论会；我所接触的人物如苏联劳工，或云南乡民，往往随笔写出。有些事情是琐碎的，是无关宏旨的，但亦有比较重要的事实。无论如何，我将所见所闻与所想到的，随时记下，盼望有些资料或可供参考与研究用的。

我既打算将所见所闻与所想到的随时记下，其最方便的文体莫如笔记。我从小就学习做笔记，到如今还保存此习惯。我在阅书或旅行的时候，大致带笔与纸，预备随心所欲，抄记任何项目。俗语云"好记性不如烂笔头"，我在少年时，记性固然不坏，且笔是甚勤的。这部书的材料，大部分系依赖勤于笔而集成的，事无巨细，兴到即记。我认为笔记是最随便的文体，利于记述事物，表达思想。

因为我是社会学学生，凡是我所注意的人与事、人与人的关系、人与事的关系、事与事的关系，往往含有社会学的意味。我的观察与思想，有时候不知不觉地入于社会学的领域。本书所记的在有许多方面，可以灌输社会学的知识。不过这些知识，亦是无系统的，无组织的，不像是教科书那样的机械与庄重。

我所叙述的，有许多诚然是琐碎的事情，但人的生活里，有很大的部分是由琐事累积的，例如衣食住及日常的活动。对于这些事件我们要能够观察，观察时要能利用五官的全部或若干部分，观察时要能减少错误。第二要能将所观察的，随时随地记录下来，记时要力求与所观察的结果相符，并且力求正确，避免偏见。如果不记，有许多事物，就变成过眼的云烟，不留痕迹，以后再无研究的机会。如果记得不够详尽，对于叙述或立论，有时得不着可靠的根据。第三要能了解这些记录的意义，要能解释所观察的现象及所记录的事实。如能做到这一步，结论原理与哲学俱可演绎出来，且可提高其准确性，因为他们是根据于事实的。所以有许多少年，阅读本书之后，应该可以得着些训练，这些训练，是实证社会学的初步。

本书所包括的材料，始于民国二十三年八月，止于民国三十四年四月，共为十年又九个月。最初四章叙述我在闽粤与南洋的旅行。第五章讨论欧洲旅行中的苏联部分，余稿业已散失。自第六章起，其内容俱是描写抗战期间我的生活、工作与感想。*

第九章（抗战建国）内第四图（昆阳县夷人捉野鸡）及第五图（昆阳县妇女背物），系老友孙福熙（春苔）兄所画的，特此声明并志谢。

民国三十四年八月十四日（日本投降后四日）
陈达序于云南呈贡县文庙

---

* 第一章至第五章另结集为《浪迹十年之行旅记闻》。——编者注

第一章　卢沟桥事变

一、告别清华园

民国二十六年七月二十七日午饭后，余照常往清华大学图书馆地下层个人书房工作。四时接内人电话，促即归家。余时方起草英文新书，名曰 *Emigrant Communities in South China*，正拟稿至第五章"妇女的社会地位"节，忽听电话，搁笔，匆匆回家。内人曰："西园今日下午有三辆汽车入城，二大一小，大半的邻居都搬入北平去了。听说今日的风声甚紧。"余曰："你们如觉得胆小，我们也不妨进城去。"说着收拾行李，置于两手提皮箧之内，预备雇小汽车，无应者。五时半，有一熟车从北平返校，经西园门口，余等一跃登车。即余夫妇、旭人、旭都、旭清及傅妈，留赵妈在西园 35 号寓所看家。本晚宿北平骑河楼

39号清华同学会宿舍。

二十八日清晨三时惊醒，闻炮声，自北平西南角近郊传来。校工老槐来报信："听说敌人要放毒气，快用酸醋洗鼻孔。"余等睡梦半醒，听此言似乎将信将疑，亦未深究。天明即起床，进早点后，余步行至米市大街青年会，预备坐公共汽车返清华，继续撰述前书。但西直门已闭，公共汽车业已禁止通行。

二十八日晨五时许，敌机炸北平西直门外西苑兵营，此兵营靠近颐和园，离燕京大学约二里，离清华西园约二里半。炸弹下来时，燕南园与清华西园住宅的玻璃窗俱震动。留在清华的同人们，照预定计划分别在图书馆、大礼堂及科学馆的地下室暂避，妇孺们受惊后有啼哭者。

北平天空可以看见敌机，北平市内随时可闻枪声与炮声。二十八日下午，有敌机一架低飞向西，过景山时用机枪扫射，但未伤人。

谣言甚多，人心惶惶。清华同学会内充满了由清华园搬来的同学们。游艺室与会客室变作临时寝室，饭桌和台球桌作为卧床。敌人的便衣队，偶尔入内打听动静。

余夫妇觉得同学会秩序渐乱，于七月三十一日迁入西长安街中央饭店。八月三日，敌军整队开入北平市，自西长安街至东长安街，沿街布满骑兵、步兵、坦克车、各种炮及机枪等。司令官以日语演说，余立在中央饭店二层楼看台，呆若木鸡，心中若有所思，若无所思。街上满站日本兵，演说者即在东交民巷出口的空地，余虽未能听清演语，但眼看敌人占领故都，自然心乱如麻，有哭笑不得的情景。

听说中央饭店是法人（天主教）的产业，系中国人的营业，未有日籍房客。隔壁长安饭店却有日人住客20余人，南河沿有一公寓，日籍房客约占四分之一。卢沟桥事变前两星期即是如此。

熊迪之夫人住于北京饭店（法人营业），即在中央饭店近旁。一日约余等同往清华园，乃西直门开放的第二日。燕京大学门口有日兵，搜检行人。清华园大门口有日军官来搜校警所用的来福枪，并搜同人等私有猎枪（包括鸟枪与来福枪）。余夫妇至西园寓所一看。因日军官不许运行李，未携物即返北平。

八月十四日迁东总布胡同草厂小门9号，因房东吸食鸦片，我们感觉不便，于九月十日迁大方家胡同芳嘉园火神庙9号，由同级友凌幼华兄之介绍，租得此宅。余等才由清华园搬运家具杂物至此。有人劝我们不必搬物，因秩序已乱，人心不宁，家具及家用物品卖价甚低，但运费甚高：人力车每辆自清华园至西直门5元，驴车每辆自15

元至 20 元。旭都入育英中学初中一年级，校址在灯市口，每日早出晚归。旭人在燕京大学借读，入经济系二年级，住于燕大宿舍，入城时坐燕大公共汽车。旭人已在南开大学经济系修满一年，南开校舍被敌人炸毁，继之以焚烧。旭人所有书籍及行李衣服，存校者俱付一炬。

日复一日，昏沉地度过去。战事的消息，大半于我国不利。敌人攻下一大市后，辄在北平报纸上宣传，并强迫中学生及小学生结队庆祝敌人的胜利。余心中懊丧、忧惧、愤慨，终日无所动作。即不想做事，亦不能做事。觉得坐立不安，情绪万端而已。

二、《南洋华侨与闽粤社会》

《南洋华侨与闽粤社会》一书已于五月一日脱稿，其一部分连同目录，寄上海商务印书馆审查。六月初商务与余签定承印合同，并嘱将稿交北平京华书局排印。卢沟桥事变起后，时局不靖，生意冷淡，该局裁汰员工，将印刷事搁起，十月末，秩序渐复，余一日路过虎坊桥，往访经理张雄飞先生，蒙允即日排印，制纸版，余允加紧校对。是时余家已迁住火神庙9号，余继续起草英文稿本，于空闲校对中文稿，稿子随到随校，从无耽误，印书局方面，亦集中排印工人，加紧工作；全书323面，于十三日内排完。余将稿中重要错误更正，文字亦略加润饰。关于精详的校对，托付老友吴文藻兄（燕大社会系教授）及老同事倪因心兄（清华社会系助教）。倪君是本研究得力助手之一，于本书内容知之最谙。余于十一月十日离北平，前一日将全书排好的初稿阅读一遍。

十一月九日因心兄来寓，襄助校对中文稿毕，把我的行李分送到东交民巷某洋行（那里面有书籍及稿件，不愿受日人检查者）及铁路局并买好火车票。晚饭后余夫妇到凌幼华兄住所告辞。明日余上火车时并未通知亲友，仅因心兄在火车上略谈辞去。车即开行。

余于宣统三年考入清华学校之后（当时称为游美预备学校），在清华肄业约五年。民国五年毕业，即赴美游学，民国十二年返国，即应清华之聘，任教社会学，乃于是年九月由杭携眷往北平，中间余虽数次暂离北平，但眷属却在北平常住。此次余个人离平，距家眷来时十四年又两个月。

三、南华迁民社区

《南洋华侨与闽粤社会》一书脱稿后，余即继续撰著英文书，此书的内容与组织，并未完全与前书相似，后书即称"南华迁民社区"（*Emigrant Communities in South China*, Shanghai, Kelly and Walsh, 1939, New York,

1940），自民国二十六年六月一日起，余即忙里偷闲，在清华图书馆地下层个人书房起稿。按多年的习惯，余的夏季工作时间，为自晨七时至下午六时，中间须除午餐及餐后小睡，偶尔有运动如游泳之类。日日如此，虽遇星期日，亦工作不断。余撰此书时每隔十日钓鱼一次，每次约三小时，此外甚少其他消遣。七月二十七日下午因卢沟桥情形紧张，携家入北平，停笔。八月末，北平火神庙寓所租定，余亦心神渐安。某日往清华图书馆书房探望。稿在案头，笔在架上，正如四星期前余搁笔时情形。乃将全稿带回北平，自九月中旬起，继续拟稿。约因心兄及姚寿春君相助。因心组织及分析一部分的调查材料，姚君任打字员。余延长工作时间，每晚约加工作三小时，至十一月五日，初稿完成。太平洋学会研究干事荷兰德先生（William Holland）时客北平已将一月，余将打好的稿件，按日陆续交给其书记。余十一月十日离平时，英文全稿已交去，但有些部分尚未修改，有些材料尚未加入。

四、由北平到长沙

由北平至天津的火车，其快车平常须用二小时半，此次约行四小时半（十一月十日下午四时半开，八时二十分到），因兵车甚多，沿途停车。天津租界内人满为患，邻近乡村的殷富住户相竞迁来避难。旅馆、饭铺及娱乐场，生意特好。十一月十二日下午四时，由津乘拖轮至塘沽上轮船，夜十二时到。此短距离行李运费每件国币一元，比平时约高一倍余。太古盛京轮船客满，票价自津至申房舱45元，比平时贵一倍半。十三日下午四时轮开，十四日晨六时半到烟台，下午二时到威海，十五日晨六时至青岛。青岛表面看不出紧张的情形，以往三星期内并无日本飞机闯入市空，市内中山路一带的日本商店，俱闭门，并贴有市政府日领馆共署名的封条。至青岛时余有六件行李托旅行社运至长沙。同人有在青岛起岸者，准备由陇海路往汉口转长沙。青岛生意平淡，人心不宁。我国驻军与警察，防卫颇严。轮船于十六日晨六时驶出口外，见日本军舰二艘，停泊海中。是日下午五时三刻余站在甲板上，时此轮已入黑水洋，天雨，忽来一大浪，湿透余的帽袜鞋及西装大衣的一部。在余旅行津申的经验中，以此次风浪为最大。

十七日下午二时船到达上海，码头上人山人海，有些是挑夫，但大部分是望眼欲穿来接船上客人的亲友。内弟姚匊珊，因得余津电来接。余于人群中挤出，失去钱囊一，并钞银30元。上岸后余至中国旅行社探听消息，据说明晚尚有一轮，开往南通州。余改变旅行计划，放弃由申乘轮至香港，由港坐飞机至长沙的办法。十八日晚即在该轮守候。上轮送行者有朱仲梁、向明思及姚匊珊。上海租界内人口拥挤，物价昂贵，每人每次限买米一元，肉每元可买一斤四两，青菜每斤价960文（每元3000文）。十九日侵晨旅客尚蜂拥而来，是时轮上已无隙地。前夜在街上行走，见有若干处废垣断瓦，浦江东岸，有数处尚在燃烧中。新北京轮于十九日晨十时开出。在恒丰、永安、大中华纱厂的房屋上，可见弹痕。日本邮船会社亦一部分被毁。轮过狼山、福山，见日本军舰及运输舰七八十艘。六小时后即与我方岸上陆军开火。十九日下午五时轮抵通州天生港，用拖轮搬行李，天黑时改用大号货船，满载千余人（是日到埠共四轮，约七千人），在小港中行三里。上岸雇汽车二，由同行者六人分乘之。到唐家闸，旅馆俱告客满，在乡人家住宿，有床，但需自备被褥，每人付一元五角，二人同床。第二日有小轮一艘，驶往镇江。余得信，晨五时起，见天生港边候轮人及难民，排列至五里以外，乃改变方针，同行者知怡和公司英职员有小汽船往口岸，并有装行李的二拖船同行。余等与船夫私约，每人付十元，在拖船内，借一席地，当私货运走。船未开时，船夫叮嘱大家，切勿漏头，免被英籍主人责难或阻挠。船开后，我们偶尔伸首出船篷吸新鲜空气。小汽船在小河及运河驶行。河身有时与岸平,有时较低,不能见河面。岸旁即菜园、豆麦田与桑地。远望帆船迎面来时,如航行在菜园及桑地中。二十日晚八时半到海安,宿于有斐旅馆。二十一日晨七时三刻开船,距口岸尚有一半路程计156里,经泰州,于下午六时到口岸,即上太古黄浦轮,晚八时开。十一月二十日晨七时半到镇江,余上岸买些食物,划子摆一渡每人收费二元五角。街上行人甚少,店铺闭门者十分之八。余问店伙:"何故?"答曰:"有警报。"自卢沟桥事变以来,余尚未听过警报。

上海开战以后,自口岸至汉口,上驶的轮船,仅余黄浦轮一艘,余等由小船拨上此轮,离开行时仅二小时。好在余只有手提皮箱二件,实系预备坐飞机的行李。船上舱位全无,同行者有一苏州人,认识一茶房,系在官舱供职者,急趋前认同乡。此人与余同睡一长椅,每人出30元。二十三日下午一时黄浦轮离镇江,晚七时半到南京,由南京至汉口水路16站,每站90里。南京下水50里,在江面南岸有龙潭,是江面最狭处,宽约仅250码。听说政府预备在此地沉船封锁。江南岸近边即有绵延的山脉。但俱不甚高。

二十四日晨八时到芜湖,为避免旅客上船,轮不开门,但上船者人数尚不少。男女旅客或攀绳或绕竹竿而下。芜湖的草橘一角可买四个，咸鸭蛋一角三个，夜一时到安庆，轮未开门。

二十五日晨八时过小孤山，此地可遥望及大孤山，江面宽约1英里。晨十时到湖口，距九江仅65里，夜二时轮抵黄冈。

二十六日晨十时到汉口余与同行者三人寻旅馆，半小时内到六家询问，俱报人满。同日到埠的轮船，俱由上海或南京上驶，共载旅客及难民一万余人，据说近一星期来每日如此。余自购军用床一，即住于吴至信君的办公室中。

二十七日余往汉口旅行社定车票往长沙，因军事的需要，火车仅足运兵及军用品，四日以来未卖客票。欧亚飞机亦于一个月后才有座位。发北平家中电一通，报平安，由天津清华同学会转交（后知家中未接此电）。

二十八日在路上遇见刘驭万兄，告以政府有公务员专车往长沙，蒙介绍乘此车，余入车长办公车，见其内挤满车人，政府官员的家属、难民及行李，车内无立足之地。下午二时车开，全系铁篷车，无座位，余用手提皮箱当凳，但亦不敢长坐，因这是余前数年在巴黎买的纸皮箱。车行21小时（平常约13小时）到长沙，时为二十九日晨十一时。当车抵蒲圻时，饥甚，在站买热馄饨一碗，方吃完六个，汽笛即长鸣。立刻跳上火车。

圣经学校离火车站不到半里，余因不认识路，下火车后，却步行五里到北门麻园岭清华办事处访潘仲昂兄，买物后到圣经学校（2楼29号）自己卧室。行李甫安置妥帖，友好即约余沿车站散步，并述两日前敌机轰炸车站事，某君曰："当时敌机下弹两枚，我见黑物，慢慢自机身下坠。站边有一家正办喜事，新郎新娘俱被炸死。"车站未被炸，但近旁民房中弹者甚多。余见一坑，深约一丈，圆径逾二丈，是余第一次看见炸弹的破坏工作。圣经学校某友的寝室，窗中有玻璃两块被震下。

五、长沙临时大学

北京大学、南开与清华，奉教育部命合组临时大学，在长沙上课，以圣经学校为校址。余于十一月三十日到长沙，十二月二日起上课，授劳工及人口两门。余到校较晚，离开学已一月有余。有少数教师与学生，尚有后余而至者。书籍与科学设备俱感缺乏，但教师与学生精神焕发。以人数论，清华的教师最多，全校教职员的三分之二已到长沙，学生近700人。北大教职员到者一半，学生约400人。南开最少，有教职员10余，学生约100人。

一般学生在校内公共食堂用餐，每人每月9元，荤素各菜比较丰富，胜于北平清华园的包饭。教师们或与学生同餐，或组饭团。每人每月用到15元，算是最多的了。

长沙多雨，因此菜类容易生长，菜园甚多，路旁篱笆内常见绿荫遍地，所栽植者系各项蔬菜。水果种类多而价廉，橘子多核而味甘。湘江鱼虾极富，鱼店及鱼摊售卖大小鱼类多种，往往是活的。我们用饭时，几乎每餐多有鲜鱼。

长沙的人力车夫，拉车时一步一步地踯躅而行，不慌不忙地走去。我们有时替他担忧，恐他永久不能到达目的地。慢行的车夫，于交通虽不利，于健康的维持却毫无问题了。

长沙有许多街名，饶有诗意，不知是何人命名的，例如"菜根香"、"又一村"、"百花深处"、"平地一声雷"是。名雅而实不符，因市上马路甚少，街道大致狭隘，且多污秽。虽与民国十四年余初次到长沙时相比，有些街道业已加宽，但一般说来，尚欠平坦。普通的街道用石板砌成，每石长约四尺宽二尺，用来横铺，这些是较好的街，如八角亭一带。冷静处与僻巷，或用碎石铺路，或是泥路。

本地人说，冬天雨少，因为不是雨季。但我们所得的印象是：三日到有两日雨。温度并非太低，不过因有高度的湿气，使人感觉寒冷刺骨。余卧室中用炭缸一，缸用窑泥做成，圆径二尺，深三尺，缸的外周以蓝色油涂之，缸底先垫稻草灰，上烧木炭。热度颇高，但炭养二往往可以充满室内，如不开窗，容易使人窒息。友人中有因此患头痛或呕吐者。居民在雨天，常在室中，少外出，少见阳光，对于身体的发育，难免受着不良的影响。

出长沙城渡湘江可至岳麓山，湖南大学所在地，校址与旧岳麓书院相近。过小山二，到清华农业研究所，所址三面环山，一面是湘江，江离所约有三里。四屋已成，惜皆在山脚，不透风。疑在盛夏时，因水风吹不到，气候又潮湿，决难居住。

岳麓山古迹，前人已有记述，兹不赘。有一事因与近年我国社会运动有关，略述于下：当共产党逼近长沙时，驻军在山旁布置战垒与岗位，其余迹的一部，今尚可见。

过长沙浏阳门时，心中有所感触：民国十一年长沙华实公司工人罢工，领袖黄爱、庞人铨被斩于浏阳门外。此次罢工，为我国工人们有组织的开端，目前国内工人纪念五一节时，有许多工会往往追述黄庞的惨事。

长沙的农夫和工人，甚少看见穿破衣服者，假如拿此来做区别贫富的标准之一，我们似乎可以说，湖南是比较富庶的省份。

前线战事仿佛于我国不利，伤兵到长沙者渐多。一日在湘雅医院后首坟地边遇一两手受伤之兵求余援助，余取钱袋中所有的毫洋尽与之。伤兵似尚嫌不够,自言自语以去。

张治中主席一日到大学演讲云:"我个人有守土之责,坚决地要维持长沙。假如有人感觉生命危险,要想找一条安全之路,我将对他说:'最安全之路莫如跳入湘江!'"

警报常有,但因长沙时常阴雨,敌机未来。每遇警报,教师与学生避于圣经学校地下室。平人心骚乱,特别是雨天,一人困守卧室中,百无聊赖。有时忧现局,有时思家。一日余接北转来一电报(由美领事署转来),说内人盼望于余到长沙后拍电回家。实际余到汉口时已电北平,此电发出后一月又六日,家人尚未接电,后知此电业已遗失。

余自青岛托旅行社运行李六件至长沙,已六星期尚未到,遂亲到汉口去查。是时火车不分等级,亦无饭车,车上并无茶房,旅客尽作三等客,余在长沙上车后,经27小时才到汉口。

前线逃出的难民,述敌人残暴有足记者:(1)无锡有日兵一名到某米店买米五斗,付日币一枚。店伙以示经理知为日币五分。经理往告日司令部。日军官曰:"破坏皇军名誉,打军棍20下。"(2)南京有母女二人,逃入乡村,不得食已一日。女14岁,在路旁采菜,日兵三人遇见,拥之以去。母跪求,被刺死。

六、由长沙到昆明

学校当局觉得长沙不稳，决定迁昆明，与铁路局商包专车。余坐粤汉路通车以后第一次的二等专车，同行有眷属者约有10家及单身者30人，余等四人同房，内有马约翰先生、王化成先生。一月二十七日离长沙。粤汉路新通车，自长沙至广州，约须40小时。三等车亦有卧车，价廉而相当安适，二等车的设备胜于津浦路的蓝钢车，风景最佳处在湖南与广东边界，沿砰石、乐山的一段长约100公里，此处火车沿山及河而行。无高山，但山上俱有树，河水青绿，并弯曲，火车行时，车上的人看不到前面是河还是平地。砰石相传为太平天国石达开扎营之处，离站近处，有小山，地势崎岖。余等入内游玩，心境甚乐。

抵广州站，方值警报，匆忙中往爱群酒店。举首四望，见有许多高楼，多以篾篷围之。篾篷置于房的最高层，是否借此避轰炸？殊难索解。多处有高射炮，敌机飞过市空时，可闻炮声，有时可见火光。一日内常有警报几次，居民已渐惯常，警报解除后，商店照常营业。时值旧历年节，某夜，余等经过旧十三行街。余买得送灶用神及花纸，插于呢帽上，戴帽行街中，环观者甚众。有些少年跟我走。一本地人用广州语曰："此人莫非疯了罢！"

友人杨润玉和我同乘汽车往岭南大学，驱车过珠江桥。余上次到广州时，此桥尚未完成。惜岭南二友俱已迁往香港，不遇而归。余因《南洋华侨与闽粤社会》书中，关于食品名称尚须有补充的材料，故往访之。第二日又游中山大学新校址。校内已无教师及学生，因校舍近飞机场，敌机已来炸四次，但校舍未受重大损失。

广州人心虽现不安，但商业与金融尚照常。国币一元，兑换毫洋一元四角四分（钞银）。余到香港后住六国饭店，等汉口寄来的护照，才能买船票至海防。香港各事如平常，惟有人满之患，旅馆房价约高三分之一。港币一元可换国币一元六分。西贡纸一元可换国币一元三分。

余将书箱三件，寄存香港大学许地山兄处，在港第七日购得法国轮广东号二等船票一张，同行者约十余人。蒋梦麟先生因旅馆伙计误将行李送到太古轮广东号，到船开时，尚无行李。船将开时水上警察来查行李，其目的是查鸦片或军器。旅客为贪方便，有时给予酒钱免验。这些酒钱视同贿赂，华人与英人分润。查毕，英籍警察照例来问旅客："各事如意，没有人生气吗？"余对自己云："可惜没有人掏腰包，因我们的行李，可以尽量地让你们查验呢！"

广东轮甚小，过琼州海峡时风浪颇大，茶房多呕吐，约翰先生亦吐。在二等舱的朋友,只有徐锡良兄与余饮食如常。到海防时,法国海关职员,因我们是大学教师,对于检查行李很轻松地放过。天然客栈的跑外说:"坐在人力车上,要把帽子拿在手里,防土人来抢走呵!"海防是一个海口,生意很清淡,客亦不多。广州人在此地经商者较多,连土人亦会说几句广州语。

滇越铁路称为世界名胜铁路之一,法属部分长400公里,云南部分长465公里。风景在自河口至开远中间。自河口往北,地势渐高,山岭层叠。自河口至昆明共有山洞257个,共长15英里。全线工程始于1900年,10年后才完成。云南因有高原与平原,气候不一,各种果木与花草俱易滋生,据说欧洲全洲的树果与花草,云南都有。河口海拔约200米突,昆明则为1896米突,铁路所经的区域,从前可说是不毛之地,目前尚属人烟稀少。有些地方分明是夷人的居处,这由车站的定名,可以看出来的,例如腊哈底、糯珠、獭迷珠等。

滇越车上所见的汉文告示,足以代表30年前洋式的中文。当时的政府学校及商号,大致以重价物色通洋文的人才。识洋文者,亦仅恃粗通洋文,即能谋事,不必研究中文,因此一般的译文(西译中或中译西),非特文字欠清顺,有时连意义都十分难懂。滇越客车中的汉文告示,

是法文的译文,有些文句不似汉文,摘录如下:

> 通告赶车客人,所有禁止各条如下:(一)没有客票禁止上车,又禁止坐车高于票上所定等级,不能躐等。又他人业已指定之座位亦禁止争坐。(二)禁止由他处上车或下车,除非由办公执事人上下之一面方可。(三)禁止过由此车到彼车内,除非由一定的过道。禁止坐在上车之脚梯凳上,及脚伸出车子外头。禁止坐在不准客人坐之位,并禁止在所有格外用处之车格内坐。(四)禁止上车或下车,如车未曾停止。(五)禁止饮酒已醉之人赶车。(六)禁止在车上呼吸鸦片烟。(七)禁止上车若携带装有码子之军火枪械。(八)禁止抛掷在铁路上玻璃瓶子及各样能阻碍铁路上行走公司人之物件均禁止抛掷。
>
> 凡客人坐车若公司人员询问必须呈票与查验。又凡关系客车并车站安妥及巡警之事客人等应当以公司人员之命令为遵从(滇越铁路法国公司告白)。

第二章 战时的云南

一、昆明及附廓

民国二十七年二月十五日抵昆明，甫下车，熊迪之兄约余等往云南大学暂住，并为雇人力车，自车站至东陆大学（现称云南大学），每辆二元五角（国币二角五分）。客厅变作临时寝室，七人同房，即马约翰、孙晓梦、张豫生、施嘉炀、饶树人、王化成及余。恢复学生生活，用木板垫床，磁盆洗脸。房中虽有电灯，光小于大号洋烛，夜间离灯一丈即不能阅读新闻纸，且三日中必有一日是电灯出毛病的。余等俱在大学厨房包饭，每人每月九元，菜的量与质约等于长沙十二元的饭食。最好的东调米每石八元五角，重120斤，猪肉每斤二角五分，牛羊肉价减半，鸡蛋每元可买90个，豆芽每斤五分，苦菜白菜等价相若，每餐有苦菜汤。如一碗喝完，可再添一碗，每餐可添数次。余笑曰："苦菜是昆明文化的一部。"苦菜在外省称芥菜，味稍苦，长茎大叶，因昆明气候温和，一年中除夏日外，多可吃苦菜，霜降后味甘。每棵大者约五斤。我们住了一月，未曾吃鱼，友人戏谓曰："此地鱼价必较贵。"邻桌有云大庶务员某君闻此语，第二日余等即吃鱼，问其价与猪肉仿佛。本地人不喜吃鱼，其主因在不会烹调，并非因鱼价高贵。

校役一人，侍候熊校长（住在我们楼上）及余等七人。此役即是我的昆明话教师。最先惹起注意的是下列两句："你家姓哪一样？""是了吗？"

昆明人有晚起的普遍习惯。正义路上每晨到十一时，有许多店门只开一扇，内有人洗脸刷牙。有一日我到昆华图书馆阅览室，时已十一时半，阅书者连余仅三人。

某晚约九时，余经过云南大学会泽院，闻地下室有人吸水烟，入内，遇见工人十余，有卧者，有坐者，轮流吸鸦片烟。余问曰："鸦片烟能提精神么？"有人答曰："先生，要不得。我们越吸越瘦了呢！"鸦片烟影响吸者的健康，此人亦能领会。

圆通公园

我们静待学校开学，整日无事，在昆明及邻近乘闲游览名胜。昆明圆通公园石壁有诗云："铁笔蜷然拥绀宫，曲崖石蹬穿玲珑，何年脱下苍龙骨？至今麟甲生秋风。"隆庆壬申李元阳题，意义深沉，但末句平仄似不符。圆通公园内"衲霞屏"三字，沈阳范承勋题于螺峰之壁，时康熙己巳年。

昆明有许多公共建筑，显明地受我国他处的影响。衙门、孔庙、祠堂、佛殿等是。私人住宅亦有三合房、四合房和北平相似的式样；但木工、瓦工、绘画师及一切的手艺人，技术甚粗。并且所用的原料，如木石砖瓦，亦较逊于外省同样的建筑。

金殿

三月三日游金殿，出东门沿汽车路行去，约七公里余始至。我的人力车夫最先走，在半路被同游者一个一个地赶上去，不久车夫停车，囊中取物向茶馆索开水。余对自己说曰："吞鸦片烟泡。"金殿在鸡足山，半山有树，上山时见"三天门"大字，万历壬寅题，据殿内一碑云："鸣凤山一名鹦鹉，明万历壬寅道士徐正元叩请陈用宾仿湖广武当山七十二峰之中峰修筑，紫禁城铸铜为殿，俱真武祖师全身，名曰'太和宫'，仿武当山中峰宫名也。"真武祖师即元帝天乙之精，陈用宾明万历时为云南巡抚。至崇祯十年巡抚张凤翮移太和宫鸡足山，康熙九年、光绪三十一年、民国二十一年各重修一次。殿内有匾曰"仁威之殿"，康熙丁卯范承勋题。周永沣有长联曰："铜瓦一殿，岿若武当，此地升香同享帝；铁壁诸关，屹然腾越，前代筹边大有人。"殿有铜柱一，高二丈，顶上以石盖之，柱上有十二字，每字以铜刻出圆形径约一尺，文云："风调雨顺，国泰民安，天下太平。"每字相隔约半尺。

温泉

三月七日游温泉，温泉村在安宁县，离昆明约40公里，公共汽车每人一元五角。"安宁临溪泉"，陈大宾题。时在隆庆戊辰。"天下第一汤"内有一匾曰："太和元气"，丙申抚滇使者袁平甘国璧。碧玉泉墓碑旁，傅恩荣有联云："地多灵水石，人或古衣冠。"

离温泉不及半里，有山洞、灵岩等处，题咏甚多，例如九曲龙窝（万历戊午岭南斗野书），飞岩（丁丑陈树藩），珍龙玉（范承勋），两间傲骨（康熙甲戌工党乌声），不可不饮（杨升庵），磊落存天地，崚嶒自古今（安宁张琴），就中含有诗意者推下列题词：醒石（崇祯）梦石醉石及到阮误处（康熙戊子樊经书山）。

云岩的一部是钟乳洞，有人题词云："洞有钟乳，石水涓涓下滴，拭目明亮，若盛以烹药为效更速。离数尺有石笋，其顶亦有水，内则幽邃莫测，不能复入。"

灵岩临小溪，过溪即云涛寺。陈宏谋有匾曰"英风千古"（雍正乙卯年）。

离灵岩约半里，有火龙庙，庙内壁间石刻，有先王先帝考，其文云：

> 按蒙段志曰，东汉时苏文达者，于光武建武丙辰岁，随伏波将军南讨交趾。次二年戊午年十一月庚子，伏波班师，公瘴发，不能行。即疾愈，不得归，遂为散人。游荡至明帝承平庚午岁，通滇过新罗邑，与郡主阿树罗为友。公与郡主阿树罗逐日巡登山游畋，遇冬时常见此山门中白气腾空。公笑曰：怪矣哉。使人搜寻，见茂草中温泉流溢。回报曰：此山麓若有温泉焉。公往视之，喜，于是乎修平凿开浴之，甚美，覆屋于上，后公疾发，遂终于此。树罗立庙祠之，题曰先王祠，至唐贞观五年，僧敬德重修。蒙段时公显化于螳川，段信苴智表章封为先王。修祠享祀，配以龙王，迄元世祖封其子忽哥赤为云南王，公复显灵，迄成宗大德丁酉岁，左右司郎中卜花奏封为帝，不允。至顺帝至元辛巳岁，兵乱，公阴助神兵，卜达后奏封为先帝，允之。至正五年，帖木儿重修书匾。明朝永乐四年，郡人李受再修敬录。康熙甲子仲夏吉旦，住持龙太空立，嘉庆己巳年阖村重立。

西山之游（二十九·十一·二十三）

由西门外篆塘雇船一艘，说定包一日付国币一元，去时逆风，舟行三小时，归时顺风减半小时。先到太华寺，元僧铉鉴建立，元延佑中曲靖无照学中峰归梁王建佛严寺居之，有禅宗第一匾，最惹人注意者为寺最高处曰"漂渺楼"，民国二十一年龙云书。此寺历元明迄清，至康熙二十六年始重修。

前院有茶树数株，每株高二丈余，所结茶花深红色，大者赛过牡丹，每树约有五百花，张豫生促余站在树下摄影一张。余在伦敦植物园所见茶树，亦由中国采去，高度不及一半，广西武鸣的茶树更低些，但有淡黄色的茶花。北平因天冷，茶树栽于花盆中，高仅两尺。与此地茶树相比，相差太远。

华亭寺离太华寺约一里，地势较高，四围多树，清静幽闲，俯视昆明湖，胸襟为之爽然。

三清阁位于一大岩石的尖端，相传为元梁王避暑之宫，清乾隆时，有道士吴自性凿石成慈云洞，现为最奇伟的一处。据云：凿石始于乾隆四十六年，经十余年乃成。有一联云："凿石现普渡，将五百里滇池都归佛海；援人登彼岸，愿一千只圣手尽化慈航。"

慈云洞的极端，是龙门，门系用石作成，靠石岩最险峻处，有匾曰"天临海境"。旁有一联，其文云："作孝作忠今古神圣常在；允文允武山川风气全开。"

筇竹寺（二十七·三·十七）

马约翰、张豫生与余，晨出西门，顺汽车路步行，至快心亭，题者署名武尘，时为民国第一丙子，离西山15里，至玉案山脚，相传唐贞观时有神僧应真灵犀降迹，筑筇竹寺，明成化十一年重修。马士杰（光绪九年）有一联云："地产灵山，白象呈祥，青狮献瑞，天开胜境，犀水表异，筇竹传奇。"寺内有罗汉五百尊，泥塑，形状魁伟，大者超人一倍，雕刻与绘画俱精，但怪僻，与欧洲十九世纪时的作风相似。我国及欧西艺术家，往往赞美本寺的罗汉，司律侍者题（光绪辛卯）"天台来"三字，正在罗汉之前。道光五年宋湘联云："护门惟遣白云听，钟声何处？倚仗却分青霭话，竹色当年。"建水马肇成于78岁时（丙子仲夏）成一联云："世界三千，皈依佛法；罗汉五百，各显神通。"

筇竹寺的来源，说得最简明透澈者，莫如解联科李成霖一联（光绪九年），其文云："西方有圣人，曾凭引路神犀，妙比莲花开福地，东土传宗旨，共卿明灯法象，春留筇竹证诸天。"词意比较明显者有由云龙一联（民国十八年)："灵犀何在？筇杖何来？要知三界唯心非有非无空色相；魔劫未消，杀机未息，普为众生拔苦大悲大愿尽圆成。"

二、蒙自

自昆明至蒙自

学校当局决定将理工两院，借昆明拓东街迤西会馆上课，文法两院迁往蒙自上课。孙晓梦与余于四月二十五日离昆明，余等所带行李（四等车每人可带30公斤）在昆明车站过磅毕，写票人说："照磅秤尚须加30公斤，因磅秤已坏。"我们所不能了解者，何以不照磅秤减30公斤呢？沿途有法人上下车提了小磅秤，在车上磅行李（大半是已磅的行李）及乡人所带的小包（如粮食等）。法国人的小气及办事无规律，于此可见。

蒙自海拔为1550米突，西南联大在旧海关衙门内上课，旧东方汇理银行亦在海关花园内。海关花园有许多树木、花果，及鸟类。木瓜渐熟，友人有未见过者。白鹭以树为巢，每树可居一百鸟，竹丛生，每丛可居数百鸟。进海关花园的大门，两旁树上全是白鸟，声音繁杂，且不时下粪，有时人行树下，分明是一种不便。

王化成兄与余同房，化成精于烹厨术，余即当徒弟，我们的饭团以化成为经理,化成规划炉灶的砌筑,提示厨师的烧菜,余为记账员,并在厨房内糊冷布及打苍蝇。化成自香港带来咖啡煮壶一把,我们即在蒙自买得美国的咖啡,每磅一元,自煮咖啡,逢雨天及客来时,一日可煮三次以上,其后咖啡增价甚速,两个月内增至每磅五元,我们即停止喝咖啡。

化成有时做汤圆,有时做葱油饼,其最大成就在做水饺子。我在学徒期间,虽有进步,但速率不高。我的水饺子也每个揉成皱纹,但将做好的水饺子放在盘中时,都不能站起,化成说:"这表示技术还不够呢!"

孙晓梦、王化成与余,某晚雇好了船,到南湖下钓。那晚共下两线,一线有十八钩,每钩以肉为饵,预备钓黑鱼。另一线有钩二十,以蚯蚓为饵,预备钓鲫鱼、白鱼、鲇鱼等。既下线,我们在湖边茶馆品茗,三小时后收钩,不得黑鱼,另一线捞不着,第二日晨五时再去,船夫已先将线捞起,是否得鱼不知。

方余下线时,听得湖边堤上人声甚杂,我们划船靠岸,警察来报,知学生数人被劫,警察为保护计,伴同余等归校。

蒙自夷人区

李景汉兄与社会局长商妥,介绍我们参观夷人区。第一区的夷人,靠近蒙自市,汉化程度甚高,房屋、衣服及生活习惯，与汉人无大别。用汉语，依教育部定章开办初小，夷人首领之一，并已有吸食鸦片的恶习惯。

第二区离县城12里，夷人住于山坡上，汉化程度较低，房屋用草盖成，屋内陈设粗简，屋左角有木梯一，上梯有床，屋主夫妇二人住之。梯下有床为三孩卧处。内一孩已近成年。屋左是牛栏及猪栏，有牛一猪二，屋外有男孩一，约四岁，方在阳光中睡眠，用稻草织成的席子做垫褥，苍蝇在眼鼻与口腔边，自由地飞来飞去。

夷妇及夷女穿了整齐的衣服，摄影相赠。服装中最惹我们注意的部分，是鲜明的颜色及粗陋的材料。颜色用大红或翠绿，鲜艳夺目。布是自己织的。成色粗，门面窄。衣服的式样仿佛是40年前浙江乡村所流行的。耳环是银质，每只约重四两，手镯是银质，每只重半斤。颈圈是银质，每圈上有铃四枚，文曰：长命富贵。

山坡离平地约五百尺，他们在平地无耕地，所有的耕地俱在山上，种豆麦、高粱、荞麦、洋芋、包谷之类。有一老者曰："祖宗尚在平地有田，后来卖给汉人。近四十年来，全村十七家，都在山上过生活。"

有一日，景汉兄约余在校内操场看夷人跳舞，乐器是芦笙，两手执之，粗视之似笙，吹时亦似吹笙，声音少且平，仿佛不甚分高低及徐疾。吹芦笙者即是跳舞者，最初只有一人，继而有两人，舞时两足（不穿鞋袜）旋转，足转时全身跟着转绕，起初慢行，后加快，但速率不大，并无最高点。

清华校庆

我们自民国二十六年离清华园后，于二十七年四月二十九日在海关花园大讲堂第一次纪念校庆，梅月涵先生自昆明来，报告学校近况，陈福田兄说故事，有一段是关于清华教授打外国纸牌的笑话。他说十多年前，清华教授们有时候在工字厅娱乐，某日四人打外国纸牌，甲与乙是一组，甲打错了一张牌，乙出怨言，等乙出牌时，错误更大，甲甚怒，反唇相讥。乙曰："I am the more foolish of the two."（两人中我是更笨者。）福田兄不举其名，甲是王祖廉兄，乙是余！

西南联大盛会

蒋梦麟先生夫妇自昆明来，住于哥鲁士洋行（希腊犹太人的营业），同时教育部视察员亦到蒙自。一日晚间同人等开欢迎会并聚餐，餐毕化成与余约蒋氏夫妇及贵宾数人，来尝我们的咖啡。

金城银行在蒙自设办事处，吴肖园兄来筹备一切，约余等晚餐，用汽锅鸡。汽锅以建水所出者为最佳。此餐鸡的制法加以虫草，有草一根，根尽处是一个虫，本地人云：

"这是冬虫夏草。"

在蒙自的同人，组织网球俱乐部，共约十余人，余未执网球拍者已七年，但亦欣然加入。时有比赛，崔书琴兄系初学，与余赛，余让数点，结果余胜，得一鸡，与饭团同桌者共食之。当比赛进行时，赵鸣岐兄来，自告奋勇，加入比赛，余亦得一鸡，但未享口福，一年后在昆明笑问之："还有吃鸡的权利否？"鸣岐曰："然。"

蒙自雨季较短，大约不出六个星期，自阳历六月半至七月末，此外几每日是晴天。蒙自是盆地，四面有山不高，但大致蔽以树，晨及傍晚，阳光照山坡，甚美。同人中常步行以作消遣，景汉兄与余，一日天未明即起，步行至黑龙潭，此乃滇越铁路的一站，近碧色寨，在半山，离蒙自约十里，归校参加午饭。

蒙自飞机场离我的卧室最近处，不过五十码。县政府征派民夫修筑。第一区东华镇为筑飞机场事摊派民工，由区会议决定，摊派办法以户及口为主，人多所派的工亦多。本镇共派民工人数，足以完成7890个土方，每土方由镇公所津贴国币2元，甲户摊得350土方，乙户摊得200土方，丙户100土方，丁户70土方，戊户30土方，庚户5土方，辛户3土方，壬户2土方。

自四月末至七月末，我们在蒙自仅见一架飞机来停于飞机场，约十分钟飞去。

蒙自课务

自五月五日起，文法学院开始上课，即继续长沙的工作。余仍在晚上上课，人口与劳工两课连接，至七月三十日完毕。蒙自虽低于昆明约 300 米，但天气不热，况时值雨季，对于课堂工作，并无不便之处，图书馆藏书较长沙更少，大部分即从长沙运来者，但有些期刊与新闻纸，系在昆明订购。惟学生的读书精神颇佳。距图书馆开门前半小时，门外站立者人数甚多，门开拥入争座位，每夜如此。蒙自是一个小县，市内无娱乐场所足以消遣，图书馆容量甚小，仅有座位七十，所以不敷分配。

同人眷属

朱佩弦、王化成、孙晓梦眷属，自北平到蒙自，各租屋以居，同人有眷属者仅此三家，有些人家尚未搬到云南，余住居于昆明。三位太太们俱说买菜颇方便，惟本地女工又懒又笨，指挥不灵，对于工作发生不少困难。

三、抗战杂纂

抗战门联（二十七·二·十五）

昆明市内，抗战的活动虽无具体的表现，抗战的宣传已有相当的力量，有些门联即可表示此种意思：（一）革命完成国家独立，抗战到底民族复兴。（二）万众一体保障国家独立，百折不回争取民族生存。（三）为整个民族求解放，从长期抗战谋复兴。（四）能战始能言和，有国然后有家。（五）是皇帝子孙，不做汉奸；能守卫国土，责在吾民。（六）以实力贡献政府，拿生命保障国家。（七）有钱出钱，有力出力；闻败勿馁，闻胜勿骄。

敌机轰炸时所表现的群众心理

昆明某交通机关职员于逃警报时，拿着公事皮包走路，此人方坐在山坡上，有一警察到近边探视，随后有七警赶来，此人因敌机声已在头上，嘱警察即刻坐下，等敌机已过才从容曰："刚才我在匆忙中，忘记把公事皮包反过面来，以致两把洋锁显出反光，现在我快把公事皮包反过来，摆在地上，然后请诸君搜检我身体，是否有汉奸嫌疑。"警察等不搜而退。

昆明西门外及北门外山上，遇空袭时有许多人去疏散。有人说看见过汉奸们摇白旗或白手帕，指示敌机的目标。另外有人发生疑问道：如果敌机依照所指示的投弹，不是要把这些汉奸们同时炸死了吗？

听说某邻居密告昆明某著名中医，谓有汉奸嫌疑，结果此人被捕，据说宪兵进门以后，日籍姨太太正在帐后打无线电话。有人问："她会如此不小心么？"

联大先修班学生奚某，在马街子山上躲警报，手拿西书一册，在阳光中略有反光，临近驻兵勒令勿走。奚生心慌，不听命令，驻兵开枪，奚生因受伤流血过多，当夜毙命。

昆明某次逃警报时，有人携红色毛毯，准备在山上铺地而坐。此人方出西门，即被警察拦住去路。

莲花池畔躲警报（三十·四·三十一）

四月二十九日晨八时半，昆明有预行警报。余自十时半至十二时十五分，在新校舍上人口问题课。课毕返北门街45号午睡，下午一时惊醒，楼下有人嚷"警报"，余急忙开门出北门，在云南大学后面闻紧急警报。再前进，抵莲花池，隐约闻敌机声，即在池西岸树边坐下。敌机27架，不久即到达上空投弹，有两弹落于池东田里，离余坐处约200码。四时半警报解除，余返北门街45号，见房内桌上椅上及床上，堆满一层灰土。楼下玻璃窗震坏一半，院内飞入破镜一面，无镜，不知来自何处。今日敌机由西南向东北飞行，投下炸弹71枚，空中爆炸弹5枚，硫黄草色弹1枚。死亡52人，负轻重伤者76人。炸毁民房420余间，震毁780余间，损失汽车4辆，马1匹。受灾最重的区域为自华山西路至北门街的一段。被炸惨死者有怀孕六月的贫妇一人，其夫对人云："闻警报奔出，至翠湖即闻紧急警报,因无力出城,被炸毙于云贵监察使署对门的石凳旁。"

本日下午三时至六时,清华三十周年纪念学术讨论会,内中关于社会学部分,原有节目如下:(一)陶云逵:人类学之新趋势,(二)陈达:人口普查,(三)李景汉:人事登记,(四)戴世光:农业普查。因警报改期举行。

飞机场(三十二·一·二）

离呈贡县城约十里有松花坡,近来建筑飞机场,自昆明湖边起,由西南趋东北,长约2公里,宽约358公尺有余,南方西端起自大河口,经大渔村,止于呈贡晋宁汽车路之西;北方西起于新村,经太平关、松花坡,绕山后,在山后亦有飞机场。用民田甚多,大致为旱田。政府收买时,每亩出国币5000元。工人分几种,将工区分包于包工头,每人率领100人至200人,包工头管食与住,每工人每日净得18元。邻近各县由各县政府派民工,公家管食与住,所给工资,其数不等,石工约7000余人,在附近山里炸石,取以填跑道,待遇较优,但灾害较多,每日约被炸死三人。由县城往松花坡时,按从前情形,行过三岔口,即是小路,其起点即是可乐村岔道,今日此小路即为汽车路,自昆明市开木炭车至松花坡,价25元或30元。松花坡人口骤增,仅工人约有20000人,临时店铺林立,俱在汽车路两旁。房租甚贵,一间屋(长一丈六,宽一丈二)每月收租3000元。草顶,用竹做墙,木板做门与窗,泥地。茶铺甚多,每碗茶卖2元。饭馆亦到处皆是,客饭20元,据说难以果腹。(汤面每碗12元,等于呈贡市价的三倍。)

今日午饭提早,饭后往松花坡游飞机场,同行者有梧荪、旭都、旭清、吴家小朋友四人。余又至龙街约沈嘉瑞兄及其长女。去时全体步行,来时梧荪、旭清、吴小妹、沈小妹坐马车,每人三元,余俱步行。旭都有同学黄永声,我们经过龙街时参加,同去复同来,亦步行。

松花坡飞机场(三十二·一·九)

晨八时,罗振庵兄与余步行至乌龙坡,由江尾村沿湖行,约一小时至,见军事委员会呈贡飞机场施工委员会工程处田处长。告以本所拟研究飞机场修筑情形,并由罗担任,田表示愿意合作。罗与余即往松花坡参观飞机堡垒,跑道铺石情形,并与工人闲谈。工人以草席搭篷,睡于其内,每篷可容24人,余等参观宜良县民工篷数处。民工招募时每甲出一人。工资以每土方论,一人一日可挖土一方半,得工资28元,内扣办事员薪金2元,公积金1元。自委员会发给中队长时,尚余23元4角,工人实得几何,言人人殊。伙食由委员会包出,四工人每日可领米八斤,

24人同住一篷，每日可领柴菜钱60元。工人来时，每人挑草席一、木棍一、土筐一副。昆明、昆阳、晋宁、呈贡、宜良、澄江各出民工，负挖土之责。其余工人，凿石及填跑道，技较精，由包工头包去。澄江县挖土工作，今日完毕，各县中成绩最佳。

罗与余在松花坡参观毕，由机场往东行，抵呈晋汽车路，顺道经三岔口，返呈贡，时正午。今晨共行约25里。

松花坡飞机场费用估计（三十二·三·二十）

松花坡飞机场，因系军事工程，无从调查其实情。兹由呈贡县政府，抄得主要用费的估计如下：

机场所用民地，坐落于四村，松花坡最多，其次为乌龙坡，又次为太平关，以可乐村为最少，共收买1300亩，每亩出国币5000元整。

总工程约值国币3.5亿元，内军事委员会的施工委员会自办工程约值国币1.2亿元，其余为土方工程，由包商承办者约计2.16亿元，由七县民工举办者，约计0.14亿元，其余关于建筑及跑道的铺修，约计1.34亿元。跑道长2000公尺，宽350公尺。因不敷用，跑道须加长，工程的估计已妥，尚未开工，据说拟加的工程，须增加用费总数的四分之一。

松花坡飞机场对于呈贡人民生活的影响（三十二·三·二十）

（一）靠近松花坡各村，壮年男子俱有卖力气的机会，即使在农闲时，村内少见闲散无事之徒。一般的苦农，早出晚归，向飞机场找工作，大致每日俱有事。每日工资至少40元，饭食自理；如遇赶工的时候，每日工资可增至70元。

（二）呈贡的米价，现尚平稳于每升（八斤）60元之数，此价俱较邻近各县为低，因一般米贩，竞向附近各处运米来呈，因此呈贡比较有积米，邻县感觉米粮缺乏。

（三）蔬菜及烧柴，因产量不丰，市价高涨，特别是飞机场工人集中时（其数约有三万人）。

（四）乞丐增多，窃案与盗案增加，特别是机场跑道完成后，大多数工人因解雇而失业，流落于呈贡乡村中。

战时的英国（三十二·三·四）

英国的敌人，仅在20哩以外。英国正从事大量军器的制造，为它自己及同盟国之用。英国的飞机出品，已与德国相等，此外每年出大炮四万尊，炮弹2.5亿发，小炮与枪数百万，子弹20亿发。船、火车头、坦克及千种以上的军用品亦在制造中。

英国已为战争而实施总动员。年在14与65岁间之男女已在军队、民间国防或军需厂内服务，这些服务者，譬如美国的6000万人。奢侈品的制造，已完全停止，非战斗员的消费品已大受限制。

男子在18.5与41岁间的身心健全者已入军队，除非在入军队前所担任的是不能替代职务。不久年龄的限期将提高至51岁。

妇女700万人业已登记，并逐渐加入战时服务。在20与30岁间的未嫁女子，将被征调入军队服务。350万妇女已在工业工作，其人数已渐增。数百万妇女，大半是主妇，是半时工作者。少年男女在14岁与17岁之间者，亦已动员，参加战时工作。

英国的住户，每五家中有一家已被敌机炸毁或受损。44000以上的非战斗员已被炸死，另外50000人已被炸伤，1942年4月一个月已炸死1000人。

雇主与工人放弃战前的权利，保证最高限度的生产。重要工业中有650万工人，除非有政府命令不能被革或自愿停工。

政党已消除异见，工党领袖往往加入内阁或为政府各委员会的委员，或充工业与工厂的委员，与雇主及他党领袖注意增加生产的讨论。

因劳资争议而损失的工作时间，每工人每年不到一小时。

昆明空袭（三十二·四·二十九）

自去年美机到达昆明以后，第二日敌机来炸昆明市东城外交三桥，死伤者约200余人，是日敌机被击落7架。此后未曾来炸昆明市，虽云南境内偶然尚有被轰炸者。本月二十六、二十七、二十八各日，每日有预行警报。二十七日敌轰炸机18架、战斗机9架，炸祥云（云南驿）。据说到达机场上空时，才发现，分明是敌人在无情报站处飞入云南。是日祥云机场损失六机。是日昆明仅有预行警报，足见防空的疏忽。二十八日晨七时至九时余在联大上课，十时半离系办公室，返北门街，在路上闻人云：有预行警报，余在卧室收拾一切，即出北门。方出城门听炸弹声，举首，见我国飞机翔翱于上空，到莲花池东岸即停止前进，自预行至紧急警报，仅约15分钟，可见情报不确，不严密。据报告敌机高飞，在巫家坝投弹时（烧夷弹及空中爆炸弹），机场毁火药库、汽车，美籍军官死伤各一，华籍亦有死伤者，附近两村居民有死伤，草屋有被焚者，我机正在昆明市上空，但因低于敌机，不相遇。我机追击，至云南边境发生空战，击落敌机六架。二十九日晨七时至九时余在华山小学，对全市警官及警士演讲，题为"警政与户籍"。讲至八时半，因有预行警报，警士因须在街市巡逻，停止演讲，余步行约六里，至东站乘公共汽车返呈贡。

贵州军队暂驻呈贡县（三十二·五·二十六）

今日余乘公共汽车，自昆明返呈贡时，经跑马山，有军人一人及乞丐一人上车，此军人一手皮破，以布扎之；此乞丐全身有皮肤病，行动艰难。此军人与此乞丐似有友谊，常谈话。余自思曰："此军人谅为恻隐之心所驱使，将乞丐带到某处去医治呢？"下车，入县城，见街上两旁有许多兵坐下，大半面色憔悴，衣服破烂，年龄颇老，问之知为贵州毕节师管区军队一团，路过呈贡暂驻，预备向思茅、普洱出发。前述二兵（并非乞丐）无疑是此团的二员，因亦在呈贡下车，并自跑马山至县城间，尚有步行的兵士。此项军队，为余在我国他处所未见，其状可悯，其效率或等于零。

游美的我国适龄壮丁学生（三十二·十·六）

十月四日联大举行国民月会时，常委梅月涵先生报告美国近拟征召适龄的中国留美学生入伍的消息。梅先生云："很多适龄的青年，在自己国家对敌作战时到外国去，这当然是美国人所不能理解的。"关于本问题余曾几次发表意见，认为是中国青年独有的现象，今再简论如次。

当第一次欧战时（1914—1918），余在美国游学。在承平时期，某班有学生300人，方余读书之年，连余仅有学生17人。此16人中，每人各有缺陷，如一人失一手臂，另一人左眼失明。一人身体异常矮小，其鞋较余鞋尚小半号，为美国人中所罕见。因适值战争，美国适龄壮丁，俱被征调入伍，留下在学校肄业者，俱身心欠健之流。反观吾国，则情形迥然不同。自抗战以来，各级学校，拥有大量的教员与学生，且时有新设的学校。适龄的壮丁，且以入学为避免兵役的手段。此种现象，为其他同盟国及敌国所无。

我国适龄的壮丁，非特尽量地入学，以免兵役（最近才有征召学生的命令，但尚未实行），且想尽各种方法，企图出洋游学。余尝对自己云："我国的青年，只图自身利益，不顾国家安危。游学者不但在国人面前自丧人格，且将对着欧美人士，失去中国的体面。"

据余的经验，适龄的壮丁，对于为国服务一层，并无普遍的感觉。青年不愿失学，是很诚恳很深刻的欲望；但在战争期间，应以军事服务为第一，很少数的人有这种自觉心。

西南联大常委蒋梦麟先生，于三年前某次国民月会时，曾报告国民政府最初拟将全国适龄的壮丁，普遍地征召入伍，蒋百里先生提议将大学生免役，以示优异。余对于此点不表同意，因人类中有价值的事业，俱由各人苦斗而得来，各人俱须付重大的代价，才能得到美满的收获。蒋百里先生的提议，是让别人丧失生命，替大学生来谋幸福，大学生决不因此感谢，并决不爱惜廉价得来的优越生活。

美国的男子，自18岁至44岁为适龄壮丁，我国的男子自18岁至45岁为适龄壮丁。美国犹太省的被征调壮丁，实数比云南户籍示范区高出约一倍，虽两处的人口总数几全相等。分明示范区的适龄壮丁，想尽方法来逃避兵役。当我们举行户口调查时，规避兵役的案件，不知凡几。中国人缺乏国家思想，难以笔墨形容。

规避兵役的责任，不能全由青年负担。征召不公平，例如保甲长舞弊等，是尽人皆知的事实。军队里待遇不佳，如饮食缺乏营养，住宿不合卫生等，亦是使人裹足不前、望而生畏的主因。

英国战费（三十二·十一·八）

据英国财相 Sir Kingsley Wood 在下院提出预算时的报告，英国目前的战费为每日1500万镑（1940年为每日500万镑）。总费用的44%由平常岁入开支，但本年度预算，拟将该项提高至56%。前述提高的主要来源是奢侈品的捐税增加，例如烟酒及其他奢侈品。本年度预算通过后，讳士忌酒每瓶卖价须24先令10便士，或增2先令4便士。同时有些必需品将要减税，例如某种家用品，本年度将不征税。

昆阳验收新兵（三十二·十一·八）

某连长近被派至昆阳征调壮丁，至县后暗示各乡镇长献金，每乡及镇至少献国币30000元。开始征兵后，漫无标准地拘捕壮丁，有钱者于被拘后设法赎出，每丁至少出5000元，不久连长离县，有人估计其非法入款逾20万。

昆阳卫生院长被殴（三十二·十一·八）

某伤兵二人至卫生院就医，医师除给药外并为之打针，兵士因不小心致毁其针及药水。某排长入院时，院长告之，并示惋惜略加责备，排长当面认错。院长某日上街，又遇此二兵。先骂后击伤之，县政府并不干涉。适有公共汽车翻车，伤者30余人，卫生院无人可以医治（因院长已受伤，别无医师）。受伤者由某教会敷药治疗之。

美空军人员对于我国战时物价的观点（三十三·四·二）

今晨美空军人员四位，进入文庙来参观。余解释本所工作后，略谈物价。彼等对于我国战时物价，俱表示诧异。美国驼牌香烟，纸包20支装，在美的市价为8分，在昆明可卖240元。如果黑市兑换率为美金1元可换300元的话，上述黑市价，为等于原价的12倍余。其他有许多美国物品，如药物、照相材料等，以美国原价及此地卖价相比，俱照黑市汇兑率计算，约增加自70倍至100倍不等。

访英团报告（三十三·四·九）

我国议会访英团王世杰等在英两月，近返渝在参政会报告经过云：英国对于战争各项设施，最令人佩服者为"人力动员之彻底，资源管制之完善，物品分配之允当，诚可谓人尽其力，物尽其用，地尽其利，考其原因，乃法治的精神，科学的方法与公平的原则有以致之"。关于人力动员云："全国人民4600余万中除14岁以下之儿童及65岁以上之老人外有2300余万人参加各项战时工作，其中妇女约有700万人，此外尚有300余万妇女担任各项义务半日工作，如驾驶、救护等。至充任公务人员以及每周工作不满六小时者，尚须担任十二小时之保安或消防等。"关于资源管制云："战时所需之原料，全由政府所收购，人民各尽量捐输。如铁门铁栅等物，现均拆制武器。"关于物品分配云："衣食等日用消费，全行定量分售，绝无贫富阶级之分。由于管制分配之平均及纳税之严重，所谓发国难财之事，在英几不闻见，而物价遂亦因以稳定平均。英国现时一般物价，较战前约高28%。当然若干物品成品之高涨已远过此。唯政府遇此情形时，则以津贴补助生产方式，压低物价。"英国各地报纸自战事发生后，俱减少篇幅，大报每日出两张，小报一张，对于远东新闻择要选登，数月前我国常德大胜，各报有通信员电及文稿。

豫中我军败绩（三十三·五·十一）

最近十一日间，敌人在河南蠢动，我军屡次败退。据熟悉情形者言，汤恩伯氏时在洛阳，尚茫然不知敌军已至城边，其速度殊出人意外，盖国军闻风自退，一路未加抵抗。虽说主因在中上级军官大量贩私货，以发财为目的，不愿作战，避免危害自己的生命。兵士虽可服从命令，但食不饱衣不暖，不能耐劳，不能维持健康，因此不能打仗。豫中我军的腐化，可以代表其他在前线与敌接触的国军。如此军队，实在使我们寒心。

战时我国劳力的利用（三十三·七·九）

我国在抗战期间，不断利用征工办法，建筑铁路、汽车路及飞机场等。近来美国超级空中堡垒轰炸日本九州岛工业区（包括八幡钢铁厂），据说自成都机场起飞，该机场由43万我国农民造成，称为自万里长城以后最伟大的工程，如重庆《大公报》（三十三·六·一八）于下列一文《历史上又一奇迹》所述：

（中央社讯）据美新闻处华盛顿十六日电：哥伦比亚广播公司前驻重庆特派员司徒华，顷就超级空中堡垒轰炸日本事播讲称："中国西部某区数年前美国人尚少到达，今日已成为美空军基地最集中之处矣。此等庞大之机场，系由43万中国农民所建立。此次轰炸日本，足证彼等在建立此等机场时曾如何努力。巨大之B-29式机在完全手制之中国基地上起飞降落，足以说明吾人从事之全面战争之性质。空军自中国内地基地起飞袭击日本之计划，于1943年秋在华盛顿拟定，美陆军航空队总司令安诺德将军与中国最高当局会议决定建立此种机场，不久美国工程大队奉令于去年耶诞节离美赴华，本年一月中旬，蒋委员长令某省主席，征募人员修筑基地，人力之大为二千年前修筑长城以来所仅见。命令发下后，不及十七日即有农民20万集于选定之地点，工作随即开始。今春余曾访问负责修建机场之凯纳逊中校，余等立于正在建造中之大机场上，67000中国农民，正在双手一层一层修建石基。渠等所建之机场，已证明可担负世界上最重飞机之重量。水泥不易获得，且无碎石机或辗车，事实上所有飞机场，均有若干层，纯由双手造成。诸机场所用之碎石，足可修20呎宽60哩长美国公路一条。工程进行时，美飞行员及地面工作人员之营房亦同时筑成。因建筑器材不够，房屋之构造均极简单。轰炸日本之美国空军人员，刻正居于最原始之环境中。其营房无地板、天花板，亦无电灯、自来水，并无娱乐。渠等无论起居饮食，均不忘其轰炸日本之志愿，今渠等已轰炸日本矣。"

美空军团演讲（三十三·七·二十一）

七月二十日（星期四）余被约赴本县松花坡美空军团演讲。此处美空军约有1700余人，包括飞行、运输、工程各部分。最使我注意者为空军人员由美寄信时，无须贴邮票，仅将寄信人姓名填写于信封右上角，各信由军用飞机运来，自美至松花坡，仅须七日或八日。我们目前寄航空信自美至昆明约在两月以上。此刻松花坡机场要加工，准备超级空中堡垒的停留，此项飞机每架重约70吨，自成都机场起飞至日本约1700哩，若自松花坡起飞可缩短100哩。余讲题为："战时的社会变迁"由Lieutenant Vaughan主席，听者约300余人。讲毕在食堂晚餐。莲花白汤，一盘主要菜内有肉饼二，玉米一，白薯及白菜、甜菜一，即点心，外加花生酱。此外有面包、黄油、咖啡，但牛奶与白糖俱本地货，据云目下此地空军人员各食品俱由本地供给，美罐头食品不能运入，各种运输工具仅是运军用物品。

（1）日军现已占领桂林、柳州

曾于五月中旬由华中方面，相继六月下旬由华南方面开始作战之日军精锐部队,终于十一月十一日上午十时将柳州,同日正午将桂林完全攻取,同时将该方面一团之美空军基地悉数加以覆灭,已经确保优位的态势(据报驻防桂林之渝第31军现已完全投降)。

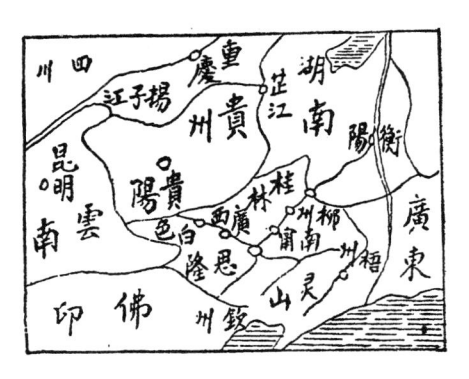

第一图　日大本营公表(十一月十一日十六时三十分)

(2)告渝远征军

诸位!诸位!在贯通滇缅公路,夺回缅甸等甜言之下,为美英军或打战或被嗾使而到瘟瘴疫病之中国境之地(福宫地区)。获得何物?战死!战病死!负伤!有病!饿死!以为远征之赔偿。而英美予诸位之物件,仅有如上而已。诸位!即刻放掷无意抗战以跑到根据道义之日华同盟之下罢!而协力建设新中国罢!

敌机月夜偷袭（三十三·十一·二十五）

昨夜为旧历十月初九，夜八时五十分，工友惊告曰："有警报。"梧荪、旭清与余急出卧室。余曰15分钟前似听得机枪声，但因每夜惯闻飞机盘旋于空中，满不在意。今日下午县城南三里三岔口缪让卿团长为其次子完姻，余因缪来约，再度往贺（今日不是正酒，正酒在三日前，梧荪、旭清与余已来吃正酒。吴泽霖、戴世光与余合送喜联一幅，计1380元），路经三岔口公路检查站，警士二人拾得英文传单，嘱余解释，知昨夜敌侦查机三架至呈贡偷袭，并在松花坡美空军营投弹。余昨夜所闻者非机关枪声，实小炸弹声。后据倪青木县长告诉，敌机投下小炸弹200余枚，死美人四，华人八。余至三岔口后，缪宅在保公所接待宾客，楼上有床若干，一床尚有客正吸鸦片，客人中有廖品卓师长、李参谋长，俱与缪为老朋友。旋有人示余以中文传单，今附中英文传单两纸，如第一图及第二图所示。语皆失实，足见宣传技术的幼稚。

第二图　日大本营告美军

WHAT IS CONCEALED BEHIND ROOSEVELT'S
AMBITION ?

For my re-election for the 4th term, I have no time to be thinking of tens of thousands of American youths who have been sacrificed in the battles of Formosa and of the Philippines!

坐谈不久，至斜对面小学内吃饭，新郎与新娘来敬酒。每逢喜事或丧事，场面稍大的人家，往往借公共处所招待宾客。倪县长及其余二人与余步行归家，时已晚七时。

壮丁押送员的素描（三十四·一·二十八）

由广西柳州运兵入云南，曾派某军官押运，此人在昆明市外西北五里许黄土铺住宿，该地保长负招待之责，据其自述，一路饿死或病死的兵颇多。押运官到昆明市后，即向负责机关领粮，但减价出售款归私有。士兵大致吃稀饭，难得一饱。士兵夜间许多人共宿一房，无床和被，少数人能坐，多数人站立。次晨开门，有人依墙而死。过此往楚雄交兵，据估计自广西柳州至交兵地点，死亡的士兵约占一半。

战时人民的负担（三十四·一·二十八）

在抗战期内，自民国三十年以来，政府改征谷子，在云南每田税一元，改征谷子一公斗七升，外加征借二公斗八升，自三十三年秋季开始，在此以前谓之征购，外加县级公粮五公升。上三项共合五公斗。呈贡县有些农民，以为负担太重，要求在抗战期内交还田照，俟战后继续取照耕种。此点县政府不允许，认为如缴田照，只能作为永远取消，但农民又不肯永远放弃佃权。

某师长携眷行军（三十四·一·二十八）

据说，远征军某师长，由云南调赴缅甸时，路经安宁县，向当地某保长为其夫人要求钢丝床。携眷行军，事属罕见，且过奢侈生活，更骇人听闻。日本人行军，部队中预备妓女，其他各国未闻有携眷行军者。

知识青年从军（三十四·一·三十）

我国近来有知识青年从军运动，目的在提高士兵的素质，以加强抗战的力量。据说在云南已编两师，一在昆明，一在曲靖，但士兵数目尚不足两师。一月十二日第一次入营，人数在800人以上。由省党部负责介绍入营，按军事委员会的规定，一切待遇较通常兵士为优。入营后发现待遇略优于一般的军营，但于中央的规定不符。例如饭食一项，一桌人共食青菜一大盆，米甚粗劣。一日午饭时，一兵站立对于饭食提出质问，事后此兵被长官拘留，其余兵士多人不满，谓如此兵被拘，他兵愿一律自动入拘留所，并派代表向省党部诉愿。某代表云："我们有些是银行行员，月薪一万余元，饭食与住宿俱优；今舍此入营，实愿意为国家服务。我们对于待遇并无过分要求，只盼望与中央的规定相符。"数日后待遇果然改良，晨有稀饭佐以花生或咸菜。余用两餐，每餐有素菜四，荤菜一，远胜一般的兵士，因一般的兵士仅有糙米饭，另一白菜汤，每餐不得饱。

知识青年兵，敢向长官提抗议，在我国军队中实是破天荒，抗议又得胜利，更可庆贺。

知识青年分子复杂，内有小学及小学以上学校毕业生、店员、各种职业从业员，少数是大学肄业生而自动报名者。

西南联大从军学生200余人，云大30余人，已先期赴印度受训，未包括在内。此次由呈贡送去者（俱未参加抗议）约20人，合格者16人。

四、西南联大与社会学系

赶菜车（二十九·十一·十一）

晨四时起，在家吃鸡蛋三个，四时三刻至东门警察局请开东门。警察尚不知火车时间已改；开门时举动迟缓。东门铁锁长约一尺半，余未曾见过如此大锁。出东门上坡时遇两乡人挑担自龙街方面来。第三人拿稻草一大把，随时用几根作火把，沿途点烧。另一人挑豆腐由七步场来，带一灯笼其光甚大。特别与稻草火把相比。我们到羊落堡才听见第一次鸡啼，东方渐白，到站时见挑菜者约40人，已在站等车。六时五分车开，铁篷车门口为先上车者将担子塞满，难以行走。到西庄时，尚有多人要上车，但不容易入口。车内人又嚷"已经满了"，于是车下及车内乡人互骂。余站在车兜中间，觉得尚有空位，但乡人不肯把担子向里移动。乘车客三人操山东土话着军服，收票人来，有一人出钞银一元，收票员曰："补票共须二元七毫。"山东人答曰："我们供职于绥靖公署，军人的薪金现在还不够吃饭，请先生原谅。"收票员不言而去。

至昆明华山东路，余听人喊"亡汁"回头看时见一人挑一担血（大约系猪血）。以"亡汁"为名，颇属正当。

轰炸机下读书声（二十九·十二·三）

昆明北门外联大新校舍18甲教室内，学生络续来到，准备上人口问题课，时为晨十时三十五分。忽闻空袭警报。有人提议到郊外躲警报兼上课，余欣然从之。向北行，偏西，过苏家塘及黄土坡，见小山充满树林，前面海源寺在望，此地离北门约六里。学生11人即在树林中坐下，各人拿出笔记本，余找得一泥坟坐下，讲C. Gini氏及R. Pearl与A. M. Carr-Saunders氏的人口理论，历一小时半有余。阳光颇大，无风。在旷野树林中，烈日下讲学，大家认为难得的机会。其他疏散人等，路过此地，亦站片刻听讲。有些人是好奇，有些男女乡人，更不知其所以然。小贩吆唤声，叫卖糖果与点心，稍稍扰乱思路，不然，此露天学校可以调剂屋内上课的机械生活与沉闷。

社会学系毕业生（三十一·六·二十）

本届本系毕业生13人，姓名列后：游补钧、游凌霄、孙观华、袁方、胡庆钧、黎宗献、张征东、周颜玉、邝文宝、徐泽物、张莘群、李仲民、梁树权。各人毕业论文如下：

胡庆钧:《中国旧节之初步分析》。（从书本上搜集材料，仿佛是史学家的工作。至于社会学者所应注意之点，仅偶尔提到。火把节〔六月二十四日〕的叙述比较是有系统的。）余论：（1）正月节，（2）三月节，（3）立夏节，

（4）端阳节，（5）七月节，（6）中秋节，（7）重阳节，（8）腊月节。

游凌霄：《昆明妇女消闲生活之调查》。（用调查表，并用谈话方式搜集材料。范围太广，叙述太简，像是新闻记者的工作。）

梁树权：《昆明招贴之研究》。（是新颖而饶有趣味的题目，但所下工夫不深。门联一类所搜集者十分之九属于商店，因此是很容易的，余为住家及自由职业者。理发店联云："既入头无丝毫之不尽；即洗耳有消息之可听。"茶馆联云："劳人草草偷闲坐，世事茫茫信口谈。"）

周颜玉：《一个关于使女的研究》。（访问昆明市内外使女80人，每一次谈话所记不多，约自150字至700字；有许多是浮面话，有许多是重复的事实。这个研究不可采用访问法，不可注重访问的次数，或被访问者的人数，应注重研究者与被研究者相识的程度，相识愈久，愈能得到亲密的材料，否则被访问者不肯吐实。因此调查员应以友谊的态度和被调查者接近，久而久之，可于谈话中不着痕迹地得到可靠的材料。这样材料，被调查者在平常是不肯告诉人的，并为避免主人的虐待，亦不敢公开告诉人的。）

张征东：《大学男生的婚姻生活研究》。（大学男生结婚的年龄，平均为22岁，女生约小两岁。本研究采用调查表，问题分婚姻背景、婚后生活及婚姻态度三大类，共约60题。问题表发出200，收回148，可用者100份。有些由研究者填好，大部由被调查者自填。按所列的问题言，数目太大是显然的缺点。按性质言，列入些不重要的问题，这些反使重要的问题受了不良的影响。本问题对于个人有极亲密的关系，用普通的问题表，得不着有趣而可靠的材料。）

邝文宝：《妇女婚姻生活调查》。（和张征东所用的表格是一样的，但本文专分析女子的婚姻生活。分析简短，解释嫌不充分。）

李仲民：《联大男生婚姻态度的研究》。（采用问题表，所列问题，和前述二人有不同处。作者对于每个问题有琐碎的叙述，无系统的总结。本问题的研究，不能如此机械式的。）

徐泽物：《空袭与昆明社会》。（作者费了相当长的时间，搜集了不少材料；惜乎本文的内容，似乎是新闻记者的工作。据报告，自民国二十九年五月二日至三十年十二月二十四日昆明共有预行警报95次，空袭警报72次，紧急警报52次。在前述警报中，自空袭至解除，共约300小时，这是全市人民的间接损失。以联大学生论，如每人每学期选读40学分，每周上课20次，每次40分钟，逃警报所费时间，约等于23周的上课时间或一个半学期。）

防空司令部关于警报各种损失，有下列的统计：

年度	敌机袭击天数	次数	机数	死者数	伤者数
二十七年	1（在1个月内）	1	9	94	47
二十八年	3（在2个月内）	3	85	153	176
二十九年	70（在10个月内）	128	1214	303	235
三十年	81（在9个月内）	190	1204	494	956
总计	155	322	2612	1044	1414

孙观华：《江苏无锡的婚丧礼俗》。（婚姻礼仪如下：甲、订婚；乙、结婚；丙、童养媳；丁、续弦；戊、冲喜；己、冥婚；庚、再醮。所谓冲喜是指早已订婚，遇公婆病危时替儿子结婚，俗称冲喜，礼节与平常婚姻同。又遇未婚夫病危，亦可冲喜，拜堂时夫姊或妹代行礼并代入洞房过花烛之夜〔是夜必需二人同睡〕。不幸夫死，新娘往往守寡终身。冥婚概况如下：凡自幼订婚，未婚前一方死去，可以冥婚，如未婚妻死去，未婚夫按女婿穿孝送殡，棺前有红轿〔魂轿〕内置死者牌位。未婚夫行于轿旁，送到坟上，红轿子撤去。夫抱木主返夫家，置木主于家祠。以后夫娶时只能续弦。无锡丧葬的情况如下：甲、断气时的处

置；乙、开吊；丙、七期；丁、入葬；戊、修坟及上坟；己、寿衣素棺；庚、丧服；辛、冥寿。）

袁方：《昆明市之都市化》。第一部：昆明市之都市化背景；第二部昆明市之都市化过程：（1）社会解组，（2）行会（手艺人概况，行会的演变），（3）人口流动，（4）论都市化吸收农村人口，（5）都市化与乡村社区。（本文最费工夫处在手工业行会的调查与分析，自手工业者改行的观点，研究都市化的进行。其次对于昆明市引诱乡村人口的问题，亦有相当的分析。）

社会学系本届毕业生（三十一·七·二十七）

毕业生成绩审查委员会，此次抱严格态度，经审查后，认为下列五人本届不能毕业，李仲民、游补钧、游凌霄、周颜玉、梁树权。余反复解释，前三人谅无问题，后两人因缺公共必修课，恐难毕业。教育部于民国二十七年颁布大学科目表，内分公共必修，及各系必修科目。今年毕业级正值该法令实行期。去年十月二十二日，毕业生成绩审查委员会曾与系主任开联席会议，详讨此事。惜余是时在重庆，致未接洽。本系毕业生向来未发生若何问题。抗战以前，每届毕业人数较少，对于每人又严格审查。抗战以后余鉴于学生求学之艰难，稍事宽容，但每届毕业时，亦无问题，因尚未严格施行部颁章程。今年校方因首次施行部章，本系有两人恐难照章毕业。注：后经余与梅月涵教务长说明情形后此两人亦准毕业。

劳工问题讲义大纲（三十一·九·九）

余自民国十五年起，将劳工问题自立一课，为一学期功课；自十八年起改为全学年功课。授课时随时搜集材料。余读书时总有笔记，出外调查时亦作笔记。各种笔记甚多，年年有增加者。自余授"劳工问题"一课以来，下列数事是重要的事实：

（1）余于民国十八年，印行《中国劳工问题》（商务）一书，内中包括余历年所研究的一部分。

（2）余于民国十四年及十八年，曾两次游华南（闽粤）搜集关于我国工人运动的材料。

（3）余于民国十八年冬及十九年春，往夏威夷大学讲学，讨论我国社会变迁及工业劳工问题；归国时在日本及朝鲜短住，研究其劳工问题。

（4）余于民国二十年五月至八月，在上海（及无锡）研究我国工厂法。

（5）余于民国二十三至二十四年游南洋，搜集我国海外契约工人的材料，民国二十四至二十五年游欧，搜集一般"劳工问题"材料，特列注意德意及苏联。

近年来余对于"劳工问题"一课，每年增加材料，修改内容。手头尚有旧讲义大纲一份，民国十九年至二十年度所用，当时称社会人类学系。此大纲分三编（问题的分析、劳资协调、劳工运动）共19章，用报纸、铅印共25面。此外尚有历年的笔记，共计544面。这些笔记大概用钢笔写，用笔记本，大多数仅抄一面，间亦有抄两面者。

余的讲义大纲，随时修改，内容亦时有增减及修改。今年暑假在呈贡又从事修改。计自八月二十日开始至九月九日，共修改21章：章名列下：（一）劳动者的演化，（二）劳力的性质，（三）工业革命，（四）工资与工资学说，（五）生活程度，（六）工作时间，（七）童工与女工，（八）灾害与疾病，（九）工人流动与失业，（十）劳资争议，（十一）劳资协调，（十二）劳动者的组织，（十三）劳工法规，（十四）劳工检查，（十五）社会保险，（十六）国际劳工保护，（十七）净利的分润与股票的购置，（十八）工人代表制与劳资合作制，（十九）科学管理与工业合理化，（二十）人事管理，（二十一）合作。尚有关于劳工运动部分，尚须继续修改。

社会学系学生读书报告（三十二·一·七）

自抗战以来，大学生的英文程度愈见降低，其主因有二：（1）中学的程度在军事期间渐形降低。（2）大学一年级生因书籍缺乏，空袭频仍而课业欠严。余对于提高本系学生英文程度用两种办法：（1）强迫学生选修大学二年级英文，（2）劝学生多读英文。余所授人口及劳工两课，每人于上学期须读英文至少 300 面。并须作笔记。自民国二十七年起实行，成绩尚佳。今年两班笔记，余方于前星期阅毕，劳工班有法律系学生两人，所作笔记，十分之九雷同，显系抄袭。

社会学系系会（三十二·一·十三）

本系全体教授出席，计有下列各位：陈序经、潘光旦、吴泽霖、李景汉、陶云逵、李树青，主要议决案如下：

（一）由清华拨来研究院设备费 15000 元，指定 13000 元为社会学博物馆购置费，保留 2000 元作为他种费用。

（二）致函联大常委会，至本年六月止，请拨参观调查费 2000 元。

（三）由余函张鸿钧兄，询社会部所允补助费 20000 元事。

（四）毕业生论文，定为由三年级下学期开始至四年级上学期终时完成。

社会学社年会（三十二·二·十一）

去年社会部在渝举行社会行政会议时，中国社会学社出席社员，议决于重庆、成都、昆明分别举行第七次年会。昆明分社乃于二月一日及二日在云南大学举行年会。宣读论文者有:(1)潘光旦(《工与中国文化》),(2)李景汉(《战后农村问题》),(3)吴泽霖(《战后边疆建设》)等(余见论文摘要,但须增苏汝江《中国平均人寿的推测》及李舜英《我国物价指数形式之研究》)。余读论文一篇题曰"战后人口政策的商榷",并领导讨论"战后社会建设讨论纲要",此纲要由重庆拟定,分寄成都与昆明,作为讨论时的依据,内容包括:(1)社会组织,(2)社会福利,(3)社会服务,(4)社会运动四项。

社会处限制工资办法(三十二·二·二十六)

社会部为加强限制物价案,在本省昆明市举办限制工资事。自今年一月起,聘余为社会处顾问,主持工资调查。余自一月二十五日以来,规划此事,已拟:(1)昆明市手艺工人工资调查表,(2)昆明市县工厂工人工资调查表。约定社会系同学十人为调查委员,以七人调查手工业,三人调查工厂,由社会处加委,已于二月二十四日开始调查。关于此事余与社会处社会福利科孟立人科长已商量四次,与同学业已开会五次。

旭都往昆明就学(三十二·三·二十)

国立华侨中学呈贡分校,近与国立中山中学合并,拟在昆明开学,但计划尚未定妥。旭都事前因拟投考西南联大附属中学高中二年级下学期。十五日发榜,已蒙录取。

昨日旭都收拾行李书籍，坐午车入昆。学校允许试读一个月，如及格可肄业于二年级。旭都从前肄业于清华成志小学时，有同学沈鸣谦、张德华及萧庆年，俱随其父母因抗战而来滇，现仍为同校同学。但前述三人，皆降一年，如旭都在二年级肄业，和在成志小学时年级相符，不致降级。

旭都往昆明就学系第一次离家，余夫妇俱觉清冷。其胞兄旭人曾于成志小学毕业后考入求实中学，该校在北平安定门内，亦是常在校住宿的。当时我们住清华西园，逢星期六或旭人回家，或余夫妇入城。呈贡离省虽近，交通不便，旭都恐无时常返家的机会。

旭都考入联大附中（三十二·十·十五）

旭都于今春入联大附中为试读生，暑假中参加入学考试，蒙录取为高中六年生。十月十日余陪旭都坐滇越火车（近因我国与维琪政府绝交，此路已收归国有）往昆明。票价 31 元。车兜增加，乘客称便。昆明下车后挑行李至北门内文林街昆华中学宿舍，45 元。余与旭都在小饭馆吃饭，每次每人点一菜，两人共用一清汤，饭费每人约 35 元。本系研究生戴振东有房一间，不用，余商准借给旭都，以便读书就寝及安置用物，联大附中对于市外学生保留宿舍，但每屋住 16 人，上下床，各人无桌椅，置物不便。旭都可在校中包饭，每月 700 元，自十六日开始，十日起上课。旭都在上海时（民国二十七年），我家寓赫德路，往北四川路青年会中学作通学生，早出晚归。此次考入联大附中，当在外常期住宿。

余近住于北门街45号宿舍，但于十月一日起，搬入北门街71号宿舍，房间甚小，惟光线颇好，一人住宿无不方便之处，房租每月45元，外加炭、电及开水费。用冷水洗脸。

交友与恋爱（三十二·五·七）

五月三日晚，社会系同学举行交友与恋爱讨论会，参加者约200人，足见他系同学对于本问题深感兴趣。会场发言时，有些人自认联大的社交有不正常处，一部分女同学认男同学为"危险"，有些男同学，交女友的主要目的在求婚，如不能达此目的时，对于异性的友谊立时中断。余以为此种讨论，很可以指示青年人思想的倾向，深望一年生指导委员会对此特别注意。

社会学系本届毕业同学欢送会（三十二·五·二十六）

余在该会的演辞以治学方法为题，略谓有些天生的学者，其治学方法是不可以学的，有些学者的治学方法是科学的，是可以学的。先说我国的学者，如梁任公先生，余初在清华任教时，主编《清华学报》，适思永世兄在班上课，一日请转向任公先生投稿，二日后即以《清代学风的地理分布》一文见惠，此文有人名、地名、书名及著作出版年月数百种，但任公先生全凭记忆写出，此因其天生记忆力甚强，他人不能学。那时校中尚有大师王静安先生，曾任清宣统帝太师，亦曾向学报投稿，就中《鞑靼考》一篇，关于搜集材料，王先生曾读完辽金元三朝正史，及有关著作，凡关于鞑靼的记载俱有笔记抄出，此种方法我们可以学习。其次余又说到英国社会学者二人，一为斯宾塞尔。他是天生的大思想家，平素不常读书，健康又不好，但其综合哲学，是近代社会思想的巨著之一。对于这种学问我们实无可学的方法。其二便是新近死去的韦白夫人，她自九岁时就开始学习作日记，喜欢作文，遇到所见所闻，或与人谈话时视为值得记录者俱作笔记，她的笔记是用活页的，以便整理材料时，可以按日期按题目将笔记反复排列，以期看出线索、因果或结论等。例如韦白夫妇已著《工会主义史》，但未在书内叙述工会主义的理论，后将活页笔记重新排列，才看出此种缺漏，乃于四年后在《工业共和》一书内补述工会主义的理论。此种治学方法我们可以学亦应当学。

民国三十二年夏社会系毕业生论文（三十二·七·六）

陈誉：《茨厂劳工》（昆明县茨坝中央机器厂）。

沈瑶华、常绍美：《昆明纱厂与劳工》（裕滇）。

陈道良:《云南纺织厂劳工调查》。

萧远浚:《昆明市二一个商业同业公会的研究》(堆店业、饴糖业、牛羊乳业、牛肉食馆业、沐浴业、猪毛业、糕饼业、茶社、旅社、京果、海味、酱菜)。

全慰天:《昆明二七个同业公会之研究》(手工业工会如金银、金箔、象牙刊刻、文具、笔墨、裱画、屏联、木器、皮箱、皮鞍)。

白先猷:《昆明市二六个同业公会的研究》(服用品业如成衣、鞋棉絮、估衣、皮革、布匹、帽、斗笠、颜料、顾绣、新衣等)。

虞佩曹:《昆明市离婚案件之分析》(由地方法院得100案,包括民国三十年及三十一年)。

朱鸿恩:《昆明市十六个职业工会之研究》:(一)由行会演变者如运输业、刊刻业、木器业、各职业工会,(二)实为同业公会的职工会如建筑、花璃、木业、卷烟业、棉纺织业、沐浴业等,(三)不纯粹的职工会如缝纫、汽车、人力车等。

廖宝昀:(昆明市)《社会救济事业之研究》:(一)妊妇,(二)婴儿,(三)儿童,(四)老人,(五)埋葬,(六)疾病,(七)残废,(八)犯罪,(九)饥寒,(十)沦陷区难民,(十一)国外侨胞,(十二)空袭,(十三)

抗战军人家属,(十四)节妇。

刘懋修:《联大同学消闲生活调查》。

赖才澄:(昆明县)《大普吉农村社会实况及其问题》。

徐先伟:(路南县)《尾则夷族之生活概况》。

研究生考试(三十二·十一·十三)

社会学系自成立以来,仅有研究生一人即费孝通,于毕业后赴英习人类学,中日战起,毕业归国,在云南大学社会学系任教。两年半前本系研究院恢复,戴振东入院专修人口问题,十一月十日举行口试得81.3分,此为第二研究生。戴君毕业于大夏大学,抗战后在贵阳肄业,时吴泽霖兄在彼任教。

留英庚款第八届考试(三十三·六·一)

留英庚款第八届考试学门18,总额30名,已于今年二月间举行考试,内法律门2名,一属于行政法组,一属于劳工法组。余被约任劳工法命题及阅卷委员。应考者共12人,余共出六题,今日已将各题阅毕,因成绩恶劣,将各卷各加10分。其结果及格者仅2人,最高者得65分,其次得60分,余10俱不及格,最少者仅得18分。所得印象颇坏,以为大多数应考学生,似未曾读过劳工法一类的书。或虽已选习关于劳工问题的课程,但未了解其基本内容。成绩如此恶劣,实出乎意想之外。

云南选县社会行政研究（三十四·二·十二）

民国三十一年秋，当社会部在渝举行全国社会行政会议时，余曾向谷叔常部长建议，谓该部可以委托西南联大社会学系同人，研究滇省社会问题，供该部的参考。谷部长表示同意，次年春，部方与同人互商结果，决定工作如下：（1）李景汉兄担任昆明市的研究，（2）吴泽霖兄担任云南少数民族的研究，（3）余担任滇省选县社会行政的研究。随后余即选定昆明县、昆阳县及呈贡县为研究范围。其调查工作亦于民国三十二年六月开始，调查完毕，组织材料，成五章：一曰社会行政与社会福利，二曰农民生活，三曰合作事业，四曰劳工事业，五曰结论。共 462 面，全稿于今日挂号寄奉谷叔常部长。今日为旧历除夕，对于此种工作的完成，余认为了一大愿，甚觉愉快。

五、旅行与调查

个旧之游（二十七·七）

涂奇峦、李景汉与余离蒙自赴个旧。晨十时乘个碧石铁路班车，晚五时到达，此是商办铁路，窄轨，每车兜约有座位十六，两人一排，这是头二等的设备，三等无座位，容量较大。旅客中有人不买票，有人买三等票坐头二等的车。车经鸡街买得石榴，每个重约一斤，价国币二分，时在阳历七月，红白石榴俱佳。至个旧，住于教育局内，蒋天民局长与夫人款待殷勤，时小学举行毕业礼，余等与县长同席，县长曰："砂丁大半是凶蛮及刁顽者，有一次砂丁结队拿刀砍伤一个锡矿经理，把他的口部及牙床削去一大半；砂丁们还到县衙门来告状。"我们听了，觉得砂丁是凶恶的工人。第二日上山，见有两个砂丁的尸首，杀后被抬下山埋葬，对于死者又未免表示惋惜与同情。关于劳资纠纷，往往因内容复杂，有时难得公正的分析，此即一例。

旧式锡矿，最盛行的采掘方式谓之硐尖。普通在山的一面掘硐，高不及五尺，宽不过三尺，一个成年人入硐时必须折腰。入硐者手提一安全灯，因硐内昏黑，行路只赖此灯。硐内枝叉又甚多，如遇得矿苗，即开一叉，以便工人开掘。有些硐，深达三华里，不漏光，亦不透空气，因出入只有一硐，掘矿工人在硐内大约须停留8小时，背墥工人（墥：掘好的矿尚未洗净者）在硐内的时间要看硐的深度。背墥用一布做的长口袋，两端有袋，一垂胸前，一在背后，两袋约装墥五六十斤。身体长大者背了墥在硐内须弯腰行，不能挺胸而前。硐内颇潮湿又甚热，行路又不便，背墥工人在硐内往往流汗，每人备骨质汗片一枚，预备括汗。背墥工人出硐时，类皆疲乏不堪，一出洞口立刻抛去墥袋，躺下吸新鲜空气，喘息不停。背墥工人平常穿棕色布衣裤。但因时入洞内，衣裤尽为黄土所染。出洞时个个都是黄泥人，脸色苍白，手脚疲软。经过长时间的休息，始能再背堎袋到公司，公司所在地离洞口一里二里不等。通常进洞三次算一工，所需时间要看洞的深度及公司离洞的距离。此种辛苦的工作，余在国内他处尚未见过。余在荷属网甲岛曾参观锡矿数处。彼处工人的工作虽亦繁重，但繁重的程度远不如个旧，且卫生的设备远胜于个旧。

工人的住宅与伙食，大致由工头包办，住宿挤在一处。长一丈六宽一丈的屋，普通要住工人六人或七人，还要预备煮饭的地方。他们的床是叠起来的，有上下两铺。相隔约三尺。屋内只一门，无窗亦无光，工人即用安全灯作照耀之用。饭食粗陋，菜蔬简单，量与质俱不适于营养，普通用汤一碗内混有青菜豆腐，伴送大米饭入肚。

无浴室的设备，因山上缺水，饮食用水与洗物用水俱须从山下挑来，工价太贵而不敷用，雨后或在雨季期内，泥潭内往往有积水，无知的工人即用粗布取水以擦身。泥潭的水污浊，且混有粪质，因工人们对于大小便既无定处，亦无正常的习惯，所以往往得病。

旧式炼锡用窑，备有大风炉，工人六七人或十余人不等。采锡与炼锡往往是家庭工作，规模不大。未入炉之锡，先用水洗，洗锡通常在雨季，因平时难得充分的水量。洗锡法的一种是在山下掘沟，山水顺流而上。洗锡工人把下摆在半竹（一竹破成两半）里，山水在半竹流过，锡下沉，杂物带水流去，谓之冲塃尖。

洗锡的又一法是在山上掘坑，以便积水，倒塃于近旁，工人用锄头翻塃加水，再用筛。已洗之塃置另一处。此种土法开采，俗称草皮尖。

半新式采矿法，对于挖掘尚援用旧法，但对于运矿则利用滑轮。由山顶硐内掘出之塃，置于铁兜内，一连可有六兜，各兜用钢索系紧，利用滑轮原则，由山顶盘旋而下，预备倾入炼锡炉。未入炉前先洗，洗与炼俱采现代机器法。云南锡务公司的洗与炼，即属此类。

采洗与炼俱用科学方法者，仅资源委员会一矿，当余等参观时，矿场房屋正在修盖，技术工人由申招来若干人，机器尚未安置，采矿尚未开始。

个旧卫生院，房屋业已落成，医生已开始工作，药品尚不多，足见工人的健康问题已惹起政府及雇主的适当注意。

自蒙自至申（二十七·八·二——十五）

八月二日离蒙自，同行者有沈仲端、崔书琴、周先庚诸兄。在碧色寨遇潘仲昂兄由昆明来，亦往申；余等坐三等火车，由海防至香港坐统舱（仲端坐二等舱）。今将旅费要目列下：

蒙自至海防三等火车	国币 1500 元
老街天然旅馆一夜连饭	西贡币 320 元
海防天然旅馆一夜连饭	西贡币 387 元
海防至香港统舱	西贡币 1000 元
港旅馆房费五天（海陆通）	港币 1100 元
港饭食五天	港币 1400 元
港至申三等舱（荷轮）	港币 4000 元

以上外币 82 元国币 15 元，外币等于国币 2 元，约共合国币 180 元整。

广东轮的统舱，占船的中部，位于最下层，地位虽低，空气并不十分污浊，因有极大的窗。我们所谓窗，实际是装卸货时必用的空地。轮上载黄牛 43 头，俱与我们为邻，但俱在我们的上面，仲昂兄曰："牛比人高一等。"我们的卧处，即在窗的地位，躺下时可见牛在上面，有时牛含一口草，伸首向下探望，草屑飞到我们头上，先庚与书琴偶发怨言，因微风时常带来牛味及粪味。余笑曰："我因嗅觉不灵，反占便宜。"

赴申接眷（二十八·六·三十）

民国二十八年三月三十日下学期开始上课，余所授社会立法，于六月二十五日举行学期考试。"人口问题"于六月二十九日举行学期考试。次日晨余乘滇越慢车离昆赴申。同行者有刘寿民兄、刘钦华夫人（携女仆一小女一才八个月）。七月一日到开远，宿法国酒店，出街往合盛楼吃中国饭。七月二日到老街，宿四川旅行社，房间不洁，饮食不佳，但价值相当昂贵。七月三日因火车误点一小时余，不能赴海防，住河内大世界旅社，社主为广东人，经理为宁波人，设备与招待颇佳，为新开旅馆之佳者。七月四日往海防，住华侨旅运社，每人每夜房金安南币二元。七月六日下午三时怡和公司德生轮开驶，余坐房舱，寿民兄用官舱。房舱原是水手住房，因生意太好，改售客票，一舱共有吊铺二十余，各铺尽卖出。七日晨六时到北海，下午五时开，八日晨二时到海口，正午开，两处上下货品极少，足见战事的不良影响。九日晨九时到港，因轮不靠码头，余不上岸，十日余上岸买物及访友，十一日晨与刘钦华夫人坐山顶电车，正午余在九龙刘驭万兄寓所便饭，见陈翰笙兄及 Miss Edith Chalmery 女士为我校对 *Emigrant Communities in South China* 一书，并指出误点数处。余当时写信至昆明，请倪因心兄按原稿校对。晚在九龙翟克恭兄寓所便餐，本夜宿新新旅馆，十二日下午四时德生轮开，十三日过汕头不停，风平浪静，旅客称快。十四日天雨，大风，舱客大半卧床，呕吐者甚多，余饮食如常。十五日下午一时到申，余雇小汽车返赫德路寓所。

Emigrant Communities in South China 一书原稿已由上海别发书局排好，并已由 Miss Edith Chalmery 校对二次，余在香港时业已接洽。现余到上海，中国太平洋学会，请别发书局将稿寄八仙桥青年会内太平洋学会，促余作末次校对，两星期后全书校对竣事。余在原稿中找出错误若干处，加以修正，又英文编辑 Bruno Lasker 先生于编辑时亦有些错误，余亦为更正。

余到申第二日，国币又跌，以后继续下降，待余校书完了，朱仲梁兄约余在清华同学会晚餐（静安寺路金城别墅），与同级友十余人晤谈。余在席间报告云南社会概况及对于抗战的努力，其最惹人注意的要点之一是余关于物价高涨的申述。余谓昆明米价每石（120 斤）售国币 30 元，听者和上海米价每石（150 斤）12 元相比，认为太高。是夜聚餐的级友如下：施博群、吴希之、孙克基、林振彬、林树民、张光圻、唐官赏及裘维裕（南洋大学毕业考取游美公费同年同船赴美）、邝翠娥及其他女同学二人。

上海的政治情形，较余一年以前所见者更形混乱。日本军部及伪政府拟以恐怖手段扩展其势力。房东武佛航先生有至友某君，在静安寺路办中学，平素对于国事抱公正的态度，对于难民的救济，有显著的成绩，敌人屡次设计收买不屈，一日被人暗杀。此类惨事，在上海日渐加多。

余准备携眷往昆明，故常至铺中购买家用物品，添办衣服，于九月十二日乘太古公司太原轮离申，梧荪及旭都、旭清同行。朋友同轮者有沈家瑞夫人及二女、朱君毅夫人及其公子祖同。太原轮于晨十一时由法国外滩驶出，十五日上午十一时到香港，自申至港途中并未靠埠，下午一时半余一人登陆办理杂事，晚杨寿标兄在 Windsor Cafe 共餐，柳无垢女士随后来谈话，十六日余与梧荪、旭都、旭清于晨八时半登岸坐山顶电车，下山后过渡至九龙，在刘驭万兄宅午餐，旋至傅尚霖兄寓所吃点心及冰淇淋。尚霖兄与夫人不久即往云南澄江县，继续中山大学社会学教授的任务。澄江是呈贡的邻县，相距约 80 里。十七日下午三时太原轮开行。次日晨微雨，过琼州海峡时有浪，梧荪略感不适，十九日晨雨浪甚大，十一时抵海防。轮上有少数客人，因须补打防疫针，抵岸后耽搁六小时才准登岸。海关已停止办公，行李不能取出，夜宿爱华酒店，业已由沈嘉瑞兄接洽，因嘉瑞兄由昆明来海防接眷。夜大雨。至次日下午才止。余等至海关取行李，38 件中仅查 3 件，因余带有河内刘鼎三领事西南运输公司及西南联大的介绍信。二十一日下午赴河内，住大世界旅馆，次日因旅途劳顿，余等接受蒋梦麟夫人的建议，在河内休息一日。二十三日晨八点二十六分离河内，晚宿老街。过国际桥至河内电报局，发倪因心兄电请派人在呈贡车站招呼。二十四日晨虽河内，晚十一时到开远，离开远南约四公里处，昨日被焚的火车，今夜尚见火烧余烬，据说有一车兜满载汽油，过火燃烧，焚毙及伤旅客数十人，已焚之车塞住铁轨，今夜旅客至此下车，步行半里余，行李每件搬费国币五角。天雨，道路泥泞，行李堆于开远站，余等请三人看行李。二十五日晨离开远，下午五时半到呈贡，未见倪因心兄，知电报未到，天雨，余等即乘原车到昆明。嘉瑞兄与余冒雨找旅馆，惜处处人满。往迤西会馆工学院与倪俊、章名涛先生相商，派校工二人在车站看守行李。余等在护国路西南旅行社过夜。沈夫人及两女用一帆布床。梧荪与旭都、旭清共睡一帆布床。嘉瑞兄与余在饭厅内各睡一桌，幸自带被褥，不致受凉。二十六日晨余往近日楼电话局打长途电话。下午二时往呈贡，见旭人及县政府所派巡警在站相候，天雨，行李用二牛车，由公路运去。余与旭清合骑一马，馀每人骑马。因连日下雨，已逾一星期，沿路低处有水，小羊落堡前面最低处水没马膝。六时到县城，即在文庙休息，湿衣换下后，梧荪赴县政府李夫人之宴，今日人事登记训练班举行毕业，余即在文庙参加聚餐会。余未赴申前已在斗南村租定毕宅，并已于七月起付房租。但斗南村离县城约五里，步行须半小时。因心兄将此宅退租，另为余租三台小学的一部，楼房三间，厨房一间，月租30元，屋在三台山脚，由文庙步行三分钟即到。其后数日收拾行李，打扫房屋，布置安妥后，旭清在三台小学一年级上学，即在寓所内上课。旭都在呈贡县立中学初中二年级肄业。由寓所步行五分钟可到。

逢星期四、五、六，余往昆明在联大上课，担任人口问题及劳工问题两门，上课地点改在文林街昆华中学北院，由青云街寓所步行五分钟可到，历史社会学系社会组二、三、四各级，本年共有学生41人。

昆阳之行（二十九·十二·二十六——二十八）

国情普查研究所，原拟于今年寒假举行十县的人口普查，惜于七八月间日本在安南加紧军事行动，威胁云南，教育部令西南联大迁往四川，以策安全。学校当局随后准备迁移，因此本所上述的计划即行取消。另拟人事登记的推广工作，本所现在呈贡县的人事登记包括七万余人，如再加三万人，即可编制生命表。袁贻瑾氏前以广东中山县李氏家谱的材料制生命表。Harry Seilfert近以金陵大学卜凯教授的农村人口材料编制农民生命表；但尚无人用登记方式搜集人口材料来编生命表者，因此我们的尝试是有学术价值的。

近来梅月涵校长与余会晤民政厅长李子厚先生时,曾提出本所推广工作的意见。李先生以为昆阳是可能区域之一。余于便中遇李右侯前任县长,蒙介绍昆阳朱竞烈县长,李与朱俱石屏县人,为表兄弟。

二十六日晨八时由三台小学动身,余骑马,马夫挑铺盖,顺昆玉汽车路而行。十二时一刻到晋宁,共行24公里。十二时五十分继续前进至55公里处,有一指路碑,西折入小路,进昆阳境渠东里村,经渠西里村入县东门,时五时二十分。由渠东里至县城约行一小时半,计14华里左右。如不走岔路,而由汽车路前进须由昆阳南门入城,近城门处石碑是62.8公里,据此自呈贡至昆阳约有90华里。

二十六日下午五时半在昆阳东门内饭馆与马夫同餐,店主人建议,让我们试尝昆阳卤鸭。此地饭馆和云南他县一样,不卖青菜,我请店主人代买些咸菜,否则这一餐饭,完全吃鸭与肉,钱包既吃亏,胃亦恐起反感。餐毕入县政府见朱县长,蒙介绍第一科唐嘉学科长及第三科朱映桢科长,晚宿县府第三科同人的宿舍。

二十七日晨七时起,余即拟往南门外看汽车路上里数碑,惜城门不开,因昨夜城内一布店被抢,余今晨在路上遇见被捕的嫌疑犯一人。九时半余向宿舍行,过内地会,见牧师 Bruder Robisch 德人 Dresden。近由安徽怀宁来,据说昆阳信教者向来甚少，以前几个牧师多无好办法。余问汽车路里数，彼亦不知，仅云：自昆明至此约60公里，和一般人所说者相似。余到昆阳后对于此事问过职业不同者十余人，但无人能给予确实的答案。实际，最近的里数碑离南门不过一百码。惟无人注意此事。最后余吩咐马夫去看石碑，他听本地人传说，南门外的汽车岔路离城约五厘，岔路尽头才是昆玉汽车路，因此他未去看石碑，幸余于空闲时，到南门外自己看清，抄下里数。

关于昆阳县概况，供给材料者有朱县长、唐科长、朱科长及第三科韩雨苍科员，要点包括下列各端：（一）地形及面积，（二）人口的估计，（三）交通，（四）教育，（五）乡村概况。

穿昆明湖至昆阳（三十·三·二十二）

三月十九日晨八时昆湖浅水轮自昆明西门外大观楼开，十时到观音山，十一时半到海口，十二时半到昆阳县城海边，改坐小木船到小东门上岸，时下午一时一刻。余先到卫生院留下被服一条，后访朱县长，适县长问案，改于晚饭后与张院长同访朱县长，商量办事处房屋，县长以为文昌宫比较适宜。出县府张与余访朱映桢科长，入门方作雀战。云南式麻雀余为第一次参观，每人座前共筑25行，每行二牌。牌内有花甚多（共64花），壶时多者过一万壶,据说壶时较清麻雀容易些。我们参观15分钟,即有一人天壶。

文昌宫位于小山上,屋外一面有柏树林,一面为篮球场,可望见昆明湖,遥瞩晋宁,晴天并能远望呈贡。文昌宫共三进,第一进为厨房及二小房;第二进为大厅,第三进为一更大厅,办事处可用第一进及第二进,第二进可用木板隔成三间。当时招木匠估价约须国币300元(用木板五丈,每丈国币30元,余为工资及零费)。第三进向为小学生宿舍,因漏雨未用,经修理后亦拟作办事处的一部。朱竞烈县长于旧历年初返石屏嫁女,回任时路过呈贡,访李悦立县长,讨论安江水利案。即率眷属往晋宁,由卫生院护士的介绍在院宿一夜,县长卧于前屋,眷属卧于后屋,以木板为床。竞烈县长与李右侯县长为表兄弟,李时寓贡龙街,未往访。余适往重庆,亦未来余寓所。

海晏之游(三十·五·五)

昨日为星期日,国情普查研究所同人举行交谊会,游海晏(呈贡县城西南,滨昆明湖)。全体会员除景汉兄、旭人及杨成之夫人外,俱参加。非会员同去者有吴泽霖兄、旭都及杨棻君令郎。晨八时出发,行五十分到乌龙浦,沿昆明湖边走,十时半到海晏。天微雨,在小学休息并进点心。入校门见邮政代办所招牌及兼办小款汇兑通知。这是为昆华女中方便而设的。上次余到海晏时，在去年旧历正月三日，时该校已在海晏石龙寺上课，但未见邮政代办所。一年半以来，海晏已有显著的社会变迁，邮政代办所的设立即其一端。余等于雨止后往石龙寺，蒙罗老师招待，参观昆华女中，并照团体相数幅。据说该校有初中十班高中八班共学生600余人，在庙内寄宿，在村中上课，前述小学即其课堂之一。女生采分食制，每人两菜，俱素。一日三餐，用干饭，每人饭费月出25元。余等绕海边散步，归与女生赛排球，二比一，女生胜。余等球队系临时凑成，余年最长，旭都最幼。下午三时在小学内吃面。大司务在海晏买些白鱼，不去鳞，不去内肠，整条鱼用清水煮熟，食时助以醋及酱油，随手去鱼鳞及内肠。归途问春麦与紫麦之分，据说前者穗有须，后者无须。麦田中飞起鹌鹑一鸟，这是我在云南三年第一次所见。老师告我曰："本地用网或鹰捉鹌鹑，认此鸟为筵席珍品。"三时四十分离海晏，经太平关、松花坡、三岔口归县城，时五时五十分。

昆阳人事登记讲习班（三十·八·十一）

人事登记，近由呈贡推广至昆阳，苏汝江兄已于五月二十日往昆阳筹备，练习生李绍敏、李尚志、杨棻，于七月十五日前往协助，李景汉兄、戴世光兄与余参加讲习班。余等八月二日由昆明大观楼乘轮船前往，三日下午二时，在昆阳县立中学举行开学式，到会者有县长朱光明（竞烈）、第一科（民政）科长唐嘉学、第三科（教育）科长朱映桢、卫生院张院长、苏汝江主席，演讲者有朱县长、朱科长、景汉兄、世光兄及余。此次省教育厅在昆阳举办进修班，召集全县小学教员60人受训。本所利用此机会，另召28人，所以讲习班学员共有88人（报到者81人），讲习期自四日起至七日止共计4日，课程见另表。末后有测验，参加者共70人，内60分以上至76分者17人，成绩最劣者三人，此三人答案见另纸，观其所答，知其了解能力极低。且此次测验，及格者不及五分之一，足见小学教师品质之劣。当举行测验时，偷看书者6人，此6人成绩俱在50分以下。交头接耳，偷阅考卷者甚多。两人同座，一人已答完，旁人请其解一题，答曰："我才不管题目的意思呢！让命题人出他的题目，我说我的就是了。"结果此人得8分，另一人于测验进行时问曰"教育程度"作何解释。小学教师中年龄最小者一人，仅17岁，最老者一人已68岁，年在50至59岁5人，40至49岁者7人。高小毕业者一人，简易师范毕业者占大多数。私塾出身者俱属40岁以上的老师。

学员们每日两餐，晨十时与下午三时半为开饭时间，每桌七人,四碗一汤,内有串荤一碗,余为素菜,每日开14桌(连办事人及工友)。我们每日约费100元,四日饭费合539元7角整。小学教师虽各乡俱被召,但九渡乡仅到四位,最远者离城两站(120里),步行两日才到。此次来参加者其最远之距离去县城六站(240里)。

我们拟办六乡的人事登记,以练习生四人任之,即中和镇、河西乡为一人,中宝乡、宝山乡为一人,仁德乡为一人,但负责调查平定乡,以便即将登记推广至该乡。内甸乡为一人,但负责调查九渡乡。以便推至该乡。

昆阳保长班测验成绩(三十·八·三十)

昆阳县地方行政干部人员训练所,自七月初即召集全县识字的保长受训。报到者共89人,内保长49人,民政干事1人,副保长7人,保书记13人,甲长11人,他职员18人。这些是比较受过教育的人。八月二十七日苏汝江兄举行测验,共出二题如下:(1)"我的传略",(2)"试述你对于办理户口异动的经验、意见和感想"。测验分数如下:

分数	人数
60—75	11
50—59	4
40—49	9

（续表）

分数	人数
30—39	3
20—29	13
10—19	15
0—9	25
总计	80

60—75分者共11人，余均不及格，且有两人略识数字，不能动笔，得零分。此外成绩最劣者其答案如另纸。

石林之游（三十二·二·十一）

梧荪与余约顾时敏君（妻妹夫）至呈贡寓所度旧历年，时敏服务于滇缅铁路，约友人萧国祥、蔡子明同来。二月四日晚同余全家吃"年夜饭"，饭后三人与梧荪竹戏。五日（即旧历元旦）晨九时，三人与余全家（包括梧荪、旭都、旭清）乘时敏所备旅行车游石林，十二时十五分到。路经呈贡三岔口，松子营入宜良县境，由宜良入路南县，顺陆良县岔路至石林。石林由平地耸立，大石连接，奇伟异常，绵延不断者十余里。至一处层峰挺秀，环一小湖，最奇者为钏峰，峰旁有岩石无数，形如屋顶，遮盖天日，大石上有学正李如桐于康熙壬辰年题诗，其词云："何处飞来怪石丛，盘根窦窈郁玲珑。森森棱棱铁骑列，千门万户曲涧通。崖窟层层琐玉关,羊肠鸟道苦难攀。恍疑紫云天上路,五丁把住留人间。危磴高峰真鬼斧,球琳琅玕奚足数。中有一线清泉流,老藤穿壁苔痕古。"

二时离石林,往路南县城,三时至文庙内云南大学附属中学。因在寒假中,职员不在校,留学生仅十余人;适有西南联大工学院学生旅行团先锋队已至,余等即与之接洽,商量包饭事宜。余等即在教育室内暂作寝室。晚饭后萧与余入城雇滑竿六乘,准备六日晨往大滴水,每乘140元,大滴水离县城40里,以瀑布著名。杨教务主任与余至县政府请派护兵两名。时有夷人至县府耍龙灯、狮灯、音乐及武器。余最爱霸王鞭,鞭以竹做成,长约二尺半,另有绳,绳上系铜钱若干,击时有声。八人一队,分两边,互击约15分钟。

六日晨早餐毕,余入城催滑竿及护兵。县长虽于昨夜允派,但事实未派,各科办事人尚卧床未起,余观状知非短时内可以派好,决计不用护兵,免因稽延而至晚归。滑竿夫12名,于九时才到文庙,半小时后动身。天气阴寒并下小雨,行未及十里,时敏决定取消大滴水之行,十一时半余等离路南县,十二时三刻至宜良县城。余见街上有春联,其下联云"百无一用是书生",认为是许多书生的写照,急欲知其上联。余走进门口,见一老者问之答曰

"十有九人堪白眼"。余是书生，此联下段文字，仿佛描写我的生活。蔡子明先生根据在军队的经验，以为将书生改成学子，可以引用到新毕业大学生之入军队者。下午四时抵呈贡，时敏等即返昆明。

昆阳人事登记视察（三十四·三·十三）

民国三十四年二月二十六日，晨七时三十分，往访孙春苔兄，约同往昆阳；孙已离家，余乃一人行至三岔口，孙不久即到，九时四十分孙与余坐木炭汽车，价700元，十二时十五分至昆阳。午餐后，周荣德夫人与余二人至西门外参观马哈只墓，相传此为郑和之父，余疑郑和非云南人，据碑昆阳，马哈只，因功赐姓郑，其子名和或与郑和不过姓名的巧同。史传对于郑世，并无详细的记载，《昆阳州志》并无《郑和传》。我们亦不知郑和如何由云南往江苏；更奇者经历和的身远路去做宦官，情形非常，深足使人怀疑。前安宁县长李士厚有《郑和碑传考释》，此碑为重要文件之一，但无证据，姑志此以存疑。

晚饭后余三人至南门外帐篷往访美空军三人，司无线电事。三人中有一人曾约妓住于帐内一星期，余二人非之，每夜俟帐内息灯，始归寝。

二十七日晨九至十二时，在办事处开会，荣德已往昆明，出席者调查统计员四人即杨湛、杜联元、张琼、周尚中。人事登记共包括一镇三乡，分105登记区，内由小学教师负责者仅十分之三，余由私塾及保干事负责，其成绩远不如呈贡。余带人事登记修正符码对照表、修正表及登记证、人事登记统计程序等交付讨论。

二十八日晨与杨湛、周尚中，视察县城附近各村人事登记，第一村所见尚佳，第二、三及四村成绩均欠完善。第四村（麦地）因缺乏组织，各事俱未上轨道，此村离县城不过一里许，成绩尚如此恶劣，足见遥远的村庄，更难办理。下午一时归办事处。

下午三时在办事处继续开会，讨论人事登记统计程序。

依环湖市县户籍示范工作报告，昆阳县城603户3547人，中和镇2445户14909人，中宝乡637户4026人，河西乡1293户6991人，宝山乡1291户9477人，上述各处为目下人事登记的范围。

内政部户政督导团，对于滇黔举行户政督导会议，三月一日在昆明开会。昆阳县政府为准备户政资料，于昨日派人至办事处借抄中和镇关于去年及今年的户籍及人事登记材料。

三月一日晨九时周夫人、孙春苔与余合雇运货的马车，驶往玉溪，下午二时至玉溪北城，昆阳出发点为62公里，至北城为92公里。价共900元，改乘酒精汽车至州城，距离6.5公里，票价每人200元。李悦立县长因出席户政督导会议，尚留昆明。

二日晨周夫人、孙春苔与余至北城，参观大道生织布厂。据说玉溪旧有织布机约两万具，用木机，由女工织布。宽14寸的土布，长26尺，须五日织完，工资500元。染坊规模较大，蓝色较多，不退色。余前在昆明大道生买灰色长衫一件，洗到第二次时即开始退色。

县政府派民政科刘科长，黄副师长派护兵，陪余等午餐，用泥鳅，俗称鳅鱼，红烧、加辣子，为珍品之一。店主妇买苦菜25棵，价400元，小者占一半，以上述苦菜言，在呈贡每棵约值20元。

余等雇马车，往九龙池，池在山边，泉水由山流出，清冽见底，水深处逾丈，游鱼颇多，似为白鱼及青鱼，最大者一尾约半斤。池旁有龙王庙，庙内塑九龙。此地数年前为省立中学借用，去年敌人自广西向贵州蠢动时，余曾托春苔兄到玉溪察看疏散场所，春苔商于李悦立县长，允许将九龙池借给东方语文学校及国情普查研究所。有房四十余间，俱与九龙池毗连，目下太平洋战局好转，敌人已无暇扰云南。我等到此，只不过领略风景而已。

四日周夫人与余已入木炭汽车，拟各回家，但汽车驶出玉溪不过一里，即抛锚，余等折回。是日下午三时，悦立县长自昆明归，谓户政督导团曾约余赴会，但不知通知寄至何处。李县长夫妇陪余等至黄副师长宅晚餐，用豆米饭，将青蚕豆煮入饭内。春苔此行为黄副师长尊翁写墓碑，今日见碑已预备，置于院内梅树旁。

玉溪房屋用木处甚多。屋檐有五道，每道木上俱刻花卉人物，院中用白石板铺平，种树木处略留小空地。玉溪为一等县，人民较富庶，未见茅草屋。一般的衣服亦整洁，未见穿破衣者。玉溪县以溪得名，此溪夏间有水，甚猛，冬季无水。溪上有桥已坏，现正修理。警察分局王局长前任呈贡县警察局长，据云在呈贡县每月有案二十余件，现只有十分之一。玉溪县政府采用合署办公制，办公厅成立尚未到一年。玉溪县新设电话，由县府可通18乡镇公所。去年内政部选定玉溪及宜良为云南省内示范县。五日晨八时半乘酒精汽车返呈贡，下午一时半到达，票价3000元。到呈贡时才接户政督导团开会通知，距闭会已两日。

六、观感偶记

昆阳西门外月山故马公墓志铭（二十九·十二·二十六）

昆阳西门外靠城处有月山，其上有马哈只墓碑，相传为郑和之父，发现此碑最早者为云南石屏袁嘉谷先生，详见《滇绎》一书。余游昆阳时于抄录碑文后即致函安宁县李士厚县长，询问关于此墓掌故，蒙赠小册曰《郑和碑传考释》。余对于郑和所经历的地方，亦尝到过数处，如福建与南洋；但对于历史的考证，未曾广集材料，作为证实或反驳的凭据，关于昆阳一碑，亦仅提出下列数点，作为以后研究时的参考：（1）《明史》郑和本传，虽混称和为云南人，但《昆阳州志》，并未提郑和姓名。（2）李至刚所撰马碑为永乐三年端阳日，郑和于同年六月往南洋，但马碑未述此事。马哈只碑文如下：

公字哈只，姓马氏，世为云南昆阳州人。祖拜颜，妣马氏，父哈只，母温氏。公生而魁岸奇伟，风裁凛凛可畏，不肯枉己附人。人有过，辄面斥无隐。性尤好善，遇贫困及鳏寡无依者，多保护赒给，未尝有倦容。以故乡党靡不称公为长者。温氏有妇德，子男二人，长文铭，次和；女四人。和自幼有材志，事今天子，赐姓郑，为内官监太监。公勤明敏。谦恭谨密，不避劳勋，缙绅咸称誉焉。呜呼！观其子而公之积累于平日，与义方之训可见矣。公生于甲申年十二月初九日，卒于洪武壬戌七月初三日，享年三十九岁。长子文铭奉柩安厝于宝山乡和代村之原，礼也。铭曰：

身处乎边陲而服礼义之习，分安乎民庶而存惠泽之施，宜其余庆深长而有子克显于当时也。

永乐三年端阳日，资善大夫礼部尚书兼左春坊大学士李至刚撰。

《昆阳防空守则》（南门内）

（1）民众须熟记各种警报音响规定，及听到后应有之正确动作。

（2）消防应用之砂与水应随时充分准备，以免临时缺乏。

（3）敌机来袭时应沉着镇静，警扰奔窜反增损害。

（4）在空袭时如发现为敌指示目标之奸细（白天在空地屋顶铺可疑之白布，夜间放奇异火光或击电筒等类），即拿交或报告县府警局讯办。

（5）灯火管制时，大家要互相监视，如发现灯火，应互相劝阻或报告警团取缔。

（6）闻警报时，室内船上必须留心，用灯火务要加上黑罩，使无光线透出。

昆阳风俗（三十一·九·十四）

苏汝江兄前日由昆阳到呈贡，带来昆阳风俗调查稿，约四万字，系施发学（办事处练习生）等调查所得。余阅读一次，提出修正意见若干处，注在稿中各章节处，文虽简短，但根据实地调查，和从前在地方志中抄录者不同。准备携回修改后，在昆阳办事处油印。

卖豆腐者言（三十·四·二）

呈贡县王家营卖豆腐者王某，今晨早车自昆明与余同车返家。据云：一担豆腐共240块，每块卖国币1毫，来回火车票2.2元，在昆明住店一夜计0.5元，饭两餐共2.5元，豆与工约14.0元，每入昆一次约净余4.8元，来回一次须两日，每日净余2.4元，王某自说抗战以来，物价高涨，一般的小农不能获得大利；但王某自认抗战前他卖豆腐不坐火车，那时票价国币2角2分，要卖豆腐40块才把票价赚出。王家营离昆明60里，王某挑担步行入省去卖。我以为现时比抗战前赚钱较多，由王某坐火车一层可以证明，虽所赚实在数目，和王某所告者容或可以相差。

云南的强盗（三十·五·五）

云南的强盗，先杀人，后抢钱物，这种行动是与外省的强盗显然有别。外省的强盗，大致仅劫财，不害命。民国二十七年五月，余初到蒙自时，有许多人告诉我云南强盗的凶暴，后来我到昆明，一般人亦如此说。我的解释是：云南民情慓悍，普通人的经济又不富裕，如遇抢劫，被劫者大致要抵抗，和强盗拼一个死活。被抢者的心理，以为如钱已被抢去，谋生要遭遇很大的困难，不如逞全力抗之，幸而得胜，人财可以两全。据余所知本地人被抢者，普通是要抵抗的，因此本地强盗决先伤人；在外省被劫者大致不抵抗，所以强盗只抢钱物，不准备伤人。

呈贡县近有一例，事实如下：某日傍晚，一挑担者在县城卖完了炭，经羊落堡回家，一壮年由树林中出来，讨洋火抽烟。壮年走近时，连下数刀，挑炭者倒地，身上被搜去国币30元。正在此时，挑炭者乘势要夺刀，又被强盗砍伤手掌。挑炭者喊救命，村人奔出，强盗逸去。次日挑炭者至呈贡卫生所就医，共伤四刀。

社会里习惯的产生，与生活有密切关系，有利于生活的习惯，在社会里累积起来，被认为合于道德的。前述的习惯，有利于云南强盗的生存，被云南强盗保存，且被他们认为合于道德。下面再提反证一例，说明习惯的产生、保存，与道德的关系。

福建和广东的许多乡村，有人"派批"，派批者往往背包，包内藏许多信，每信内有"批"款，是南洋华侨汇回老家的，由"派批"者分送。乡人大致一望而知此人为"派批"者，但"派批"者被劫，是稀有的事。每信内附有零星小款，5元或10元不等，许多人家依赖此款接济家用；如果"派批"者被抢，许多人家要受影响，因此要追究，强盗很难脱逃，所以一般的匪徒，不肯轻易抢劫"派批"者。久而久之,强盗和其他的社会分子,对于此事产生道德的观念,认抢劫"派批"者为不道德。

我国一般人的看法,强盗如仅劫财不害命,容或可以饶恕,如劫财又杀人,认为不道德,强盗亦自己往往认为不道德。云南的强盗,大致认杀人为自卫的必要手段,并认此事为合乎道德;闽南和粤东的乡村,大概认抢劫"派批"者为不道德。

独善其身(三十·五·十)

儒家哲学里对于修身有许多说法,独善其身的观念是其中矫矫的。我国人通常认结党为坏事,例如"狐群狗党""朋比为奸"这一类的思想。小人为谋私利,私利是不能公开的,要大家联合起来去奋斗。君子勇于公益,因公益是大众看得见的,无须鬼头鬼脑去钻营的,所以不必采取徒党的形式。君子看见了团体的营私行动,怕连累了自己,所以退避。他说:"让他们去干坏事罢,我是不参加的。"

社会里的势力,逐渐分成两个集团,恶势力在小人手中,小人是结党的。善势力在君子手中,君子是独善其身的。君子的势力也可以向社会发展,例如在朝的君子,或立言的君子。在朝可以推行政策,其结果大众得着了利益。立言可以阐明学理,其结果一般的读者可以得到启示。不过君子不论在朝或立言,总是崇奉个人主义,不赞成有党的。恶势力在社会里逐渐生长，逐渐侵犯善势力的园地，君子只是消极地退让。中国的历史，凡遇内乱、政变、革命的时期，俱有前述的现象。

我们所需要的是君子群、君子党。善势力和恶势力一样，需要团体的奋斗，向前的推进。一个人为善，莫如十个人共同为善，那么结党是必要的。一个善人遇着十个恶人，结果善人被排挤；如果十个善人和十个恶人对抗，善人有胜利的可能。

善与恶要对抗，所以君子不能采取独善其身的态度。对抗是前进的，独善其身是消极的。善抗胜了恶，善可以在社会里发展，可以把恶摒除。这种对抗工作，要有许多人参加才能有成效的。

不能适应环境（三十·五·十）

在呈贡中卫乡附近，倪因心兄与余，一日往访某小学教员，我们走错了路，在一家门首扣门。一壮年自院内奔出。此人服西装衫裤，架最新式的眼镜。余曰：此人和其社会环境，显然不称。他的房屋是习惯式的，家人的生产方法是习惯式的，但此人的生活方式，一部分赶得上巴黎人。事后打听，知此君在昆明入师范学校，村中人对于他的洋化，或羡慕或讽刺，因各人的观点而异。但无论如何，不能与此君过共同的生活。

三个社会阶级（三十·五·二十三）

不论哪一民族或社会，对于富强或进步最有关系的是下列三个社会阶级：（甲）政治阶级，（乙）军事阶级，（丙）知识阶级。

国家与人民的安全及保卫，大致依赖统治者，那是政治人物。一国如遇着战争，胜败操之于军人。至于文明与野蛮的区别，如自然环境的克服、机械的发明、学术的进步等，俱有赖于学问家的努力。

我国的贫与弱，大概由于前述三个阶级的不争气。自中日战争起后，这三个阶级各有不同的表现。我国军人依旧不能抵抗敌人，但自抗战以来，我国的军队大致是抵抗的。位置稍高的军官，未闻有投降者或倒戈者，这可充分表示我国军人的勇气。敌国军备的优势，超出我国不知多少倍；而我国军人，仍然不怕死地向前。向前的时候自知冒着极大的危险，但并不因此而畏惧，足见军人的忠勇。

战时我国的政府，亦有局部的改良；但从大处着眼，我们以为其腐败不减战前的光景。财政黑暗如故，用人只凭亲戚朋友的介绍，不讲个人的能力与兴趣如故；骈枝机关随意增加如故，官吏的奢侈淫逸如故，行政但讲人治不崇法治如故。在上述的社会环境里，要求吏治的彻底澄清，势不可能。

我国自兴新学以来,知识阶级尚无基本的学术贡献。自然科学者无重要的发明,应用科学者无有益于国家或人民的基本技术改革;社会科学者对于社会制度并无根本的改善办法。一般的文化人,在学校里当教书匠,在研究机关里做高等流氓。他们各人连我自己当引此为奇耻大辱;对于国家与社会,说不上有何等贡献。

经济引诱力对于战时青年的影响(三十·七·三)

在抗战时间,有些职业增加赚钱的大机会,这些职业可以引诱青年;但除赚钱以外,这些职业恐无其他益处。有些青年对于上述一层,有时候看不透。黄炎培先生在中华职业教育社昆明办事处(七月一日)演讲云:"诸位求学不要抱定求得高位及大薪水的思想。如谓求职在图薪水,则不如做洋车夫,因重庆洋车夫每天可得20元,则每月可得600元,远比诸位毕业后得一二百元之数多。又汽车夫之薪水,据闻可达千元一月,而银行之行长,才得500元一月。如只为薪水,则行长可以作汽车夫矣……。"(《云南日报》三十年七月二日)

社会的变迁(三十一·一·八)

伦敦《社会学》季刊,1941年7月与12月合刊号载卡桑德司教授一文曰《大学在近世的功用》("The Function of the Universities in the Modern World", by

A. M. Carr-Saunders, in *Sociological Review*, July-Dec., 1941），说明教育的趋势，不仅是注重职业训练，实系注重人格训练，使受教育者能充分在自己的岗位服役于社会。此种见解可谓洞悉高等教育的真谛。

我国自抗战以来，有些显明的社会变迁，值得社会学者深切注意，即旧时"五伦"观念的改变。父在家庭中渐失其权势，因子自入中学后，大概离家而久住于寄宿舍，入大学肄业后，此风尤甚；因此父与子减少接触。子之友大致为年龄相等者，朝夕相处，习惯行为与思想，彼此互相影响，互相模仿。他们的行为与思想不似父亲这一代；但因战争摧毁社会的约束力，因此这些少年人，失去行为的正常标准。夫与妇目下有一流行的趋势，即年长的夫娶年少的妇。原因虽多，但社会崇尚浮嚣，一般的子女贪图安舒的生活，此种生活非初毕业的男子所能供给，因此有些女子愿意嫁年长的丈夫，非特社会地位可以提高，且物质的享受可以增加。有些丈夫是鳏夫，前妻遗下的子女，新妇的年龄与丈夫可差20岁。此种婚姻，对于丈夫可以满足其性欲，对于妻的前途大致暗淡，对于前妻子女的抚养大都不可能。友与友竞以酒食相征逐，现时物价奇贵，但酬酢所费，大家认为应该，毫不吝啬。某生向学校请求贷金。得款之后仅一次请客所费，耗去一个月贷金的三分之一。师与弟的关系变迁最大，尊师的观念几完全失去。今年班上所教的学生，无论在课堂内或外相遇时，学生大致点首致敬，去年上课的学生（除本系学生外）今年偶尔相遇，往往视若路人。余已试过几次，此种学生并非忘记或仓猝间不相识，实因尊师的观念不如往时的深切。上司与属僚在政府里尚存其躯壳，在一般的社会关系，今不如昔。此种变迁，无疑的由于人们误解自由与平等。

法律与民风（三十一·一·九）

德国编纂民法时，有一派人反对民法成文的编纂；这一派人的领袖是哲学家沙维尼氏（Savigny）。沙氏认为一国的法律须以民风为基础。民风须据实调查，须由全国人民了解与欣赏。如果民风尚未调查清楚，就把一国的法律编纂成文，这种法律往往不适合于本国的民族性，因此不会在社会上发生效力。沙氏的见解余认为切中我国的通病。民国以来的社会立法，大致由于立法者，研究各国的相似法律，采其精义，译成汉文，拟成法律。我们分析有些法律时，往往能看出立法者抉采某国的法律来做根据。事实某国的法律在本国行之有益，但被我国采用后，不见时效，原因虽极复杂，但沙氏所提出法律必基于民风一点实系最重要的。举例如下：劳资争议处理法关于调解及仲裁，采取海洋洲、加拿大、英吉利的制度。工厂法关于最低工资部分采取海洋及国际劳工局的办法；关于工厂会议采取苏联的制度。户籍法关于户籍及人事登记采取日本的办法。简而言之，我国近二十年来的社会立法，有许多地方俱系模仿他国的成文法，但因我国立法者未曾精讨我国的民风，所以这些法律不能施行。以后的努力，分明是要尽先研究人民的习惯，由习惯编订法律，庶几法律可在社会里畅行无碍。

昆明最敏速的事（三十一·五·三十）

据昆明习惯，几乎各事都慢。但有一事极敏捷，即喜联或素联的购买是。买主到店中选好空白的联，店中有人代写，联语是现成的，于一小时内，买主即可取联而归。

我们初到昆明时，遇本地人有喜事或素事，往往赠送现金为礼，有些本地人以为太俗，因为他们讲究送匾联等物，预备悬挂，以夸耀于亲朋，礼成后一两日之间，这些礼物便废。今年本省社会处下令，凡送礼以现金为主，不尚楹联。凡送楹联者只限于廉价之物，风气或将为之转变。

青羊参（三十一·六·十二）

研究所练习生李尚志，有小女，于五星期前在本村（大河口）被疯狗所咬，当时余即劝打预防针，据本地人习惯，用草药即可医治，此草名青羊参，普通药店俱有出卖者。用国币一元，可煮十次。用猪肉和青羊参同煮，不用盐，患者吃猪肉及青羊参。

四川省选县户口普查（三十一·七·二十七）

四川省前与主计处合办三县户口普查，于本年三月二十九日起编户，于四月五日起查口，除彭县偏僻乡区外，俱限于四月十二日以前结束，于四月十六日至二十四日完成初步统计。彭县普通营业公共等户，计77187户，常住人口计375577人，现在人口计372847人。双流县计33564户，常住人口计156568人，现在人口计155334人。崇宁县20741户，常住人口计95700人，现在人口94455人。

乡间惨事（三十一·八·十）

呈贡新栅村某农户，当家人年逾60，长子30许，已娶，被征调作壮丁，近入某军服务，平时勤吃懒做，偶尔偷窃。不久以前由服务处所请假返村，未回家，藏于草屋中，草屋前有群儿游戏，中有其胞弟一人，约9岁。群儿散后，此人忽自草屋出，捉住胞弟，紧握喉部不让作声，在旁边池内浸死，即逃去，意以为溺死其弟后，家中只有一丁，本人不致再往军队服务。老父见尸恸哭，邻人于事前有见凶手在途中向村行者，追寻之，在邻村茶铺内捆之归。老父绑凶手于家，且打且嚷曰："还我儿来。"

调查时应守的秘密（三十一·八·十一）

自余任教以来（民国十二年）对于调查往往发生兴趣，常听人说："被调查者往往不肯吐实，因此得不着可靠材料。"实际有许多事实,各人应守秘密,为什么要把自己的事情向别人告诉?一般的调查者,并无权向被调查者探问,因此上述的抱怨,实属无根。被调查者不肯吐实,尚有一个重要理由,即无人肯守秘密是。以人口普查论,人民对于普查表内的各问题,有据实答复的义务;人民亦不能拒绝政府所派的普查员。但政府收到普查表之后,个别的调查表,不应轻易示人,凡可以泄漏个人机密的消息,政府大致不发表。所发表的材料,大致是包括大众,不是属于个人的。在欧美因有守秘密的保障,所以人民愿以实告;这种守秘密的保障,我国未有,因此人民不肯吐实。

波势氏在《伦敦人民的生活与工作》的第五本里,讨论"人口由职业分类"时,利用登记总监所发表的1891年人口普查资料,但于小注中声明如下:登记总监并未供给原来表格,并未供给其他何种事实,所供给的事实,俱避免可以证明个人的材料。(*Population Classified by Trades*, Vol.5, p.1, footnote)

文字宣传的无效(三十一·十一·二十七)

我国的文盲人数甚多,所以文字宣传颇受限制;且往往宣传的文字不生效力,下列一例即可证明。昨日余在昆明火车站坐于火车中,因车久未开,注意墙上的标语(系宪兵第十三团所制),凝目甚久,看不清标语是何字,是何意。此标语共十字，每字成一圆圈，骤读之字迹难认，意义难懂，自然失去宣传的效力。标语原文如下：

金水的後反莘中会戌總

中国人的思想（三十一·十二·十七）

一般人都说中国流行的思想是儒家思想。余以为儒家思想仅支配着士大夫阶级；至于其他社会阶级则大体上受道教及佛教的影响。关于这一层，由民间读物、歌谣、节令祭祀等可以看出来。乡间比较普遍的读物不是四书五经，而是《三国演义》、《水浒传》、《封神榜》、《七侠五义》等。近二十年来余在国内国外旅行时，有时候注意乡民的生活与思想，认为有些区域的居民，似乎完全未受儒家的影响。民国二十四年余在南洋时，除泗水一市外，未曾见过孔庙，但每一华侨社区，必有观音庙、关帝庙；有些区域且有谢安祠、二忠（张巡、许远）观、五帝宫等。民国三十年秋，余在内政部户训班任教时，一日在巴县虎溪乡场书摊见有读物近二百种，除《孔圣枕中记》、《大孝记》、《二十四孝》可以阐扬儒家思想外，其他多与孔孟的著作无关，但这些读物，乡间流传甚广，对于一般人民的生活与思想产生很大的影响。今将读物名称列下：《八仙图》、《炎水记》、《监中录》、《指明算法》、《孔圣枕中记》、《切要书》、《香山传》、《玉匣记》、《醒人心》、《通仙桥》、《三元记》、《马再兴鹦武记》、《防旱记》、《天机秘诀》、《草药性》、《大孝记》、《柳阴记》、《游江南》、《万字归宗》、《四季春》、《四川景志》、《凤凰记》、《董家庙》、《金钗记》、《戏孝琵琶》、《蟒蛇记》、《四郎看母》、《伤心祭文》、《滴水珠》、《江湖海底》、《红灯记》、《辞宫和番》、《龙碑记》、《春陵台》、《敖珠配》、《雪梅吊孝（断机）》、《写信不求人》、《降霄楼》、《十度林英（韩湘子）》、《募化皇宫》、《二十四孝》、《金彪大战芦沟桥》、《最后胜利属我们》、《闹秦庭》、《生意精通七十二行》、《谋夫报》、《檄文诏》、《苏三开怀》、《高平关》、《桂申游巷》、《佛堂并天》、《落阳（洛阳）桥》、《斩子》、《借尸报》、《回营探母（八本）》、《孝顺歌》、《立帝斩袍》、《博望坡》、《假投降》、《情海活捉》、《上天台》、《群仙会》、《耗子伸冤》、《战长沙》、《香莲闯宫》、《劝兄》、《伤心孝歌》、《打鸾》、《千百纂》、《四书盘歌》、《玉蜻蜓》、《飞虎岗》、《南桥吸水》、《仲三元》、《江油关》、《巴九寨》、《阴阳界》、《清官图》、《游扬州》、《二鬼打架》、《苏三赠金》、《轩河岭》、《三楼》、《盘天河》、《回头思想》、《南阳关》、《空城计》、《桂姐修书》、《连宵书》、《高射炮打日本飞机新文》（金钱板，用竹三片，相连，唱时击之，周俊臣最著名）、《娄景传》、《一掌经》、《醉仙图》、《三孝记》

（安安送米）、《报尸归家》（西关渡）、《劝孝兴家》、《梅花簪》、《白玉簪》、《春陵台》（鸳鸯冢）、《盘河桥》（赵云）、《丑排朝》、《董家庙》（武松赶虎）、《泥壁楼》、《花仙钏》、《叹十声》、《金桥算命》、《截江救主》、《英台骂媒》、《淫恶报》、《新斩单》（崔应龙）、《法华庵》、《断桥》（打牙牌）、《修书》（罗成）、《冬梅花》、《法华寺》、《想不得》（风流）、《双洞房》、《夜归》、《急救单方书》、《采花调》（十二花名）、《看母》（八郎）、《御河桥》、《问病》、《放牛》（山歌）、《钟魁送妹》、《相国寺》、《五台会兄》、《燕山红》、《学生歌》、《山伯访友》、《归正楼》、《三娘回书》、《炮耳多新文》、《范生赠金》、《新补缸》、《湘子渡妻》、《时兴花文》、《灾十二殿》、《渔人得利贪污报》、《盘天河》（新渡妻）、《收董平》、《水打蓝桥》、《封神歌》、《数十殿》、《惊梦》、《九连环》、《十二杯酒》、《瓜中人》、《鲜花调》、《女学生》、《三跑山》、《双叹妹》、《反十杯》、《三巧挂画》、《普劝善言》、《回龙阁》、《财神书》、《万事不求人》、《八仙图》、《杀子告庙》、《流军图》、《天生物》、《女儿经》、《小姑娘》、《游庵认母》、《陈姑赶番》、《出门苦情》、《哭娘孝歌》、《寡妇上坟》、《古怪书》、《麻雀嫁女》、《瞎子算命》、《四言八句》、《马房放奎》、《旗盘山》、《双花楼》、《曹安杀子》、《五里塘》、《十美图》、《清风亭》、《落西斜》、

《恰菜台》、《绣古人》、《临童山》、《哭桃园》、《击掌》、《游金河》、《盗二宝》、《点兵》、《困夹墙》、《逼霸》、《别洞观井》、《捉三郎》、《玉美人》、《烟花告状》、《借东西》、《芦花调》、《十开花》、《劝郎十杯》、《生子上路》。

昆明与呈贡间交通（三十二·一·七）

滇越铁路以昆明市为终点，自呈贡车站至昆明车站，计15公里，慢车约须40分（开远车），快车约须30分。票价在民国二十七年春，计3角6分，现时为13元。自安南沦于敌手，火车头及机器零件，渐次损坏，虽屡经修理，终因难以补充，至不敷应用。近来火车常因机车损坏，以致误点，或不按时开行或竟致不开车。昨日余自昆明北门街步行至火车站，候至正午，站上职员告以无车，乃赴近日楼，改乘公共汽车往呈贡。

自松花坡飞机场开工以来，自昆明至呈贡，添设两公共汽车公司，票价为25元及30元，以木炭为原动力，车身较佳者车价较高。自近日楼至呈贡县城计19.40公里，须时约一小时半。乘客最先入车者可得座位，余人往往站立；后至者甚至无立足地位。两公司有汽车八辆，自晨七时至晚八时轮流开驶，然每车每次乘客，拥挤不堪，松花坡乘客最多。

三十二年一月十日余下午五时十分自县城往火车站步

行，途中遇本地人卖杂货者一人，年约四十，自认每日吸鸦片八分，约30元，一人每日生活费连鸦片烟约90元。离火车站约一里半，宜良车至站，余即速跑，杂货商人只能慢行。宜良车误点超出六小时。至西庄站，昆明下行车方向呈贡开出。

说欢迎上宾（三十二·一·十七）

凡有大宾到县，各机关派代表到城外汽车路去欢迎，小学生排队，由老师率领迎接。民国三十一年夏，内政部某次长路过呈贡，小学生亦排队欢迎。第一日下午小学生在烈日下等候三小时，大宾未来；次日又等，亦未来；第三日才等着。等候处并无一树可以遮阴。下午一时与二时之间，阳光最烈。小女旭清，时九岁，在初小二年级肄业，亦加入学生队，由母亲自送草帽一顶，借遮日光。小女对母亲云："爸爸做的事，真教没有意思！天天在文庙读书，没有人理他。这位客人多少威风，前两天接不来，今天我们还是来接呢！"

由昆明市步行归呈贡（三十二·三·十一）

旭都于前日乘午车至昆明，昨日投考西南联大附属中学高中二年级下学期，计考国文，英文及算学三门。国文考作文，英文考翻译，数学考几何三角及大代数的上半部，是否录取尚不得而知。旭都于民国三十年十二月（云南的学校自元月至十二月为一学年）在呈贡县立中学初级部毕业，即往县南龙街华侨中学肄业，该中学的学年自七月至次年六月。旭都在家温习后，即考入高中一年级下学期，近因该中学拟与国立西南中山中学合并，但未知何日可以上课，旭都打算投考联大（师范学院）附属中学。

昨日下午三时至五时余应云南省地方行政训练团（团长由省主席兼任）之约，在昆明市华山小学讲演，讲题为"我国户政的推行"，听众为全省各机关服务人员（省政府自科长以下）、县政府职员（科长以下）。

十一日晨五时半起，余与旭都向火车站出发，到站时呈贡车刚开出，晨无其他下行车。现因机车头大都破坏，行车次数甚少，时间又不准确。余与旭都决定步行归家，六时三十五分自昆明站起身，十一时至呈贡文庙，中间在官渡镇茶馆休息三刻钟。里程大致如下：自昆明站至西庄站9公里，在西庄走小路至官渡镇约1里半，至官渡镇时八时二十五分，离镇时九时十五分。一直走土路至呈贡文庙寓所时十一点。离官渡镇后至麻秧村折入昆呈汽车路，时为十时一刻，距离约为10里。麻秧村走上汽身路处有里程石柱知自昆明市至此为12.5公里，自此处至呈贡北门为3.5公里（因其石柱所示自昆明至此为16公里）。总距离自昆明火车站至呈贡文庙约38华里。

浙江大学教授宣言与战时生活费（三十二·三·十二）

我国自抗战以来，生活费逐渐高涨，昆明市涨价最先，升涨最快并最高。公务员、教员与其他薪给阶级受害最烈。虽人人感到生活的艰难，但尚无任何团体向政府提出补救的办法。浙大地处贵州遵义，生活费的高涨程度，尚不及昆明，但其教授对于生活费的高涨有宣言及呈行政院文（呈文录后），是战时对于本问题饶有兴趣的文献。

  呈行政院文：窃以遵师重道，为吾华数千年来立国之精神；而我领袖在民国二十四五年间，亦屡以斯义诏示国人，岂不以救国牖民，实本于学术，历世摩钝无越于道义，非徒宠奖师资，固将敦劝礼俗也。稽之典籍，于礼王制有虞氏养国老于上庠，养庶老于下庠，爰暨后世，立国初政亦无不先之以临辟雍，礼师儒，隆其礼貌，异其名数，故必廪人继粟，庖人继肉而后始克尽其尊与重之之道也。今者寇患方深，疆土未复，赖我领袖贤明，倡义抗敌，安奠河山，国运渐亨。但年来奸商巨猾，暗事垄断，物价高涨百倍战前。同人等馆谷所入，率才二三倍耳，惴惴朝暮，无以自保。初犹斥售书籍，典质衣物，既则易饭以粥，忍病不医，子女荒嬉；妇叹于室，然而拐服从公，曾无去志者。诚以侧身学校任重道远，虽无恒产，犹有恒心，实欲自奋于危时，殊耻偷生于歧路也。惟是讲贯之业，责异守土，义无坐毙，理许改图，深恐人情至不可忍，或入他校兼课务，或进仕途为胥吏，或趋市肆营锥刀，甚或去为汽车司机，以冀幸暴富，学子观摩所及，自必放于功利，不事潜修，学术之水准日低，礼义之防闲尽撤；危害国本，殊堪隐忧，即使苦节可贞，死守不去，而饥渴之害，累及身心，营营皇皇，但为口腹。虽黉舍如林，师弟如雨，亦何以救智识之饥荒，振道德之沦落哉。欧美战时教授生活无逊平时，研究著述咸可殚心，吾国苦战数载，财力消耗！同人等以身许国，誓共艰苦，于生活最低条件之外，岂忍有所希冀，但今悉索敝赋，不足维持数口之渴饱。津贴名目虽繁，多不能按时发给，政府统欠学校（浙大应领未领之款已一百余万），学校即不得不欠教员（学校欠同人之款每人约一千数百元），逮补发之时，物价已高涨数倍，终无以解决其生活之困难。且举目公私机关，苦乐显有异同，往往新进之子、技艺之员、厮养之役入膏润之地，计其待遇遽远轶于穷老尽气之教授。凡同人等所称安贫乐道之精神，尽成社会讪笑之柄，所讲明耻守义之名理，亦为青年疑难之资。以贪墨为得计，以淡泊为落伍。师道扫地，造成国民精神之总崩溃。岂我领袖谆谆提倡尊师重道之本旨乎。同人等清苦之不恤而国本是忧，谊难缄默，查本届参政员杨端六先生等，已有将大学教授薪给按物价指数增其倍数之提议，实有以见其事之严重，而为一劳永逸之图，补救之计，莫善于此，用特呈请钧长，请将该案即日采用施行，并饬有关各部，以后对大学经费不得拖欠，俾弦歌不至于中绝，道义并得以维系；事关国本，想必蒙俯准也。

社会阶梯（三十二·四·二十二）

在中国，一个穷人要想向社会梯层的高一级去爬，有能力者是可以办到的，但困难甚多，已经爬上了之后，他的儿子可以沾光，虽没有才能，亦可以享受父亲的荣誉。同是一个穷人，在英国或在美国，爬起来的时候比中国容易；他已经爬上了之后，他自己或他的儿子，如无适当的才能，不能占住这高位，往往就降下一层。所以在欧美社会里，阶级间的流动性大，较大于中国社会。因此欧美社会容易鉴别个人的才能，个人因此可以得到充分的发展，社会因此乃得公平。在我国社会，个人若单靠本事，无所凭借，难得上升的机会。关于前述一层，欧美社会与我国社会实有重要的区别。

本地人容易衰老（三十二·五·八）

女工李嫂，前在余家服务，去年春，其婆促之归。李嫂时年二十七，归后，于农忙时畔庄稼，有时出外卖工。农闲时或在家工作，或种菜卖菜。一个月前到余家一次，余初不识，因其憔悴如四十许人。劳作过度可以促人衰老，再加饮食不尚营养，住居不讲卫生，俱是李嫂所以早衰的主因。此例未可视做特殊情形，因据余观察，本地农民早衰者人数不少，穷人尤甚。

发国难财者（三十二·五·八）

本地发国难财者人数太多，今就熟人中举三例如下：（1）当地某小学教员，在县城街上开一小杂货店，资本国币170元，至今年四月已满两年，赢余约值国币15万元。（2）某君与数友合股，在昆明市创办小报，资本共国币2万元，现营业满三年，该报总财产估计为国币5000万元。（3）研究所练习生本地人，自松花坡飞机场开工以后，偷卖鸦片，某次嘱其妻自昆明偷带鸦片20两。先将鸦片盛入猪水泡内（膀胱），然后将猪水泡挂在两腿间阴门之下，未被警察查出。此人常旷课，所中有人追究其旷课原因，即辞职而去，据说此人于三个月之内，赚国币3万元。

米贵（三十二·五·二十六）

广东台山县是美国迁民区之一，产米不多。近由粤籍同学传来消息，说该县米价甚贵，每担约须国币4000元，至现在止，这是最贵的米价。战争期间遇到如此高的物价，一般人如何维持生活呢？

美国国会拟取消禁止华人入境法（三十二·六·七）

自蒋介石夫人访美以来，美舆论界不时表示中美应有进一步的亲善。美国社会一部分人士，提出取消1882年禁止中国工人入境法，以为中国徙民应和他国的徙民受同样的待遇。近闻美国议会有人提议中国徙民亦按照定额法，如此中国徙民每年入美国者可得107人。事实上中国徙民能入境者人数甚少，但中国人的心理对于取消此法后必感觉愉快，因法律明指被禁止者为中国人，未免损害国家的威严及个人的人格。法律取消之后，中国徙民将与他国的徙民受均等的待遇，当然比较公平。

活埋亲生儿（三十二·六·十二）

呈贡县江尾村，离县城约三里，某住户发妻没后续弦，前妻有子一，约三岁，续弦所生子尚不满一岁。端午节夫妻争吵，续弦抱子出门而去，曰："如不安顿小娃，我不回来过节。"丈夫素惧内，一手抱前妻所生子，另一手拿锄头，至村外挖坑活埋。县长得报告后，传夫妻到县拘押治罪。

我国人才的选拔（三十二·六·十五）

据普通观察，目前我国有地位有势力的人，大半由士大夫阶级选拔出来，其家族大致有人"在朝"，或有人在工商界服务，很少是"平地一声雷"，由乡间自己奋斗出来的。惟其如此，此辈人的成名，多少有所凭借，因为有所凭借，往往成名太快，对于自己的责任，有时不甚明了，有时视之藐然。不像是欧美的名人，有许多是依靠自己的能力，逐渐高升，那些人都是脚踏实地的。在我国脚踏实地者不多，因一般人本来经验不足，所以各界的领袖常常偾事。

在我国社会，穷人爬上社会阶梯，不是容易事；但既上了阶梯，又不易跌下去。世家子弟依赖祖或父的势力，可以维持几代，虽子或孙可以是毫无能力的人。欧美不然，有能力者爬阶梯是比较容易的，既上了阶梯之后，如果没有能力维持地位，自己或儿辈很快地要往下降，所以欧美的阶级流动性，较中国为大为速。欧美的社会选拔人才因此亦较中国容易而公平。

战时英政府注意儿童的营养（三十二·六·十八）

"Britain's Healthy Children" in *British Digest*, Vol. I, No. 3, May, 1943，作者说明自己准备参加英国空军，他的四儿现在小学肄业。自星期一至星期五，每日在校用午

膳，每人于这五日内，共费一先令十便士，或每人每餐费四便士半，或四人于五日内共费四先令九便士，此外校中每生每日可饮牛奶两次，其量共等于三分之一品德（Pint），每人每日出一便士，不及市价的一半。小孩在校中的饮食，不包括在食品限制之内，因此他们回家之后，尚可按政府所允许的食品，依法享受。

校中的食品寻常如下文所列：烤羊排、加番薯与白菜、干李子果与点心，另有面包一个。卖价四便士半，与伦敦餐馆相比，其价应加12倍。

依普通情形，学校学生总数的一半，在政府食堂内用膳。不但如此，政府并指定医生往校中作卫生检查或医治，其收费亦甚微。

记张嫂（三十二·六·三十）

张嫂年二十六，不知者以为是四十余岁的妇人，平日在家不论哪一种工作都要操劳，并天天如此。挑水卖钱，往往肩一双大桶走两里多路；田中粗工全能做；家住小山上某富户的守坟处。她出嫁已是第七年，每年怀孕，前日第七胎足月，夜间生产，她自己用瓦片把脐带隔断，婴儿生后裸体，同住者某太太闻小孩哭声，赠以破孩衣。张嫂于婴儿生产前两日尚挑水，前一日尚往龙街买碎米回来煮饭。现在因米价太贵，碎米虽细尚须每升（八斤）60元

（上米每升约150元）。丈夫当杂工，身高不过五尺，甚穷，无田，无地，夫妇俱以帮工为生。

战时知识分子的生活（三十二·七·二十二）

知识分子的生活，在战争期内降低到难以想象的程度。和其他社会阶级相比，困苦特甚。某大学教授近因事赴重庆与某省社会处处长同住，有一次该处长得着自家中汇来款项，其数为国币10万元，供某处长应酬及旅中支用。处长对某大学教授曰："君在此旅费恐亦须数万元。"某教授答曰："数万元不须，数千元是不可少的。"处长不信，以为这是不可能的。其实教授们对于各种用费的减省，实已到最后地步；清苦的生活，大致由他们忍受。发国难财者，固然比他们好，即一般的公务人员亦大概较优。

抵抗力（三十二·七·二十四）

昨日呈贡县城又届征调壮丁之期，有壮丁两人，年满18岁，体甚健，因细故口角，一人出刀刺敌人之胸，后又连刺两刀，中臂部。受伤者抬至县城卫生院就医，受伤者宿院中。次晨，另一壮丁背受伤者出院返村，村离县城一里余。伤者身受三刀，流血甚多，但于极短时间离医院，足见抵抗力之强。

尊师（三十二·七·二十四）

重庆《大公报》七月十四日登下列广告一则：

叙永李祝衡先生讲学三十周年纪念：本校国文史地教师李祝衡先生自民国三年讲学本校，迄今三十年无时或辍，乐此不疲。其尤足述者，民国五年护国之役，学校屯军势将瓦解，适先生任校长，竭智周旋，厚遣伤兵，修葺黉宇，学校复兴。十八年驻军某赠以匪产易校产，先生以大义诘责，积威之下，校产竟得保全。今先生年且七十，力请致休，省府爰锡"诲人不倦"四字以旌之。生等丁兹末造，觉玄德雅言之既泯，幸获祈招庶休光盛业之可继，乃为斯述用志钦崇。四川省立叙永中学全体学生恭述。

余对于前揭广告，甚感兴趣，因去秋余出席社会行政会议时（重庆），某晚有学生三十余人宴余，主席第一句话是"师道之不尊也久矣"，足以反映今日我国社会对于尊师的态度。

自缢（三十二·七·二十七）

昆明县某农民数月前被抽调入军队充壮丁，入伍不久，潜逃。军队由保长通知其家，令觅人代替。其妻四处找替人，数日后替人已找着，但村中人互相传说，凡替人当兵者可得其财产全部。妻闻此言，以为自夫离家后，即自行耕种，以资养活二男一女。若财产充公，各人衣食无着，悬梁图自尽。其家有某大学教授分租，某小儿由窗缝窥见惨状，破门而入，自尽者得庆更生。

战时的社会（三十二·八·十）

近来新闻纸常有关于社会解组的讨论，最先惹人注意的是报酬的不公平，例如大学教授的入款，赶不上理发匠、人力车夫及皮鞋工人等。目下渐有关于社会道德堕落的讨论，那是社会改组更进一步的象征。这些俱表示我国的社会，去现代化太远，一遇非常的变动，如战争，将各种弱点暴露无遗。问题的严重程度，不容我们忽视。

某大学教授，战前已在大学任教十年，家中雇用男女三仆；自抗战以来，因物价不断上涨，不得不节减用费，最近将仅有的女仆一人解雇，其妻年50岁，自己买菜煮饭，清扫住屋。其妻因工作过劳，一年中卧病日数约占三分之一。已解雇的女仆，得着新雇主，是金融机关的主持者，其主任是大学三年生，其余三办事员俱初中毕业生；但因经营农民放款收利甚大（每月息金五分），可以出极大的工资，比教授所付者高约四倍。主仆俱觉得意，教授见此情形，只有自叹穷酸。

某村有教育部主办的学校，校长业已呈准教育部依呈贡私米市价，发给教职员米贴，七月份所得米贴为每公石

2100元。西南联大教职员同月米贴为每公石800元，相差为1300元，其理由为昆明区公米官价为640元，所以才发米贴如上数。事实持此米贴买不着公米，而私米市价每公石超出2000元。清华有某研究所，在呈贡与前述某校相去仅四里余，但工作人员所领米贴与昆明联大同人无异。某校长一日谓余曰："我国今日的社会，要使好人逐渐饿死，要逼迫一般人走邪路，要使他们不择手段来企图达到自私自利的目标。"这几句话是经验之谈，是战时社会的实在情形。但长此以往，不知我国将如何立国？

威权（三十二·八·十九）

一个团体里必有领袖，他是发号司令者，号令一出，他人必须服从，这就是威权的表现。在社会解组时，威权往往不行，例如政府的命令、会长的公告、家主的教训等。我国在抗战期间，威权扫地，习以为常，姑述数例如下：某大学系主任任职十余年，曾介绍其学生在系任教。有一日此学生公开批评该系的课程，以为缺陷甚多，不足以充分训练学生。系主任认为失言，假如此人真嫌缺点太多，可以另行高就，不必毁人名誉，即以私人名义，劝其离职。此学生表示不满，商之他友，拟运动开教授会以抵制之。他人有提及此事者，俱与此学生表同情。余认为此乃系中事务，系主任可以全权处理；前述的论调，充分表示威权的旁落。余所最注意者即他人对于此学生表同情一事；如果系主任无权处理上述一事，不知尚有何种威权可以自由行使？

瓯脱飞洒地（三十二·八·二十五）

《中央日报》（昆明）三十二年八月二十三日载云南民政厅令云：依照县各级组织纲要暨实施计划，曾于三十年五月八日令各县调查瓯脱飞洒地，今后催各县局依限填表绘图具报。查我国旧地理书曾有关于瓯脱的叙述，但不常见。云南各县属瓯脱仍多。昆阳九渡乡与双柏、习峨、峨山三县交界，但界限不清，九渡乡内尚有上述三县土地，俗称"飞地"。因不知该土地的来源，所以乡人用飞入县境的说法，来描写其存在的原因。此种飞地在我国古籍，俱归入瓯脱一类。

中国人不注重事实（三十二·十·七）

我国向来注重诗学、文学、经学、哲学，这些学问以理论、意想为主，无须对于事实仔细推敲；因此以往的学者很少根据数字来作立论的根据。此种习惯对于少年人及初学者有不良的影响，因大家俱不注重事实，成为普遍的风气。

当云南户籍示范工作进行时，余为求正确起见，致函陆地测量局请供给环湖各市县的面积，并亲自拜访一次。

不久得复，关于晋宁县面积，列为4100方公里。余甚诧异，又函问之，得复书曰，实系410方公里之误。

昆阳县政府呈民政厅的公文中，对于该县的面积，俱作1360方华里，但陆地测量局则作775.32方公里或3101.28方华里。

昆阳县城距昆明市，据一般人以为是120华里，但无人确知里数。余在该县南门外看汽车路旁石碑，知为62.3公里。

昆明市高出海面几何呎或几何公呎，无人能确答，余于滇越火车昆明站见其所标示者为1896.00公尺。

笑与哭（三十二·十·八）

我国人民对于笑与哭往往不能表示适当的感情。譬如有人挑水一担，绳断，水流泻于地；旁人见之，应表同情，抱不安之状；但吾人所习见者是旁人对挑夫大笑，此之谓笑之不适当的表现。最近余在呈贡县中上课，摇上课铃后约半小时，某生才入讲堂。余因其扰乱他人，命其退出讲堂，此生非特不觉自羞，且大笑，此又是一例。

东方语文学校讲演（三十二·十一·一）

斗南村东方语文学校，由教育部主办，以造就专才派赴安南、缅甸、印度、马来亚、东印度等处工作为目的。约余讲演社会问题，余允讲三次，每次二小时，题曰:(一)

我国战时移民运动与社会变迁，（二）我国战时劳工问题，（三）我国战后的社会建设。该校约有学生150人，来自各省，但大半年龄不及20岁，女生约占五分之一。有许多学生尚未届中学毕业，如何能往上述各处充特务人员而胜任愉快？教育部漫无计划，浪费巨款，于此可见一般。

战时谣言（三十二·十二·十九）

战时谣言甚多，重庆有一种谣言传播甚广，最近且在昆明流行，说法不一，但大致如下：某要人托人带一信，由重庆带至南岸，带信人一望知为南岸一庙宇。正疑心间，闻庙内有哭声。因庙旁无人家，带信人不敢入庙，即返重庆。数日后警察在南岸庙中破案，实系鸦片贩卖者在庙中杀人，准备装鸦片于被杀者的腹内，以便贩卖。所带之信即说明将带信人杀害，作灌鸦片之用。

重庆尚有一谣言，其传播亦甚广，大意如下：某妇人失去手抱小孩，因爱儿心切，到处找寻，特别是火车站、汽车站、船埠等处。一日在轮渡中见一小孩，状似己孩，但不作声亦不哭。母亲欲夺之，其人不肯。正争持间轮已达彼岸，母亲急忙用手乱抓，染鸦片，其人匆匆在人丛中逸去。其实此儿已被杀，腹中满储鸦片，以便私卖。

叉虎法（三十三·一·二十七）

袁方与张之毅，俱为余言，湖南猎者，用铁叉叉虎，叉分三齿，练习时用稻草浸水中，叉入稻草捆，随将此捆挑起，并立即放下，以资熟练。叉虎时，一人持叉，叉上有肉，虎来时先取叉上肉，叉虎者速取叉刺虎喉，其余猎者一齐拥上，以刀及其他武器将虎刺伤或死。此法在湖南中部山中常见之。前述叉虎法可与东三省猎人相比。出猎时组成一队，约在六人以上，各持火枪一枝，分占山上虎出入的路上。各人先预备草堆一个作藏身之用。近虎穴处置一羊，虎来食羊，最近的猎人开枪，开后即藏身于草堆中，此后虎所经过的路线，由最近的猎人开枪，不管中枪与否，猎人于开枪后，即刻藏入草堆中。如此虎行过猎人队的路线时，往往可以中数枪，或伤或死，猎人因此得虎。

战时迁民运动与西南教育（三十三·三·二十四）

余此次自渝归时，与教育部中等教育司常道直司长同乘飞机，谈及抗战对于教育的影响。常甚感兴趣，余约其来呈贡参观某校，该校曾屡次表示，不愿聘本地人当教员，因本地人对于课务欠认真，师资欠佳，且本地人尚有各种人情上的不方便。自本学期起某校不聘任兼任教员；校中所有专任教员俱系外省人，并除一人为云南大学毕业生外，余为西南联大毕业生。本县教育显系受抗战的优良影响。常曾于本月十五日偕中山中学校长陈保泰君到呈贡，参观县立中学及本研究所。余谓抗战的积极影响,有时被人忽略,教育的影响即其一端。

流亡者的工作(三十三·三·二十六)

自抗战以来,流亡者人数大增。流亡者大致过着艰苦的生活,但亦有非常的机会。且世界上有些杰作,是流亡人的工作:例如 Chopin 的音乐是流寓时的作品;或波兰志士 Pilsudski 曾于被囚于德国监狱中,完成复兴波兰的计划。或捷克人 Masaryk 于流亡时计划建立新捷克国。但最惹人注意的是 St. John 当流寓于 Isle of Patmos 时,写成 *Book of Revelation*。

我国自抗战军兴,流亡者人数甚多;究竟他们如何利用这些机会,目前尚不得而知。以西南一区而论,流亡者对于提高当地的教育与文化,已是尽人皆知的事实;虽然个人的特殊成绩,现尚无所闻。

贪污(三十三·三·三十)

我国政界的贪污,有一个大原因,是因为无健全的会计及审计制度,或虽有其制而未能认真实行,如账目不公开,及用款者与管账者同属一人是。贪污者可以是昏聩而无良心的人,但不必一定如此。有些贪污者尽管是头脑清楚举动端正的正派人物,但因为无人查账或查账人可以查不出弊窦,乐得冒险做一些不名誉的勾当。最近有朋友明了邻近某县的情形，对于当地的贪污，颇类似前述最末一点的光景，因简叙其要旨于后。

某县长初上任时，颇廉洁，博得民间的好评。此人性嗜赌，精于各种赌法。近来云南流行外国纸牌。战前上海制的国货纸牌，每副卖国币四角者，现价可卖国币600元。本地通行的赌法有数种，一曰苏哈，大约系英文Show-hand的误解。一曰哈棋，不知何意。云南土话说"哈人"等于普通话的"骗人"。上述两种赌法简单，输赢极大，赌客八人，一夜间曾有一百万的局面。本地麻雀牌里喜加花数十种，一人壶了，多者可得一万壶，输赢亦极可观。某县长的赌友，包括各界人士，如县政府职员、医生、银行经理、乡镇长、店主等。县长有时或与他们勾结，暗中舞弊。某县近来米价每升（八斤）值国币250元，但公家的米每升仅卖120元，有一个乡长照此价买入300石（一石等于100升），其他买50石及100石者有十余人，某绅士到县府查账，当面申斥主管科长，其时县长正在隔壁房间，默默无言。据有人报告，某县长与某乡长等，在某村屯积大量的粮食及杂粮。据说每高粱一石（100升）买入时5000元，近价约15000元，仅此一项可得赢余100万元。某乡长赠县长扁柏寿材四块，值国币20万元；另一乡长闻之，献一同样礼物。从前该县赌与鸦片，曾受严格的取缔，我们虽在呈贡，亦偶尔听人提到。现在该县的赌与烟，比呈贡坏得多，据说因县长与歹人同流合污所致。上述的贪污，似由于账目不公开，无健全的舆论，所以县长与少数小人可以为所欲为，肆无忌惮。

其他一县有某小学教员，在校经管总务及会计，近亦有贪污情事，闻之格外伤心。据说此人刻好私章，包括校内各教职员，每人一份，存于自己家中，准备于必要时报假账，盖上一人或数人的私章。又该校买米时，此人必要求将米送到校内自斛。此人已定做斛子，比公斛大些，因此每次占些便宜。这些不正当的收入，此人平常与另一教员暗中分赃。近来因分配不均，被人告发，私章及斛子俱被人拿去作为证据，亦足称为教育界的丑事。

学生的舆论（三十三·三·三十）

昆明市的大学学生（不包括云大）数年前曾有打倒某院长的运动，但仅有标语，并未见事实。近院长因公来昆，与各大学接洽，对学生训话，略云："在抗战期间各人俱感受经济的压迫。你们果然是穷，我亦是穷。"学生中有发出"嗤嗤"声者。特别是西南联大四年生，已入军事委员会译员训练班者。

云南火腿（三十三·三·三十）

云南人某君近携宣威火腿若干罐，至重庆送礼，每罐

240元。送完,尚嫌不够,在重庆添购若干罐,每罐120元。云南的土货运到重庆,其卖价仅有昆明的一半,不知研究物价者如何解释?

公共汽车乘客的争先恐后(三十三·三·三十)

公共汽车方由太平关开到呈贡县城,停于南门外,乘客争先恐后,拥挤不堪。一人被挤入路旁秧田,两裤脚俱湿。待各人入车后,知各人俱有站立的地位,实际无须争夺入车的机会。

余此次在重庆时,觉得公共汽车比以前更进步。区间车每客12元,不论距离远近,特别快车每客25元,亦不计算距离。乘客在站旁候车,一人成行,次序不乱,亦无争先恐后者。待车时往往见前面有客甚多,但不久即轮到自己,未知昆明何日可仿此办法?

某县贪污的传闻(三十三·六·四)

某县长于上任前所出运动费,据说为50万元。前任县长虽去职已半年余,尚未交代,因账目未清有人以为不能交账。前任县长曾一度在昆明活动,拟设法留任,无结果,但已用去30万。县中人士曾与旧县长(三年前的县长)打通,控告前任县长(即半年前撤职者)约费20万。

监狱有三犯,三日后将被枪毙,某夜除去脚镣手铐,逃脱,知有人受贿,实数不详。

县长出门前呼后拥，随从者约20人，虽晚饭后散步亦如此。

新县长到任，带来亲信人员甚多，私人秘书二人，会计一人，警局长一人，科长二人，政警四人。

李悦立县长荣调（三十三·八·三）

李悦立县长，于民国二十九年一月二日就职，在呈贡任内共四年又七个月，自民国以来在职为最久者。今晨八时挈眷乘交通部公务处卡车赴玉溪县履新。玉溪为一等县，近奉内政部令，作为本省示范县之一（余一县为宜良）。县府街住户，于门前置香案，焚香，并插鲜松毛，列小镜一面，供清水一碗，颂扬廉洁之意。至于镜子的寓意，认为吏治贤明，足资借镜。旭清与孙福熙女惠英各执鲜花，行于李夫人之前。出南门，小学生中学生排队立汽车路旁，军乐队奏乐，县各机关代表设案置酒及点心祝别，李县长饮酒，并与各绅耆握手话别。玉溪离此约70余公里，往玉溪时，如用卡车一辆以酒精作燃料，往还约须三万元。

民国二十九年春，邑人曾送别李右侯县长，当时由李悦立县长领导绅耆在县东门外欢送。是日余因往昆明市，与右侯县长同往火车站。上火车后，有人燃放鞭炮以示欢送，右侯县长在任不到三年，为期仅次于悦立县长。

余夫妇于七月二十六日约李悦立县长夫妇在文庙内崇圣祠寓所设宴饯行。二十九日又约县长到研究所，以所名义话别。

八月三日下午，县中尚有值得记述的一事，即司法处举行成立典礼。据云：云南省近选20县成立司法处，这些县份大致有飞机场，与外人接触较多，交通方便，在战期内事务繁杂，非县长一人所能处理，因将普通法规的案件，划归司法处，仅有特别法规内所有的案件如烟赌等尚由县长处理。关于刑事须先由县长检举，转司法处办理。

军队的暴行（三十三·十·八）

县外有驻军某营，常至本县西门内水果市买梨。宝珠梨市价每挑（约200个）国币2000元，但兵士只给价800元，水果商以此为苦。县府为补救计，将果市移至县府旁戏台前，以为容易照顾。前日兵士又来强买水果，商人报告县府，县长亲去解释，兵士不服，出枪刺及手榴弹相对，县长将三兵拘押，一连长脱逃，不久，约同一连人到县府，兵以刺刀及枪对县长，县长以手枪相对。县长曰："你们要杀我的话，快杀。你们如不杀我，我便要杀你们。但是我落一颗脑袋，你们该要落多少呢！"兵士不敢动，遂和解。兵士三人被释放，允许不再来。当日所已买成的梨两挑，亦为他们肩挑而去。

司法处冲突（三十三·十·十六）

今日往县府时，见县长亲自问案，甚为诧异，因八月初本县司法处业已成立，照理该处应审讯民刑各案。后闻县长与司法处有冲突，结果县长局部恢复从前情形，或自问案件，或请秘书审讯。

棉花妇人被杀（三十三·十·二十八）

昨晨，县府斜对面弹棉花妇人，携国币8000元，拟乘滇越早车往昆明买棉花，行至小羊落堡后，款被抢，人被杀。据人估计，此款与战前物价相比，约值国币六元四角。以此小数断送一命，令人难以理解。

呈贡鸦片吸食者的估计（三十三·十·二十八）

据深知本地情形者云：呈贡全县每日消费鸦片约1000两，如果一人平均用烟2钱，约有吸烟者5000人。目下每两烟价国币5000元，战前每两价国币6角。昨日遇吸烟者三人，俱日本士官学校毕业生，与汤恩伯同时。此三人自有瘾以来，蛰居乡里，向未负重要职务，对于个人及社会的损失，不言而喻。

乌龙坡抢案（三十三·十二·十八）

呈贡松花坡飞机场离乌龙坡约二里，中国农民银行在乌近设办事处，以便利机场的用款人。某建筑公司经理七日前由办事处取款20万，自携13万，令小孩携7万，行至乌龙坡湖边路上,有着军服者五人遇见,一人开手枪,子弹自经理腿穿出,伤小孩足部。经理倒地,款被抢,小孩叫喊,村人及警察捉住二军人,出其手枪,一弹壳尚有火药味,后荣誉师团部行公文索二军人,将五军人询问,副官被打30军棍,兵士各被打15,款未还,经理尚在医院诊治,本案就算了结。

某县贪污(三十三·十一·十四)

某县长去职后,承审员宣布每月解讼费20000元于县长,县长每月解讼费2000元于高等法院,余均中饱。粮政科长卖田一亩得28000元,当晚赌场上输去2000元,余款作运动费,二月后被委粮政科长,二年后盖新房,买田并开酒坊,据估计酒坊投资及家具共值200余万元。最近于旧历八月中秋节,赠鸦片烟一包于参议会某职员,约值国币50万元,其目的在缓和县中一部分舆论,要求清算粮政科数年来征实征购的账目。田赋经理处某职员有子,不成器,去年冬,刺死某村流氓一人,受难者家属告于县政府,县长不理,又告于昆明,令县长传案,亦不理。

参议会某职员,近接留昆大学生同学会函,告以十款,其一云:"以征实征购款150万元,存某银行,月息五分(75000元),全数中饱。"

第二次世界大战遇险（三十三·十一·二十四）

清华旧同事某君，于中日战起后由申赴星加坡，担任官方宣传工作。自日军开始攻星加坡后，情势日益危急，某日当地政府公布：不论何人，俱可凭证登战舰离埠。星加坡本有36舰，被敌沉者已34舰，某君所登者为二巡洋舰之一。驶入海面后中鱼雷三次，末次中雷后由船长宣布放弃此船，各人登橡皮艇，二人一艇，但某君所乘者共三人，内中有英吉利人及爱尔兰人各一，漂流海上数小时，一人忽谓见有船自远方来，二人侧身争视，橡皮艇倾翻，三人俱入海。但船驶近时，三人遇救，俱入帆船，船主外尚有男人一，小孩二，及船主之妻，俱闽籍，由巴达威来，拟往星加坡。某君与二英人劝船主返巴达威，告以无米无水，不从。某君与二英人计无所出，一日晨诱船主至舱面，以手枪相向，不准行动，二英人之一至船内掌舵改易方向，向巴达威行驶。事妥，尽出所有星加坡币约二千元，与之，作为川资。二英人各无上衣，但有短裤，某君一丝不挂，船主妇以破布缝成短裤，红黄蓝各色俱备。据船主估计，约需19日可至巴达威，15日后船中水尽，各人一日间不得喝水。次日晨船中用本圆桶，上有盖，旁有罐，桶下加火，主妇用此滤海水，约煮五小时，可得淡水一小罐，各人分饮，次日燃料用尽，劈船中无用木料及船边装饰物烧之。次日青菜尽，仅余腌鱼。每日有腌鱼，但佐以青菜，自青菜完后，腌鱼颇难入口。次日靠近巴达威，但船主告以在口岸外海滩无人处上岸，以避免检查。离海岸约一百码，某君与二英人入海，向岸边游泳，某君上岸，警察出手枪，取去某君手枪，拘某君入看守所，过一夜由驻巴中国领事馆保释。二英人入另一看守所，亦由驻巴英领馆保释。

某县土豪劣绅素描（三十四·二·十八）

土豪劣绅在乡间往往是领袖人物。余自抵云南以来，对于该问题常常听人提到，且亦有时下乡，目击实情。今将某县情形，约略记之如下：

某甲年约40，畔庄稼，不识字，好赌及鸦片，家贫，所有田地大致卖完，有母及妹，已娶。一日婆媳相争，媳被殴死。娘家知其穷困，亦无人出面起诉。某夜某甲偷邻家高粱，装入木船运往昆明卖出，以后不敢回家，遂流亡在外，至昭通时因难以生活，托人写信向母亲请求接济，母以自顾不暇拒之。不久与本省著名流氓结合，私卖鸦片，一帆风顺，渐有积聚，近十年来，颇有资财。为夸耀其发迹并泄村人的藐视，现在本村内兴造新屋，实际所费几何不知，但据人估计约在三千万元以上，闻某县新组县银行，资本一千万元，此人认股约在半数。

某君年约56，曾在某军任会计处长，并于某省任县长，在县长任内，因某事为当地军警及民众包围县府，乃自后门携卷及款潜逃，不敢回县，某省最高长官下通缉令。此人返云南故里隐匿，改名，操纵地方金融。

某君年约40，本地简师毕业，任粮政科长，将县中稻若干石（800斤）送省粮政局职员，作为礼物。解粮时用成色较次的谷，又往往不足额，但每次照收。逢八月中秋，以鸦片烟50两送县参议员某君。此人在本村盖新屋，开杂货店。

某君年50，县小毕业，家贫，因某人推荐，曾在昆明市某小学任会计，因事去职，返乡后无以为生，往往向人借贷，所得款辄于短时间内用尽，从未归还。四年前在县田赋处任事，与某乡长通同作弊，将斛做大些，每五公斗大半升（一升重八斤）。又以公款屯高粱及买黄金。近亦发财，盖新屋，屋价逾一千万元。子某不务正业，曾与无赖合流，因故将无赖杀死。死者家属告于县府，县长不理，告于省，上级政府有公事到县，饬县查办，未办而县长去职。其父近因田赋事至某乡，宿于某绅家，某地痞闻讯，集同党数人持武器围宅，绅士有子惧惹祸，对地痞曰："一旦有事，牵涉吾家，不可无礼"，地痞才不敢动手。

第三章 呈贡的见闻

一、民风与节令

旧历新年

除夕的晚餐，大致吃素，素菜中用青菜（如苦菜）及白菜，表示清清白白的意思。送灶君上天后，有些人家即吃荤。正月初一诸神下降，有许多人家吃素，是日早起闭门，不动用刀及笤帚，快到正午出门烧香，妇女辈尤多。

自元旦起，有些人家吃"松毛饭"。用新鲜的毛松铺地，吃饭时各人坐于松毛上，不用凳椅，如此吃法自三日至八日不等。

元旦日男女俱穿新衣，其男子带黑缎帽，以黑丝绒为帽边，上身穿竹布薄棉袄，上加黑缎背心，下穿白条单裤，脚穿"皮拉脱"。皮拉脱的底是牛皮做的，绑是花缎，前端似草鞋，大拇指与二拇指间有细缎条攀住。在行走时，此人所穿的袜，全部可以看见。

某已嫁妇年约25岁，上身穿红色棉袄，腰围巾，巾上绣花，巾下端有一小银圈，此巾用绿丝带束于腰，丝带用丝网结成，下身穿白单裤，裤脚尖有黑色绣花。红色纱袜，荷色鞋，鞋前端绣花，后跟用绿布鞋拔。

三台山烧香者最多，寺内有送子观音，尤为妇女所崇敬。

少年男女，自妙龄至20岁左右，都喜欢"使鞦"，正月初一至十六为使鞦期，普通的鞦用一根长牛皮绳，两端分系于两树，中间下垂，离地约三尺处，成一个弯，使鞦者足踏此弯，全身摇动，技精者能荡得高出地面一丈半左右。不养牛的人家自然没有牛皮绳，可向别家租用，使鞦一次国币五分，另一办法不用牛皮做鞦，改用粗索，索不如牛皮之长，坚性亦差，较小的孩童们亦往往喜用之。

旧历新年，家家大门上粘贴门神（现称门堂），门神大致是历史人物，两扇门上共贴一对，如岳飞、班超、文天祥、史可法、张巡、许远、伍子胥、张世杰等，上海四马路陈正泰印，云南省党部指导委员会审定，昆明纸业同业公会发行。

呈贡县一般的人家为农户，其春联大致表示农家的本色，某家有正匾曰"六畜平安"，上联曰"牛似山中虎"，下联曰"马如海内龙"。春联采用习惯式，红纸黑字，春联两旁各贴甲马，甲马是招财童子，童子骑马，马首向大门，引财入内。

西南联大教育系毕业生梁发叶君疏散于呈贡，任县立中学英文教员，原系星加坡华侨，曾积有国币250元，在县城南门内租小屋从事织袜，为县内青年袜的创始人。民国三十年元旦，其厂前悬有春联，正匾曰"机如轮转"，上联曰"忙里偷闲，姑拾棉花辞旧岁"，下联曰"苦中求乐，暂停袜机过新年"。平仄虽欠妥，命意亦有可取处，生活袜厂于民国二十九年始业时仅有木机15，至民国三十四年春，发展至二厂共有木机100余架。

中秋赏月

中秋节前一夜，县立中学昌景光校长，约余赏月，晚七时半到校，桌上陈有宝珠梨（切成片）、鲜胡桃（带壳）、石榴（切碎）、茅豆（煮熟带荚）、松子（盛盘），客人十余，随便取食，过一小时，大家围坐一桌，饮升酒，吃米线，菜中有两样是今夜必有者：（一）羊肝，（二）羊肉。羊肉切片，蒸熟，用云南甜酱油渍食。

南城外重修双石桥碑记

归化人秦光玉先生，前云南省教育厅厅长，作碑文纪念邑宰李晋笏（右侯），重修南门外双石桥，有一段云："南城外二桥，一在左方，为通龙街要道，石桥已断，一方面为过古城咽喉，石将脱落。邑宰李右侯，审查地势，左右两座，统建为圆凸桥，旁砌栏杆，借防危险，以三台为呈邑主山，左有龙翔寺，名左桥曰应龙。右有凤蠹宫，名右桥曰起凤。始于戊寅三月，迄九月落成。"据碑文所述，此碑已于民国二十八年大吕月建立。实际此碑迟至二十九年十月十二日始行竖立于南门外。右桥的栏杆已于同年三月初旬毁坏，距立碑前约七个月。

龙街在南门外，离城约半里有镇曰"云龙"。住户有237户，924人，商店仅次于县城镇，云龙镇俗名"龙街"，同时本县最大的集市，即在该处举行。据本地风俗七日举行两头街，如第一日有街，第七日又有街，因此一个月中约有集市五次。龙街的集市，在全县为最热闹者，每次赶街人数通常有一万余人。大古城离县城不及半里，有428户，1682人。小古城离城稍远，约有一里，人口较少，仅有97户，438人。

婚丧礼仪与费用

婚与丧，一喜一哀，俱是人生大事，乡间极为重视。由于不同的排场及费用，可以反映当事人及其家族的社会地位。酒的桌数，及菜的量与质，往往可以暗示身份，亲友以此为谈话的资料；村中的舆论，亦大多以此为毁誉的根据。讲究的人家，逢喜事或丧事，预先准备着几只肥猪，及相当大量的米，以资招待宾客。

呈贡的旧俗，凡中等及以上的人家，遇婚或丧礼，俱须宴客三日，亲友及街邻被柬邀者大致全家出席，谓之全福。自抗战以来由于外省的徙民入县及本县人迁至外省（如服务于六十军，并旅居湘、赣、皖、苏各处）的结果，渐使婚丧礼节趋于简单。比较开通的分子，认为繁文缛礼，徒足损耗资财，逐渐采用简单的礼节。有些人家，对于喜事或丧事，宴客不过三餐，比以前减少一半尚有余。

我在呈贡寄居数年，遇有婚事或丧事，往往设法请管账先生抄示所用的物品，及估计每物当时的市价，从此我们可以知道用品的种类及价格。下列对于喜事及丧事各举一例，其一代表上等人家，其一代表中等人家。因时期不同，所以同等的物品，可能有不同的市价。

民国三十二年二月研究所调查统计员毕正祥君，有介弟正清择吉完婚。余除道喜外，并探得其用费清单，胪列于后，此可代表中等人家的喜事。

（1）聘礼：计猪肉3斤，砂糖3斤，点心2斤，袜子2双，礼银360元，以上数种约须国币620元（以当时价值论）。抗战前猪肉每斤4角，砂糖每斤2角，点心每斤7

角,袜每双6角。

(2)提篮礼:计土布2个,猎腿2只(约重16斤),袜子2双,玉八仙,方玉,戒指,礼银360元,以上约需国币1640元。

(3)小礼:计猪肉半个(约60斤),茶点约20余斤,衣服1套,土布4个,细布2份(计1丈2尺),袜子2双,手镯1双,戒指1对,礼银660元,以上约需国币5140余元。金每两战前国币120元,现在5600元。

(4)大礼:土布8个,细布1丈2尺,猪肉9斤,礼银1600元,以上约需4850余元。

(5)择吉迎亲(俗称开口):土布1对,猪肉3斤,砂糖2斤,以上约需国币690余元。

(6)边猪礼:猪1口(系活的,重约100斤左右,猪肉每斤现价36元),玉手镯1双,戒指2对,新妇头上装饰品,玉簪,袜子1打,棉衣、单衣各1件,裤子1条(系白色),以上约需国币7320余元。

(7)喜酌:猪肉约320余斤,米约8斗余升,炭薪,蔬菜,酢料,其他杂项,以上约需26510余元。

其他杂费:如新郎被服、衣帽什物、彩轿以及其他零星什物,以上约需国币12010元。

总计以上各项约需59800余元。如在战前,约国币

1000余元（以50倍估计之）。此次喜酒47桌，每桌8位，用猪8碗，共五餐，内中有10桌仅用四餐。炭80斤，每斤4元5角；蔬菜200斤，每斤3元5角；烧柴1600斤，每斤1元1角；米每斗80斤，每8斤价62元。

民国三十一年五月三十日县立中学昌灿云校长之父杏林先生去世，享年八十有二，当杏林先生出殡前一日，余往昌宅行三鞠躬礼。孝子披麻答礼，下跪，余亦跪，次日晨十时出殡，余往送。先行者有钱树及铭旌，旌上写死者行状及事迹，多谀语。昌校长嘱余拜旌，具余名并用余简历。旌后有老妇八人，奉鲜果，其后有棺，其后有送殡者，宾朋在先，后有承重孙、孝子、血亲戚属。送殡者至龙街操场，棺暂停，亲属绕棺行，妇女放声大哭，示与死者长别。承重孙伴棺至墓地，其余亲属去素衣，谢送殡者，并与送殡者同时归家，下午二时昌宅举行主礼，燕召亭兄与余为大宾，吴泽霖、戴世光两兄为陪宾。余先写杏林公神主，先写内堂（木主的里面），后写粉面（木主的外层），对于神主二字，各漏写一笔，即神字无直，主字无点。大宾点主时将其补上，行点主礼时用方桌，燕与余坐上位，司礼者由承重孙的右拇指取血。燕取笔染血，先点内堂，司礼者唱曰"提笔通神"，"点主主存"，后点粉面，再点神主前后，曰"光前裕后"。再点神主上下曰"上天""下地"。再点神主左右曰"左耳聪""右耳明"。末点神主后面曰"自下而上，后辈子孙连升三级"（共点三次，点时自下而上）。

杏林先生丧事，由灿云校长及其余兄弟共五房主持之，其出殡时各种用费，可以代表上等人家的情形，今为探志如下：

念经（用九人，头七念两日）　300元

孝布（五服内男女用，一个布合二丈八尺，每个计90元〔现价须加一倍〕）　3000元

酒席（三餐，每餐100桌，不用酒，省去800元，酒每斤12元，现价加一倍）　16000元

杂费（灯油、茶水、烟、碗、工钱）　1000元

扎彩　55元

棺材（漆、漆工、松香在内）　6100元

总计　20850元（编者按：应为26455元）

酒席用米，每升（中央称斗）估计24元（现加一倍，战前国币4角），猪肉每斤13元（现时20元，战前2角5分）。棺材折价6100元，如在战前，木料约国币500元，漆及工约100元。昌家此次约收奠仪6000元，因此实支

共计14850元，由六房分摊（棺木早已买好，不算在内），灿云校长担任最多，计2800元，余房有寡妇一家出1600元，出费最少。

昌宅不幸，杏林先生去世后不到一年，其夫人杨太夫人亦寿终，享年77岁。依旧习，死后停灵于家。亲友携香烛元宝及猪肉三斤慰问。慰问者在灵前行礼，孝子答礼，民国三十二年十一月二十六日开吊，原约余点主，惜因感冒卧床不能去。亲戚来吊者二十余家，外加朋友及邻居约有一百桌，三餐约共三百桌，各种用费如下：

（一）收入：

奠仪　洋38280元，

祭帐23幅　洋29900元，

祭肉120斤　洋8400元，

总计　洋76580元。

（二）支出：

米一石三斗（共1040斤）　洋23400元，

猪肉470斤　洋32900元，

火腿50斤　洋4000元，

烧柴2280斤　洋5770元，

栗炭340斤　洋2138元，

柴煤535斤　洋963元，

印讣闻及纸张　洋1530元，

孝布72个　洋32400元，

香油20斤　洋1000元，

念经费　洋4000元，

雇亭子　洋3000元，

酒5支　洋6000元，

酢料　洋4975元，

烟类　洋1460元，

洋腊　洋880元，

帮忙厨子烟茶　洋1998元，

洋油　洋1050元，

盐30斤　洋900元，

砂糖38斤　洋1473元，

火炮　洋345元，

利市　洋336元，

添用具　洋2941元，

素粉　洋460元，

茶叶　洋90元，

厨子工　洋2000元，

杂项用　洋1300元，

猪宰税　洋120元，

打猪　洋 100 元，

乳扇 11 斤　洋 1430 元，

租碗　洋 800 元，

租被　洋 340 元，

小经　洋 450 元，

鸡蛋　洋 600 元，

笋丝　洋 660 元，

小菜　洋 8620 元，

赔偿损失费　洋 350 元，

总计　洋 150779 元。

外加棺材　洋 12000 元。

城隍庙烧香

呈贡县城县府街城隍庙，已于光绪三十二年改建学校，当时称为高等小学堂，并于宣统三年阴历十一月将菩萨搬出庙外，乡人至今到庙外烧香者尚每日有人。烧香者拿纸马、香烛、神纸、鸡蛋、白米等；有人亦有仅拿鸡一只来供神者，神既早已由庙内迁出，信徒即在庙外路旁拜跪。口中念经，烧香者普通有两人，由一人问曰："可来了？"另一人答曰："来了！"通常谓之"叫伴"。乡人相信，病的来源，系由灵魂离身，如城隍庙菩萨显灵，魂可叫回。一人既说"来了"，另一人不再念下去，大家就回去了。

饵𬂩（三十三·一·二十三）

每到旧历年边，呈贡人几乎每家要舂饵𬂩，其法可简述如下：在空场用席支棚，棚长约一丈六，宽亦如之。内掘圆孔，周两尺，置石臼其中，臼四面用草席围之。木碓一，长约八尺，三人用足轮流踏之，如江南车水入稻田的光景。一人坐于石臼旁，照顾石臼，舂𬂩者拿煮熟的米置于臼中，踏碓者徐徐踏起。散于草席上的米，由看守者或饵𬂩主妇随时拨回臼中。饵𬂩舂成后，成大团的米糕，另一人携入棚内门板上，用手做成长方的饵𬂩，每个约重一斤半。棚边砌成锅三，饵𬂩主人拿米入锅，煮成饭，运入棚中去舂。每升米（八斤）须柴四公斤，外加工钱国币30元。每升米可舂饵𬂩八个，饵𬂩每斤市价25元，每个约值45元。呈贡饵𬂩只用粳米，新年元旦家家用此，亲友馈赠普通亦用此。

旧历除夕赴宴（三十三·一·二十四）

一月二十四为旧历除夕，李悦立县长夫妇约余夫妇在县政府度岁。正房地上铺松毛，堂前供佛手，大者约三斤，又供米花糖，圆形，径约一尺，米炒好，和糖做成福喜寿等字。是夜有客两桌，大部分为县府外籍职员，在呈贡无家属者，余家小妹亦去，旭都因联大附中本学期开学较晚，原拟不放寒假，临时放假归家，李宅未约，但餐后亦来县府,吃汤圆。汤圆用白酒及梨同煮,味甜。李夫人云南姚安县人,用冷荤四盘。其中一盘,系姚安土产,内有腌猪肝、香肠等,又有腌肉一碗,已去油,味甚佳。餐后有人拉胡琴,唱西皮二黄。又有人说故事,最难得者是一位秘书,广西人,曾在杭州服务,唱杭州小调,用孟姜女寻夫歌原调。

龙灯(三十三·一·三十)

县政府依法过阳历年,因此不主张民间过旧历年,并不欢迎龙灯到县政府去耍。呈贡的龙灯由江尾村人组织,夜间到县南门大街来游,接连两夜,先来东,愿接灯者送国币至少200元,龙灯来时至店前即耍灯,店主放鞭炮,每串50元(战前国币1角)。今年江尾村的龙灯有十一节,耍灯者俱村中壮年男子。

证婚(三十三·四·九)

四月四日余为李舜英兄证婚时,照例要致训词。余事先由《曾文正公嘉言钞》选数百字,当场宣读,大致关于结婚、立身、处世及治家各端。余谓现今我国对于婚礼及丧礼,俱欠简单而隆重。遇喜事证婚者随便演说并说笑话,介绍人报告恋爱经过。记得某友在燕京大学结婚时,新郎及新娘俱服清时通用的礼服,观众见之大笑,如此不庄重,实是社会变迁中畸形的现象。最近社会部人口政策研究会开会时，余对于结婚主张用简单而隆重的仪式。余宣读《曾文正公嘉言钞》来替代演说，不过贯彻上述目标的一端。

新式结婚（三十四·一·三十）

本月二十八日本县合作金库袁义丰会计员与张述祖营长女公子结婚，在县党部举行结婚典礼，由陈吉庭先生及周克光（前合作金库经理）先生证婚，采用新式仪式，新郎新娘交换礼物，有演讲。美空军某君参观典礼，并来照相，参加典礼者书其名于粉红缎面作纪念，内中有空军翻译员二人（华人）用英文签名。酒席系旧式，在西门内观音寺。上第一道菜时，有二人代表主人向宾客作揖献菜，无何，新郎与新娘向宾客敬酒，此二事尚系呈贡旧习。

新郎用蓝色西装。新娘兜纱，着淡红色上衣，用裙，行礼后放鞭炮。

旧历元旦（三十四·二·十三）

晨袁方、张荦群、其妹胤芳至崇圣祠贺年，余与梧苏正在厨房煮汤圆共食。食毕余与旭都往七步场小塘子钓鱼，因大风，未得鱼，归时经新草房村，某农家门首悬有春联，上联曰：主义实现天下为公。下联曰：革命成功万民有庆。有二点值得注意：（1）抗战以来渐采用新思想作联（如革命抗战等）。（2）上下联倒置，因农民不识字，亦不懂平仄声。

贺年（三十四·二·十四）

余与梧荪、旭人、旭都、旭清，按乡村习惯往孙春苔宅贺年，并约孙氏夫妇及惠英往倪县长公馆贺年。宅中用松毛铺地，正堂供关公，供品有佛手、米花球、橘子、纸元宝，上铺"招财童子"，点蜡烛及香，香炉为会泽红铜，不点烛，但点菜油，油置于烛台上端，长约一寸半的铜盒内。倪老太太信佛，平常吃素，县长示其祖父所画花鸟，家藏书画的一部。老太太与倪太太，约余等吃饵铗并亲入厨预备午餐。内有一菜梧荪认为有学习的必要，即鸡蛋包肉，切成圆段，味佳，并美观。

昌校长约余夫妇晚餐，席间有县立中学男女教员八人，美人空军运输员一人。按本地习惯，凡吃新年酒者须先饮白米酒，味甜，示甜蜜及富于希望之意。

二、生活一般

乡民住宅

余下乡时，对于一般人民的住宅，往往注意，兹由民国二十九年三月十二日的日记中，任意选出四家，草草画出如下，以示普通的情形。关于第一家最可注意之点是全屋仅有两门一窗，窗的面积极小，因此阳光与空气俱嫌不足，这是乡间一般住宅的缺点。可与之作反比者，是第三家，因天井中阳光甚大，惹起我的注意，认为这是与他屋特别不同之处。第二家入门以后，驴与猪即在眼前，那是比较普通的现象，与家人的床相去不过六步左右。第四家的大门有一联，其上下联倒置，这亦是乡间所常见的，古城乡乡民四住宅如第三图所示。

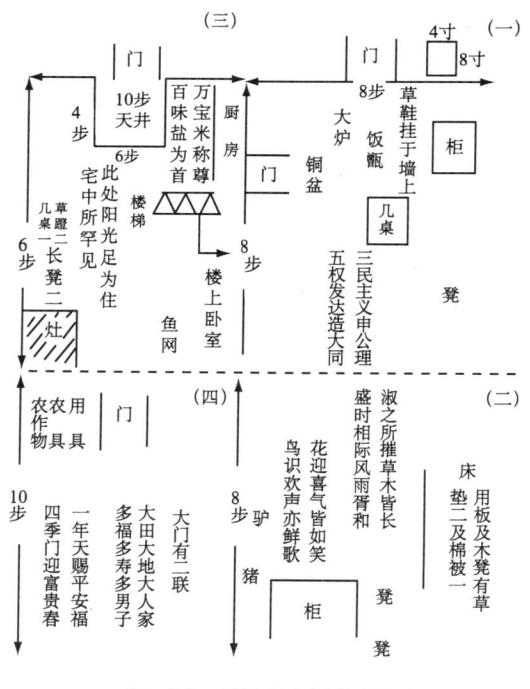

第三图　呈贡县乡间民人住宅

大古城降龙寺借用告白

奉白阖村老幼见字知之，今有本乡○○○为次男完婚，谨择于九月二十、二十一、二十二日宴客三天，预先借到降龙寺一所，大小殿，东西厢，大小厨房，桌凳锅缸水桶俱全，庶免雷同，无谓言之不预也，特此谨白。

借用人○○○拜订

民国二十八年钓鱼纪录

昆明青云街169寓所，后门即是一小湖，虽不与翠湖通，却是在翠湖旁，且水满时自然翠湖之水可以流入，此小湖为房东所有，小湖有石桥，过桥另有一湖较深，属昆华图书馆，此湖即在馆旁，余钓鱼时即在房东所有的小湖。雨季水约五尺，水混，鱼类较多。余时水甚浅，往往仅二尺左右，水清，白日无鱼可藏身，此湖内种藕及野茭白。夜闻鱼声，谅自图书馆旁之湖游入。余于无事时，下滚钩于此湖内，下午四时以后下钩。明晨六时左右收钩，大体言之，滚钩上得鱼约占总数四分之三，持竿钓得者仅四分之一，晚间所得以钩鱼为最多。昆明天气不冷，虽在冬天，可于地下掘得蚯蚓。寓所后门有小花园，余所用鱼饵几尽是蚯蚓,完全在此花园内得之。有时候用肉,希望钓黑鱼,结果两次得乌龟,始终未得黑鱼。余所用滚钩,每线长约两丈,每线用六钩,钩用七号或八号者,线用杭弦,自上海买来,钩系于战前在日本、苏联、日内瓦、美国及上海各地陆续购得者(钓鱼日期及次数从略)。

战时物价昂贵是否与农民有益?(二十九·十一·二十九)

吴景超兄近发表一文曰《抗战与人民生活》(《新经济》半月刊四卷二期,二十九年七月十六),说农民的生活在战时比在平时好得多了。但一般的农人,都说物价高贵和他们没有好处,这似乎不合理,不过对于该问题我们值得研究。

农民最大的理由是:普通的农家,生活必需品,还是买进的多,卖出的少,以米而论,不够吃的人家多,够吃的人家少。龙街238户中,听说米够吃者仅30户,其他乡村是否情形相似,俟农业普查的材料整理后,我们可得具体的答案。

物价是无疑的上涨了,战争以前,龙街近处的中等田每工值国币60元(或每亩180元),现价(二十九年十一月二十九日)每工值1000元。每工田可出米两斗(一斗80斤),战争以前米每升(八斤)值国币4角,现价每升4元,已高十倍。战争以前农工每日工资4角,现时每工

3元5角。战争以前油枯（即菜油饼）每个9分，现时每个要卖1元9角。

假如农夫真正得不着物价高涨的益处，何人得到益处？理由如何？我们对于上列问题应该找寻适当的答案。

民国二十九年钓鱼纪录

本年钓鱼有足述者数事：（一）得鲤鱼一尾，重一斤十二两，为余到昆明以来所得最大者。（二）余每想在呈贡觅得钓鱼处所，曾见呈贡有一老警士偶尔出东门在小河中钓鱼，余虽亦去过几次，然因此地水小，河宽不过五尺，水深二尺，不藏大鱼，但于雨季来临之先，一日余与旭都往七步场大湖试钓，此湖面积约二百亩以上，水清而深。第一次虽不得鱼，以后去钓，几乎每次得鱼，余既得步行之益，且得钓鱼之乐，心甚快慰。（三）青云街169号寓所，于九月底租期届满，房东要求加租金几比原租金高出一倍半，校方不允续租，因此迁北门街45号，余亦因此失去在昆钓鱼的机会（钓鱼日期从略）。

呈贡苦旱（三十一·六·十二）

今夏雨少，入芒种后才下雨一次，约得雨一寸，云南各处缺雨，呈贡稻田不能栽秧者甚多，东门外河内无水者已20日，因上游各村作坝积水泡田预备插秧，县城居民无饮水，东门外龙井几乎见底，在井内所挑之水含泥甚多。

河水每挑国币一元，无处可挑。余家所用水及饮水，俱由西门外龙井挑来，离西门约半里，每挑二元，昨日家人到龙井边去洗衣，足见水的缺乏。

稻已难得下种，如再不下雨，杂粮亦难栽植，如高粱、荞麦、玉米等。呈贡水田少旱地多，因此杂粮关系民生至巨，殊为可忧。

霍乱（三十一·六·十二）

入缅我军自腊戍慌乱退出时，有些侨民随军入滇，财产大致遗失，所带行李亦少，贫穷者在旅行时，甚至取田间浊水饮之。此辈把霍乱带至昆明，近三星期来又自昆明沿滇越铁路、昆宜公路等交通线蔓延。邻昆明县份如呈贡、宜良、开远等处俱甚猖獗。此乃急性霍乱，患者自得病起五小时内即可丧失生命。呈贡可乐村某家九人，一日半之内死四人。麻裓村30户，每户已死一人。龙街有某男孩，七岁，方与群儿游戏，肚痛归家，六小时内毕命。

昆明湖的白鱼

昆明湖内白鱼，最佳者在春日桃花初开时，俗称桃花白鱼。是时白鱼下子，渔夫用麻线笼捕之，笼长三尺，圆径一尺五寸，有口，鱼能进不能出。笼两头用石，沉于湖中近底处。下午四时放笼，晨五时收起。桃花白鱼每尾约自十二两至一斤，细鳞，红眼，肉肥嫩，次于此者，下子较迟，在蚕豆结实时，称豆角白鱼，每尾约自三两至十两。捕法如上。本地人烹白鱼如下法：锅内放冷水，用木柴烧之，白鱼自湖内取起以清水洗之，入锅，不去鳞，亦不去内脏，锅不加盖，冷水逐渐煮沸。不加油盐。如此煮法鱼甚嫩并鲜甜。食时自加苹果酸醋、酱油与盐，内脏与鱼骨，顺手取去。

羊落堡钓鱼（三十一·七·二十九）

今夏雨水来得较迟，呈贡县内有许多池塘，都被农民车水至见底。王家营小塘子、七步场大塘子，在芒种（阳历六月六日）与夏至（阳历六月二十二日）之间，俱已无水，因此使余无处钓鱼。阳历七月初，天始响雷，继之以雨。余自星期一至星期六，每日工作，逢星期日往往钓鱼，但是日又常阴雨。七月五日为星期日，旭都与余往羊落堡老龙潭钓鱼，旭都得大鲫鱼一，甫出水而脱钩，余得小肉花鱼二，下钩不久，细雨朦胧。下午一时许，大雨至，余等徒步归，衣裤鞋袜尽湿。内人云："逢星期日往往下雨，不如趁晴天钓鱼为佳。"从前在王家营小塘子钓鱼，因塘边大树甚多，可以躲雨，羊落堡老龙潭，仅有大树一棵，遇雨实难应付。七月十八日星期六旭都与余又到羊落堡钓鱼。老龙潭长约四丈，宽约三丈，但水深处约一丈，且清水时由潭中流出，因此水不干，鱼尚多。是日大小鲫鱼得

13尾，旭都得8尾，余得5尾，共重一斤二两。以钓鱼的成绩论，余所得者较前次为多。旭都与艾琴已来过两次，每次得鱼约有一斤。

羊落堡钓鱼（三十一·九·十四）

昨日为星期日余照例钓鱼。呈贡今年因旱，近县城各湖水干。昨日吴治衡、旭都与余往羊落堡钓鱼，八时半离家，行三刻钟，到潭，余用竿下钓，5分钟后得鲫鱼1尾，长仅1寸，余放入水，以后15分钟内连得4尾，大小相若，亦放去。村童二人来，余问曰"有大鱼乎？"答曰："近因几次大雨，水由沟入潭，潭中大鱼逆流逃出。"余听此言知大鱼已少，以后将钓上各鱼留起，至下午五时许共得鲫鱼35尾，肉花鱼4尾，鳝1尾。除鲫鱼1尾约重三两，余为小鲫鱼，每尾长不过寸许。旭都得鲫鱼18尾，肉花鱼2尾，鳝鱼2尾，鲫鱼中最大者约重四两。吴治衡得小鲫鱼4尾，肉花鱼1尾。余与旭都所用钓竿各有两钩，吴竿有一钩。余今日有两次，每次提竿时，各得二鱼。六时四十分到家，因今日小雨，到家时已昏黑，留治衡晚餐并将余所钓得各鱼择其大者8尾赠之。

物价（三十一·十·四）

昨晚研究所宴请合作医院农志伊及卫生院华院长等。席间李县长云：抗战以前乡人由大营（近归化，离县城二十五里）挑一担梨到县城，可值国币 1 元（一挑用两箩，每箩四升），目下值国币 450 元。

同时谈到呈贡前任李右侯县长时，有惨案一件，略情如下：张富村有一少年，品行甚坏，村人恨之入骨。某日村中领袖约其父商谈，群谋所以处理此人。父赞成后，村人掘一坑，强迫此人入洞，此人先饮酒，如约入洞，村人在洞外堆土，先闻洞内有声，不久即无声，后掘洞，见此人面上流血，另觅地葬之。

羊落堡钓鱼（三十一·十二·十九）

余因未得钓鱼机会，今日虽是星期六，本因工作，适天气晴朗，与吴治衡及旭都至羊落堡钓鱼，余晨往，二人于上课完毕往。不料该村乡民方由大冲放水泡田，大冲离村十余里，以致村边老龙潭被淹，邻近各田俱被淹。这是冬天泡田方法，须到明春播种时，才把水放出，由马料河退去。对此点余前不知，因此不能在老龙潭下钓，旭都在森林及树丛中用皮枪弹鸟，得斑鸠一，黑头公七。晚留治衡在家便餐并食鸟肉。

黄桃（三十一·十二·二十四）

今午李悦立县长请客，席间有法国园艺专家 M. Garlan 及本省农林处黄处长，黄处长云美国运来的罐头黄桃，每罐内仅有三桃，共六片，其桃种据说系 30 余年前由云南峨山某教士携返美国者。此事黄处长于峨山调查时曾问过本地人证实,此事并在美国农业年鉴某版,见其叙述。

耶诞节(三十一·十二·二十四)

昨日余由昆明归呈贡途中,往甘美医院牙科德国女医士,谢其拔牙,并祝贺耶诞。抗战以前余每年邮寄欧美及日本朋友贺片,外人认此为一年中最大礼节,战争起后余即停止。今夜吴泽霖兄在其寓所过耶诞节,约余夫妇及旭都、旭清参加,主要目的是让儿童们聚乐。吴家四儿童,孙惠惠,加余家二人,共儿童七人,于餐后唱歌,说故事等。完毕后每童得礼物一包(梧荪亦带一部分去),说是耶诞老人所赠,由泽霖兄分给,各童皆大欢喜。

杨花菜(三十一·十二·三十一)

呈贡有些蔬菜,本地人向来不吃,例如菠菜、洋辣子(又称状元红,即西红柿)及杨花菜,即椰菜花。三年前当余初到呈贡时,一日见乡人负小担,大约系往昆明者。有中年妇指其担而问曰:"这是装哪一样的?用青菜包着些豆腐渣,是好吃的吗?"椰菜花被此妇看作豆腐渣,因呈贡尚少有人种,少有人吃的原故。近来种者渐多,生意渐好,俗称杨花菜。菠菜与西红柿的历史,大致类似。

呈贡寓所的老鼠(三十二·一·八)

云南的老鼠,大如松鼠,重约12两者常有,能由庭柱直上，上爬时四腿支开。分两排，一口气能爬上约两丈。余寓三台小学楼上，共三间，夜间时闻屋外的扶梯有老鼠上下，但主要进口是由土墙挖洞。余见洞即堵塞，大致以树杆、竹枝或石片为材料，随堵随挖，一洞堵好后别处又见一洞，有时每日堵，有时隔三日堵塞，夜间时闻鼠声，余有时起床活捉。某次见大鼠上蚊帐，由帐爬上粗绳，余用手杖击之，中头部堕地死。楼下厨房内老鼠特多，一日下午以打鼠机打之，一机于半小时内得五鼠。厨房内有木头水桶一对，俱被老鼠咬一孔，圆径约一寸。水桶一副，三年前购入计7元，现价约须200元。

昨夜三时，有物自门上堕下，嘭然有声，忽惊醒，知为大鼠，今晨六时半起，闻卧室内箪衣中作声，在墙壁间视之，见大鼠，以手杖击中之，受重伤，不久即死，重约12两。

文庙同人在厨房前后养小鸡，一日傍晚母鸡带一群小鸡在厨房旁边绕圈，忽听小鸡狂叫，见一大鼠，咬住小鸡两只。女工陈嫂连嚷带追，老鼠放下鸡一只，余一只拖入洞内。

江尾村毛巾工厂（三十二·一·二十一）

江尾村毛巾工厂成立已一年有半，现有男工10人。女工41人，工作自晨七时起至下午五时止，中间除去开饭一小时。工人在厂内吃饭，自一月份起每人每月自出150元，厂方每人每月约贴100元。去年十二月时每人每月出饭费75元，厂方每人约贴50元。普通洗脸毛巾，熟练工人每人每日可织三打，大多数工人织二打，计件付工资，最多者每人每日得20元，少者得10元，中等工人得15元。

果农大会（三十二·一·二十四）

呈贡有果园的各乡村，昨日派代表到县，在戏台前举行宣传会。张西林厅长及黄日光处长，俱有演讲，晋宁县县长、贾场长亦参加，余于事前嘱所中将农业普查各项材料检齐，托罗振庵兄请张厅长到所参观。余往斗南村东方语文学校参加开学典礼。余出门不久，张厅长等到所参观，认为有些资料，富有科学价值。下午二时半余返县城参加宣传会，张厅长事后对余云：拟派员到所抄录统计材料；并劝余以所搜集资料为根据，从事编纂新式的呈贡县志，为我国他县树立楷模，余允为考虑。

搬家（三十二·二·十八）

家属自上海搬到呈贡县后，即住于县城三台小学内，楼上三间为全家住宿之用，楼下一间为厨房及下房，楼上三间用木门木窗并以木为地板，朝西，光线充足，小学生的上学时间为早自七时至九时，此后为休息及开饭时间。

十一时至下午三时，继续上课，在上课时间声音杂乱，余时颇安静。自二十八年八月至三十一年五月，每月房租国币30元，在三十一年五月，小学校拟增一班。促余家搬出，余夫妇往龙街及古城找屋，无合适者，乃与学校商议，继续居住，房租增至每月60元（三十一年六月至三十二年一月）。三十二年一月，学校又拟添加一班，再度促余搬家，并劝余家迁入文庙后进崇圣祠，不纳房租。余夫妇于寒假中布置。崇圣祠有屋三间，高而宽，惟光线较差，另盖一厨房。两边有现成的土基墙，另一面用旧篾篱笆，顶用草席，席上覆以稻草，厨房长一丈四尺，宽八尺，用泥地，雇一本地瓦匠，说定每工60元，此人嗜酒及鸦片。每日饮市酒两次共半斤，计10元，抽鸦片一次，计五分，计20元，每日工作时间自晨十时至下午四时，厨房各种材料及费用列下：（1）稻草12个，每个5元；（2）草席11条，每条8元；（3）竹9根，每根10元；（4）垆条2，每个50元；（5）石灰15斤，每斤2元5角，瓦烟筒1，35元。

崇圣祠茶会（三十二·二·二十七）

余夫妇因搬家甫毕事，约友人至新寓所茶叙，客人共28位，有李悦立县长夫妇、昌景光校长、孙福熙夫妇及研究所同仁全体，梧荪自做点心共十二色，外买松子瓜子等四包。谈话中最惹人注意者为物价问题，抗战前红锡包香烟十支装每包售国币9分，现在市价60元，增500余倍，李县长谈及今日在下庄子毙盗一名。其概况如下：自松花坡飞机场集中大量工人后，歹人混入县内，现因工作将完，感受生活痛苦的无赖，往往结伙窃盗，下庄子因地势偏僻，业已发生白昼抢劫数次。今晨是呈贡县保卫队中队长假装买猪商，携手提皮包过村，被人吓住，直认带款买猪，盗三人勒令交款，买猪商正在取款时。埋伏的兵士20人拥上开枪，一盗以手枪拒捕，失败被擒，在村枪毙，割其首，取回悬挂县南门示众。

倪因心君来信（三十二·四·二十九）

因心于三月三十日由芝加哥发航信一，四月二十六日到呈贡。说自1941年1月至1942年8月，每日工作三小时至四小时，以便赚得读书补助费，自此以后清华准给奖学金一年（美金600元），及中美协会给予半官费，因此可以维持至明年夏天，并已决定准备博士论文，论文题暂定我国的农村人口，与苏联、印度等国人口的比较。以前关于呈贡梅子村的资料，对于博士论文当然不够用。因心拟利用呈贡人口普查的资料，此固适宜，余拟托汝江带环湖户籍资料，以资补充，因心附致旭人、旭都及旭清函各一件，并纪念其已死的黄狗（埋于文庙后首靠墙处）。

安江水利生产合作社（三十二·五·七）

昨日本县安江水利生产合作社，举行第二年开水典礼，余被约参加，晨九时半至南门外等待他人同时出发。十时半，李县长、何主任、倪局长十余人步行至三岔口，路上遇自昆明市来小汽车，系赴安江开会者，有云南省合作金库杨总经理、合管处邹副处长、农行杨主任。李县长与余被约同车前往。何主任随后步行至安江（离县城约35里），安江社有社员600余，已购抽水机二，俱系旧物，经修好后使用者，其款由金库、县金库及邑绅陈吉庭筹借而得，总数50余万元。去年放水约40日，灌溉3000余亩（每亩二工），收成每亩比平常高出一倍，但以前常有荒年，有"十年九无收"之谣。自有水利社以后，灌溉可无问题，因此年年可以丰收，今年昆湖水位底二尺余，社员全数参加挖沟一道，自湖边引水至机器所在地。沟长600丈，宽深各约六尺余，每户摊挖八尺，约八日全部工程告竣。据估计今年放水所需日数，约需增加20%。工程师某君方病死，幸地方上已有二人受训，可以管理机器。对于会计人才尚感缺乏，官渡镇有合作训练班，望安江可以保送青年受训。杨经理于六年前即在呈贡举行农贷（富滇银行），当时人民不了解，目下情形颇有进步。

合作社晚餐时，用塘里鱼，此为鲤鱼，用红烧与清炖两种烹法。此鱼生长在塘子里，塘水由昆湖灌入，非但是活水，且不带泥土。鱼亦无泥土味。下午六时离安江步行至广济，三岔路上见孩尸，约二岁余，头已割下，裸体，肉与血尚鲜，疑是昨夜死去而抛路边者。县长促保长即派人掩埋，并根究弃尸人。大约居民对于儿童的养育，有一种迷信，即凡不能养大的儿童，认为"鬼胎"，死后支离其尸，以示惩罚，使已死者不再投生，并使来投生的婴儿，有长成的希望。

所中每举行大规模调查时，余必亲赴各地指导，特别在工作开始时，并在重要的区域，余曾到安江三次，即人口普查、农业普查及人事登记开始时。有一次余在安江及子村工作整日，约七小时，晚宿归化，因归化离安江仅13里。

安江明时设治，据呈贡人口普查（民二十八），安江及子村9，共有722户，但水利社不包括子村全数。安江本村有378户，若与子村共计，现为呈贡第一村，次为斗南村有520户，其次为上可乐村，有510户，安江与晋宁接壤，相距仅四公里余。近年以来，安江水利不兴，雨水太多则田地被淹，旱时则无法灌溉。旧有水龙会，但因管理不良，并无成绩。

厨房漏雨（三十二·七·六）

昨日晨六时起，天昏黑，但阶前各桶、盆、缸俱未接着雨水，因前一夜并未下雨。余入厨房预备烧洗脸水，甫点着松毛，听雨声。接着就是崇圣祠前檐滴水声，接着就是厨房草披漏雨声。余用饭碗接漏，灶上共摆五碗，各碗很容易漏满，余忙于倒水，辗转倒换，周而复始，此外有一漏甚大，另用铝饭锅接之，如是者一小时半，雨渐小，余才开始煮稀饭。厨房长10步宽7步，今日有漏14处。余杭有谚描写贫人的住屋云："晴天十八个日头（太阳），雨天十八个钵头（接漏用）"，我们的厨房离此标准已不远。

钓鱼（三十二·七·十一）

自户籍报告开始编撰已来，余未能抽出星期日来钓鱼。今日为星期日，旭都约吴治衡与昌明同往羊落堡老龙潭钓鱼。旭都三日前自昆明归，因联大附中才放假，治衡不久即往贵阳去，拟入清华中学肄业。今日天气晴朗，为雨季中不可多得之天气。到老龙潭时见水深约七尺，因雨后二日，甚混浊，无水草。四人下钓约一小时，无人得鱼。旭都提议往黑龙潭，余因闻雷声，恐下午下雨，劝勿往，吴小弟昆仲兴致亦高，助旭都怂恿，余允之。往东行，经桃园见熟桃即采，带食带走，行约十里经新栅小村、中村、大村，始至黑龙潭，水流甚急，挟大量泥沙。时已正午，出面饼食之。少待，旭都、治衡、昌明解衣入浅处洗身，余亦坐于石上洗身，因水冷，余未入龙潭游泳。旭都得汪刺四，昌明与余各得汪刺二，治衡得汪刺一。旭都与余所得鱼，俱赠吴氏兄弟，离羊落堡后约二里，遇某农夫，告以老龙潭近被人用石灰炸鱼，潭中鱼尽毙而被捉去。

物价（三十二·八·八）

七月份物价，大致已增一倍，自八月一日起昆明公米加一倍有余（由每公担640元增至1300元）。省政府认为一般物价俱涨，公米如不增价，未免赔累太大，因此增价，同时禁止粮商抬价，未免矛盾。

昏厥（三十二·八·十六）

八月十四日晨六时余由昆明北门街45号往西门外汽车站，乘车家壁汽车至普坪村下车，往干沟尾云南蚕丝公司内印刷厂，接洽承印户籍示范报告事，该报告已印出初稿5000字。余校完后，即与朱文浦经理、林日渊工务课长商谈以后续校事，余顺便参观蚕丝公司织绸厂。因茧子不多，缫丝部已停工多日，织绸女工年龄自15岁至25岁，未嫁者占十分之七。受训三个月，资方管食与住，无工资。受训期满，工资每月500元至1200元。日工10小时，夜工8小时，深夜工在晨间二点三十分停工，星期日休息。食与住由厂方供给，女工寄宿舍离厂仅500码。

归北门街时晨十一时三十分，午餐后睡半小时，即赴近日楼，拟乘公共汽车返呈贡。第一汽车甚拥挤，余于上车后因无立足地，天气又热，即下车。第二汽车至，余又上车，拥挤情形相若，已买票，但觉头昏，且站立不稳，身体扭转，余立志下车，即与旁立者商让路，至车门口，一云南人不肯让，余曰："请让路，因余将倒地，有车票一张奉送。"旁立一人睹此窘状，让余出。余已失去平衡，不能行，车职员扶之，余行约五步见有旅客放木箱及衣物等物于路上者。余坐木箱上，目光昏黑，头不能转动，特别向左转，左颈头部下两寸许有核一，大如扁豆，浮于肤面。手足稍麻，惟未失知觉，三刻钟后略有汗，渐清醒。此病余曾发一次，时在呈贡，两年前，某夜黄昏时，余亦在三台小学门口，坐下半小时余才返寓所。

病发一小时后，余复乘公共汽车返呈贡，至寓约在六时，因梧荪患胃病，卧床约一个月，余未报告患病经过。次日晨请农志伊医师诊治，据云血压175度（平常为160度），虽稍高，但无碍。小便经检验后有磷化合物，但无糖质等，亦认为不重要。

余因此病于两年内已发两次，有恐惧心，医生认为神经衰弱，用脑过度。假如最近期内无大进步，余拟向清华请假，暂不往昆明上课，以资休养。

鸡窝（三十二·八·二十一）

大成殿后檐下余家曾于今春找瓦匠杨文学砌一鸡窝，

长一丈，高二尺半，只有一门。杨瓦匠曰："黄鼠狼凶得很，很小的洞都进得去。"这是他不另作出气洞的曲解。余家养大鸡17，小鸡14。自入春以来，平安无事，近已入雨季，潮气甚大。昨夜黄昏时鸡叫，声急，余与李嫂取灯视之，不见有异状，今晨旭都开鸡窝门，见大鸡死者二，小鸡死者三，余即找杨瓦匠来，杨允重修。以120元为工资，据云等于一日的包工工价，余与旭都及李嫂当小工，余提议将鸡窝加高一尺半，加长二尺，两头开两门，中间开两窗，以旧铁炉条为窗，借通空气。杨每日吸鸦片烟一次，吞烟泡一次，喝酒二次，据云鸦片烟黑市价每两7000元，每日约用烟一分五，计105元，杨每日工作约五小时，算一工。

金线鱼（三十二·八·二十三）

三星期前，在呈贡县合作金库晚宴时，安江水利社理事陈吉庭君报告金线鱼不久即将上市，昨晨李悦立县长约赴晋宁牛恋村吃金线鱼。同行者有合作实验区何修义君及李景汉兄。晨七时，余等在县府早餐，七时半在南门外乘昆阳公共汽车出发。九时半到牛恋村，该村属晋宁县河西乡，离县城约五公里，濒昆明湖，余等至时，陈吉庭先生等已开始早餐，余等先参观金线鱼。鱼在金线洞用网捕获，昨夜一夜共得200尾，鱼首有四须，背有黑点12至16，分列两旁，每点作长方形，约一厘至二厘，自颈以下，一直至尾，俱用五吋以上的鱼不见此黑点，鱼身自鳃至尾，正中间有线一条，即鳞分界处，将鱼身横分两部，上部鳞与下部鳞各自排列，横贯鱼身不断，此即所谓金线。因系鳞分界的线，实应称银线，因其色甚白。鳞甚细每吋约自23至26，五吋以上的鱼，其口、背鳍、腹鳍、尾鳍俱现红色，状如白鱼。腹部较宽，嘴尖，下唇微向上。无倒刺，肠细而长，鱼无腥味。金线洞有泉水流入昆明湖，鱼逆水而上，据云此鱼脂肪甚多，喜泉水，由洞流出的泉水，成沟，沟旁置线网（如白鱼网），逆水而上的鱼，有时入网被捕。金线洞属于张姓，洞旁有网约100分，租者约100渔户，每租一网之地，每年纳国币3000元于张姓，并纳鱼4500尾，捉鱼期约有三月即阳历九、十及一月是，稍有前后，但相差不过半月左右。

烹鱼用冷水置于锅内，去盖，放盐，鱼入锅中后烧柴，鱼游泳其中，不去鳞及肠。活鱼于煮熟后可由其眼珠凸出及身弯辨认之。食时用酱油、醋、姜、辣椒等调味，食者用全鱼，不去鳞，但去肠及骨。技精者，以左手持鱼头，头与脊骨及鱼尾一次取出。六人共食活鱼64尾，鱼汤上面浮脂肪一层一如鸡汤，李县长食13尾，余食11尾。大鱼长约五吋。小鱼二吋，每尾价国币五元，如在昆明市，其价约二倍以上。昨日晋宁县长献鱼300尾于龙主席，今日军政部驻滇办事处主任全眷至牛恋村尝此异味。

停止上课（三十二·十·四）

余既患昏厥如前所述，即与学校及知友商议，决定休息一学期，以避免每星期来往昆明之苦，同时致函梅月涵先生，辞去社会学系系主任之职。余近来因所中事务清闲，常往乡下散步，惜近处池塘，俱于栽秧时干涸，钓鱼的机会因此减少。自中秋节以后，呈贡至昆明的公共汽车票价自45元加至70元，且拥挤比前更甚，柴价炭价已增，因此票价随之，但其主因在军人乘车者比前大增，车内军人往往占乘客自三分之一至半数，军人大致不买票，有时买票亦仅出10元或25元，其不足之数，无形中由其他乘客补足。

梧荪病状（三十二·十·六）

近一个月来，梧荪以大部分时间，消磨于床榻，医生诊为慢性肠炎，胃痛，发冷发热，肠痛，饮食不佳。在抗战以前，吾家雇女工二人或三人，治理家务。自入滇以来，女工工资每月国币1元增至300元以上，且有续涨之势。工资尚不是最重要的支出，最重要者是食品，抗战以前，中米八斤价国币4角，目下市价为150元，在此情形之下，梧荪愿自己操劳，最近自李嫂解雇以后，家无女佣。值兹物价飞涨之时,工作繁重,心境不宁,营养不足,无怪卧病兼旬,幸近数日来渐见恢复。十一月一日起床,体软脚酸,但饮食渐增。

松子歉收(三十二·十一·一)

呈贡松子盛产于七甸及头甸山中,谓之克松。今年克松生虫,不结松子,以致松子价涨,每升(八斤)180元。

呈贡秋收(三十二·十一·一)

呈贡今年掉谷不熟,掉谷亩数约等于所栽稻亩的三分之一,掉谷不需肥料,收时每亩比水谷约多四分之一,因此乡人都喜栽种。但不耐寒,因今秋早冷,掉谷一概不熟,乡人蒙受极大的损失。

包谷做酒

呈贡旧习,用包谷喂鸡及猪,不作人用食料,惟穷人有时磨成面,煮包谷饭,今秋价大涨,每升(八斤)卖70元,因渐有人用以酿酒。县政府决定设法禁止,以包谷煮酒。因掉谷歉收,今年以包谷当食粮者必较去年为多。

呈贡稻田(三十二·十一·十三)

呈贡稻田以三工为一亩,所谓一工指一人一日可以插秧完毕而言。中等稻田每工可以出谷四斗(即220斤)。每工田所需劳力,自挖田至收谷可以估计如下:

挖田四工　本年收谷时男工每日国币120元,雇主管饭，一日三餐，女工每日60元，雇主管饭。

犁田一工

栽秧二又二分之一工　每工田须用菜饼（俗称油枯）60个，每个约须35元。

拔秧一工

去草六工　本年每升米（八斤）本钱约需国币100元。

收割二工　每工田（中等）可出谷四斗（220斤）。

物价增加率有徐速（三十二·十一·十七）

本年二月间（即旧历新年）中等米每升70元（八斤），美金钞票黑市每元可兑国币48元，现在中米每升160元（八斤），美金钞票按法律已禁止买卖，但仍可托人兑换，兑换率为国币79元，如果有人囤米，其获利远较收藏美金为厚。

呈贡征实征购估计（三十二·十二·二十一）

自民国三十一年起，我国政府实施征实征购，对于呈贡的农民的影响今估计如下：

（1）中中田每工（三分之一亩）在抗战前可以卖滇票450元，眼前可卖国币12000元。

（2）中中田每工可出谷约四斗（每斗55斤）。

（3）中中田每工以前纳耕地税国币一角一分。耕地税现金一元，变国币五元，每国币一元收公粮谷子五公升，征实谷子一斗二公升，征购谷子二公斗四升四合。

（4）中中田每工现纳公粮，征实征购共七公升五合九（合呈贡一升二合一分四厘四），以前第二条相比，约纳出谷总额四十分之一，关于征购部分政府付米价的一部分，约等于市价的四分之一，用国币及美金储蓄券。

厘定等则以当地最近普通买卖平均地价为标准，其分别如下：

民国二十一年以旧滇票计算：

（一）每亩价值在150元以上者为上上则；

（二）每亩价值在120元以上不满150元者为上中则；

（三）每亩价值在90元以上不满120元者为上下则；

（四）每亩价值在70元以上不满90元者为中上则；

（五）每亩价值在55元以上不满70元者为中中则；

（六）每亩价值在40元以上不满55元者为中下则；

（七）每亩价值在25元以上不满40元者为下上则；

（八）每亩价值在15元以上不满25元者为下中则；

（九）每亩价值不在15元者为下下则。

征收耕地税按照等则分别征收，其税率如下：

（一）上上则耕地每亩每年纳税现金三角；

（二）上中则耕地每亩每年纳税现金二角四仙；

（三）上下则耕地每亩每年纳税现金一角八仙；

（四）中上则耕地每亩每年纳税现金一角四仙；

（五）中中则耕地每亩每年纳税现金一角三仙；

（六）中下则耕地每亩每年纳税现金八仙；

（七）下上则耕地每亩每年纳税现金五仙；

（八）下中则耕地每亩每年纳税现金三仙；

（九）下下则耕地每亩每年纳税现金一仙。

耕地税一元现金变成国币五元，每国币一元收县给公粮谷子五公升，征实谷子一公斗二公升，征购二斗四升四公合。

呈贡征实征购情形（三十三·一·三）

县府举行县志编纂委员会时，余趁便对于征实征购，询问田赋处主管人云：税额国币一元，已于民国二十九年加成五元，自此以后每上上田一亩应纳一元五角（未加前纳三角），中中田一亩应纳六角（未加前纳一角一分）。以现况论，每税一元，应纳县给公粮谷子五公升，征实一公斗四升四，征购二公斗四升四，前三次共合四公斗一升四。

中中田一亩可收谷呈贡斗四斗。一亩约合64方丈（营造尺每尺等于裁尺的92%）。

中中田每亩应纳呈贡升三升九，如上述约等于收成（四斗）的十分之一。

民国二十年时，纳税滇票一元，自征实征购后须纳谷呈贡斗一担才能相当，人民负担加重的倍数，实是警人。

痢疾（三十三·四·九）

前星期日余于晚六时四十五分乘滇越火车往昆明，不料是日误点约有一小时，到北门街71号时，厨司云："忘记将热水壶灌满开水，不过尚有些停汤的开水，灌了半壶。"次日五时半余起床后，照例吃鸡蛋二，用开水冲炒米粉，觉得开水仅微温，但亦不介意，吃完至校上课，即七时至九时，星期二晨起后仅吃鸡蛋一，及炒米粉少许，约抵平时的一半。午饭吃面一碗，地点在校门口小馆。今日下午余为李舜英兄及王士英女士证婚，在昆明宝善街大利春，酒席颇讲究，每桌五千元，但余胃口不佳，所吃极少，小女旭清亦在场观礼，余即携之同往北门街就寝，余九时半上床，腹微痛，即用痰盂大解，每隔数分钟一次，至天明时已30余次，晨九时至校医徐行敏先生处就医，断为痢疾，嘱服药每三小时一片，共八片，计320元，余与旭清坐公共汽车返呈贡静养。余不知病原何在，由于停汤的开水？或系小馆子的面？或系另有原因？近日颇觉疲倦，每餐食粥及易消化的菜，昨日复原，今日精神较健。

目力衰退（三十三·四·九）

余两目近视，目下所用眼镜，只能看远，不能读书。研究所书房光线不明，两年前余即想更换，但迄未实行。

自新年元旦以来，余每逢早晨在大成殿廊上用桌椅看书或写作，下午因自己书房内光力较大，即在书房中写作。熟人离我一丈，余即不辨其面貌，一般人尚未知余目力衰退至如此程度。

种菜（三十三·五·十一）

立夏后一日（前七日）即下雨，今年的雨季，似来临较早。余在崇圣祠前挖地一圆圈直径约一丈半，散冬苋菜种子。系于民国三十年秋，余由重庆带回者，又在文庙厨房后面抛地一块，散成都萝卜菜种及种西红柿35棵，三星期以前曾大雨一次，梧荪促秀英在厨房后抛地一块，散刀豆种、洋芋种及荷包豆种，前日雨后荷包豆出五棵，刀豆与洋芋各出数十棵。

三日前余同男工赵启洛在崇圣祠后靠墙挖地一长条，土甚松，因系由墙上土基经雨淋后塌下来者，此土最肥。除去年外，余于以往四年俱在此栽西红柿。第一年余做开荒工作，见此地满布仙人掌且甚肥大，杂草深约五尺，余于掘清后种西红柿，成绩颇佳，第二年收成平常，第三年因卷叶病收成仅五折，去年未栽。研究所调查统计员莫刚君由斗南村携来西红柿秧50余棵，今日下午四时余即种于此处。

计口售盐（三十三·八·四）

七月三十一日呈贡合作社供销处，为计口售盐事开会，到者有物价管理处主任褚辅成先生、合管处长邹枋、合作金库杨克成经理，及全县乡镇长、合作社理事等，议定由合作社计口售盐，每人每月得12两，旧秤每斤售45元，等于市价的一半。依此估计全县每年可省国币2700余万元。

褚先生今年高寿72岁，余于浙江初光复时，在杭州见之，彼时褚任谘议局局长，余在蒋伯器都督任内服务，时肄业于杭府中学（后改第一中学）。任职数月，余即往北平继续在清华肄业，褚住于谘议局内，每晨习柔软操，今日年虽老，精神尚健，此事当有帮助，会毕聚餐，余与之同席，升酒尚干三杯，余甚钦佩。

八月三日由昆明得来消息，说食盐已奉中央令加价，每旧斤成本约合国币70元，如此与市价相差无几，料市价又必增加无疑。

种菜的经验（三十三·八·二十五）

今年余家在文庙后园辟菜地八块，崇圣祠前两块，每块不过宽一丈，长一丈六尺，略述如下：（一）厨房后种白薯及刀豆，刀豆由余及旭清下子，成绩不佳，白薯尚好，谅可收七成。（二）西门内种刀豆及荷包豆，荷包豆种子由李悦立县长送来，共40粒，出种者5粒，目下开花即已结实者仅2棵。(三)西门内往东,种刀豆、包谷、洋芋,成绩不如去年。(四)李福昌旧种烟草地,今年余改种萝卜、茄子、辣子,茄子恐不能结实,辣子不到三成,萝卜出15棵。(五)往东,种刀豆,成绩甚佳。(六)往北种黄豆,被马吃过两次,今虽又长,但恐收成不佳。(七)北墙边每年余种西红柿(去年未种),今年由莫刚老师赠秧50,种后先由松鼠偷食其茎(因茎略带甜味),结实后松鼠有时食其果。一日梧荪与余站一树旁,一大西红柿由树上坠下,举首尚见一松鼠隐藏于枝叶中。(八)屋东种西红柿及南瓜,西红柿今年有黑病,初患时枝叶发黑,继而黑及其果,溃烂,余每晨掷果5枚左右,最多者一次掷去16枚。南瓜为毛虫所食,毛虫初出时旭清即说:"此地毛虫太多,将来连人都走不过了。"余用火烧,烧死者果多,留下者尚不少。毛虫先吃花,后吃初生的瓜,后吃叶,最后吃藤。至目前止,一藤已吃完。(九)屋南即崇圣祠前,种西红柿及冬苋菜,余于民国三十年时由重庆带子,去年夏在三台小学住所前下子,甚佳,今年下子在此,几乎全军覆没。(十)屋东南,雨季中,函高逸鸿兄嘱买冬苋菜子,寄到后即在此下子,无出者,综述今年的经验,下列数点应特别注意:(一)下种或种菜宜早,须在雨季前一个月。(二)肥料宜加多,例如油枯。(三)西红柿必须有架子，否则结果后在地上腐烂者必多。（四）刀豆喜爬树，不知可否利用文庙后园大树，特别阳光较好的处所。（五）毛虫初生时必须大规模地烧死，否则任其蔓延后，为祸必烈。

羊落堡钓鱼（三十三·十·十六）

昨日星期日，余与旭都往羊落堡老龙潭钓鱼，近数月来，因工作繁忙，久未尝试，此乃罕遇的机会。晨八时出发晚五时半到家。余得鲫鱼六尾，旭都得鲫鱼四尾，内有一尾重四两半，为旭都所得，今年所得各鱼，此为最大，鲫鱼十尾重一斤。

物价狂涨（三十四·一·二十八）

当敌兵侵黔时，本地物价渐跌，近因局势转稳，且天久不雨，价又飞涨，中米每八斤700元，黄豆同量同价，菜子每八斤900元，鸡蛋每个30元，青蚕豆每斤100元，豆芽菜每斤60元。

呈贡升斗捐投标（三十四·一·二十九）

呈贡县的商务，除正常的店铺外，尚依赖集市，俗称"作街子"。全县选出人口集中、交通方便的处所十二，作为集市的场所，依照阴历，轮流"作街子"，俗语所谓"七日两头街"是。逢街子日，买主与卖主蜂拥到场，凡生活的必需品，俱可买卖，买主与卖主在空场上作交易，买物与卖物，各按品类占一定的地点，但无商店。凡大宗买卖如粮食、肉类、肥料、烧柴、木炭等，俱须纳捐，此种捐税由县政府招标，使人民自由投标承办。每年至阴历年终举行开标一次，得标者于第二年包收一年。

升斗捐的主要用途是全县的教育经费，例如龙街的入款，大致用作维持县立中学及中心小学六所之用。其余各街的收入，其主要支出，充作全县各保国民学校的用费。

自抗战以来，各街子的标价是逐年增加的，民国二十八年，龙街得标者仅付国币4800元，彼时中米一升（八市斤）卖价国币7角，升斗捐（斛米费）买主每升出1分，卖主出2分。民国三十二年一月时，中米一升（八市斤）卖价68元，升斗捐买主与卖主每升各出1元，逢龙街"作街子"的日期，收捐者约需60人，每人每日用饭两餐，共约50元，每人每日工资20元（三十二年一月），俱须由得标而承办升斗捐者付出。一年之中逢下雨或空袭时，不能"作街子"，那是承办人的损失。但以已往数年的经验论，承办人总是赚钱的。

在抗战期内，呈贡的物价不断地上涨，因此包办升斗捐者所出的标价亦每年增加。即以最近的三年论，全县的升斗已由国币1610983元增至13011620元，详情见下表：

呈贡全县的升斗捐（民国三十二年至三十四年）

民国三十二年		
街子名	得标者	中标价（国币元）
龙街	赵荣昌	781335
县城内	李嘉植	253686
化城	李培宾	233579
吴杰	李锡恩	85630
头甸七甸	王礼宾	61100
太平	李培宽	66018
安江	周礼坤	18355
乌龙	郑礼春	9990
中卫	尹芳	18790
车站	王雨青	34500
兴隆	李坤	13500
可乐	麻瑞清	34500
总数		1610983
民国三十三年		
龙街	李国泰	2522000
县城内	杨清衡	731200
化城	段德灿	956533
吴杰	李仁	350000

（续表）

街子名	得标者	中标价（国币元）
头甸七甸	吴品兴	253250
太平	刘品忠	100500
安江	李芳	89986
乌龙	刘明德	35555
中卫	萧秉信	85310
海晏	萧秉信	48210
兴隆	陈宗尧	46250
可乐	李秉春	103060
总数		5321854
民国三十四年		
龙街		5532250
县城内		2312110
化城		2355690
吴杰		815190
头甸七甸		355610
太平		315220
安江		185020
乌龙		178950
中卫		206770
车站		43210
海晏		75280

（续表）

街子名	得标者	中标价（国币元）
兴隆		213170
可乐		423150
总数		13011620

呈贡县银行（三十四·四·二十九）

今日下午四时，本县银行开第一次股东会。据报告本行资本国币2000万元，官股（县府）300万元，六乡各出10万元，余为商股。毕升一人自认500万元，本县现有中国农民银行、县合作金库，俱经营金融事业。

工资与物价（三十四·四·二十九）

豆麦与菜子，因初春受霜打击，收成不好，只抵去年的六折来往。谷子近几日才撒种，豆麦与菜子正在收割中。

男工（每日工资）800元
女工　　　　　　200元　　　东家管饭两餐。
菜子　　每升（八斤）2600—3200元。
米　　　2700元。
麦　　　2000元。
豆芽菜　每碗30元。
鸡蛋　　每个50元。
洋芋　　每斤150元。

猪肉　　　每斤 900 元。
蔬菜　　　每斤 150 元。

三、国情普查研究所

早年的努力

民国二十七年，余于离蒙自前一个月，接清华聘书一件，聘余为国情普查研究所所长，学校决定以预算的一部设立五研究所，内四所与自然科学有关，即：（一）金属，（二）无线电，（三）航空，（四）农业，其第五所与社会科学有关，特别注重人口，经费每年四万元，七月末旬戴世光君自欧洲归国，已由学校聘为本所职员，到蒙自时关于研究有所商谈。余拟选一试验区，作小规模的人口普查，请戴君协助。戴君前在清华经济系毕业，考得游美公费，专修统计学，注重人口统计，余并约本年经济系毕业生二人（沈如瑜、李天璞）、社会系毕业生二人（任福善、袁可尚）入所帮忙。同时请李景汉兄指导，特别关于调查方面。

余于十二月二日由上海至昆明时，研究所同仁到站相迎，有戴世光、倪因心、李作猷、沈如瑜诸君，研究所在青云街169号，临翠湖，颇幽静，余与旭人同住一房，旭人入西南联大经济系二年级肄业。联大借云南农业学校为校址，距小西门外三里，自研究所至彼，步行约25分钟，研究所同仁在所自组饭团。每晨每人用鸡蛋两个，早餐用稀饭，午晚两餐用干饭，每人每月膳费八元五角。

戴世光君对于选择试验区事，已着手进行，除路远者不适宜外，余亲赴昆明市近处视察，先到昆明县属官渡镇及其近村。官渡离昆明市南门外约五里，一日下午与戴步行去，归时沿滇越铁路走，遇火车来到九门里时，车虽徐行但不停，余等一跃登车。

余与戴君另一日往呈贡见县长，并到回龙乡在乡公所与乡长、保甲长、小学教员相谈。余有意选呈贡县为试验区。李景汉兄适由迤西归昆明，某日请李与同人二人，往官渡及呈贡视察，以便汇集各人的印象，作最后的决定。

民国二十八年一月五日余第二次往呈贡，次日决定以呈贡县为人口普查试验区，十三日沈茀齐、潘仲昂与余坐校用汽车往晋宁。二兄因校事，余与工业学校毕近斗（仲垣）先生接洽，并托介绍呈贡县绅士，以利工作的进行。

一月十九日访教育厅厅长龚自知（仲钧）先生，请下令呈贡县长，以便聘任全县小学教员为调查员，接洽定妥。

一月二十六日与梅月涵校长往访民政厅厅长丁又秋先生，请下令呈贡县对人口普查给予便利，并协助进行。丁厅长因事不久去职，余于第三次访问时在其宅中见之。下令虽用丁厅长名义，且在其任内实行，但不久丁厅长即辞职。

二月五日梅校长与余在研究所设宴，请新任民政厅长李培天（子厚）先生、呈贡县长李晋笏（右侯）先生，及本所同仁，商议人口普查进行事宜。三日后余往呈贡县组织人口普查委员会，十二日在呈贡开成立会，到会委员有李县长、县党部邓迪民书记长、李景汉、戴世光两兄，此外尚有梅校长、叶企孙先生、教育厅代表、地方各团体代表及本所同仁，李作猷、倪因心两君于开会后即常住呈贡，先借住于县参议会，后以县党部为宿舍。人口普查进行时，本所即以县党部为工作站。

呈贡人口普查

三月一日余往呈贡参加调查员训练班，计有小学教员82人，全县保甲长约200余人，住于文庙，饭食由本所供给，至六日训练完毕，十二日调查开始，五月一日调查结束。

当人口调查进行时，余为总巡视员，全县82调查区，余仅有八区未到，对于山区余最爱杨柳冲，彼处近梁王山，梁王山最高处计2200米突，杨柳冲通澄江县，由山冲小道可过境。近昆明湖各村余最爱大湾，位于海晏（俗称石子河）东北，相距约五里。大湾有沙滩，游泳最方便，有土山、树丛，住户仅十余家，清静之至。

当抽查进行时，余于四月十六日约陈岱孙、吴文藻、潘仲昂同往,到呈贡后李景汉、戴世光、邓迪民亦加入,分两队,俱往可乐村。

余对于此次调查,决定依照下列原则进行:(甲)调查表内问题要少,问题的内容要简明而扼要,以求适合于近代式的人口普查。(乙)调查员要比较地有训练,能了解各问题的意义,并能忠实地填写表格。关于(甲)参照陈达《人口问题》98至99面,决定十个项目。关于(乙)以小学教员为调查员,受训后由保甲长领导调查,本所同人负训练指导及监察的责任。

因昆明为抗战以来后方的重镇,敌机渐来施行轰炸。四月八日下午三时一刻,敌机分两批来炸巫家坝飞机场。余与研究所同人商议,决定将人口资料的整理工作,迁往乡下进行,以策安全。旋与李右侯县长相商,蒙允借文庙为研究所办事处,一面用考试方式,录取统计练习生12人,大部分是参加人口普查的调查员,六月下旬同人等迁往呈贡文庙,开始统计的工作。

呈贡试办人事登记

自民国二十八年十月一日起,人事登记先在呈贡县城近处27乡村试办,由倪因心兄主持(李景汉兄指导),登记项目为出生与死亡。报告人为保甲长与家长,登记员为小学教员,登记的责任由保长负之。出生表或死亡表每张填好后由研究所付津贴国币五分。所内有辅导员三人（李尚志、李忠、马兴仁），巡视各乡村，指导监督，以利进行。自民国二十九年二月一日起，将登记推及呈贡全县，登记项目加婚姻与迁徙。七月末因心兄由校派送芝加哥大学入社会学系修社会学，其工作暂由余担任。余首先在每乡开会，一县共分六乡，请李县长悦立、杨医官成之及余演讲，每次开会时乡长、保甲长及小学教员必须到会，结果到会者约有半数以上。因余忽患疟疾，有两次会，分别请李景汉、戴世光两兄出席，十一月由苏汝江兄主持人事登记，将绩不好的登记区挑出，加紧督促，该月后半月，每日在各区开保甲长及小学教员会议，在近处开会时，余亦参加。除辅导员三人外，另有练习生三人协助。

呈贡农业普查

李右侯县长于民国二十八年末辞职，就省政府秘书职，研究所于十二月二十四日开普查委员会于文庙，到会者有萧叔玉、潘仲昂及本所同人，当时决定举行呈贡县农业普查。规定于民国二十九年一月九日（阴历十二月一日）起小学教员受训一星期，于一月十八日（阴历十二月十日）起开始调查，旧历年假休息14日（阳历二月四日至十七日即阴历十二月二十七日至正月十日），以后继续工作，至全县调查完竣为止。二十九年正月，李悦立县长履新时，我们依照既成计划进行。

农业普查较人口普查更难。因问题中往往包括数量及价值。关于这两种的答案，比较难以准确，不但如此，一般的农夫，即使知道数量及价值，有时候因为种种顾忌，不愿将真确实的答案告诉调查员。

农业普查的问题，按性质分下列数类：（甲）须挨户调查者如耕地面积、灌溉方式、作物种类等。（乙）选样调查，由30农家里选举一家，如肥料、农具度量衡（市镇与乡村的选样）、农作物市价。（丙）估计，如森林（按定义凡有森林的村庄，对于面积及产量须作估计）。

呈贡人事登记

十二月六日（星期日）本所召开人事登记会议于文庙。昨日为本县县政会议，因此今日开会是趁便，出席者如下：李县长、民政科长、教育科长、卫生顾问、四乡长（龙街乡及七甸乡二乡长缺席）、本所人事登记组周荣德主任、警察局长、安江警察分局长、本所人事登记三辅导员。由李县长主席，讨论主要内容如下：（一）有许多乡村的住户尚用民国二十七年旧户牌，与现时户内人口不符，应换新户牌。（二）有些小学无故放假，以致教员离校，妨碍登记工作，应禁止无故放假。（三）各村因有外来驻军，致有些校舍被占，学校停办者应恢复。（四）明年委小学教员时，应将"人事登记"工作明白声明于委状内。（五）抗不登记者应受罚，并请警局及警分局严厉执行。

呈贡县举办户籍及人事登记（三十二·三·二十九）

呈贡县政府近奉民政厅令，集中全县保长及小学教员，在三台小学受训，以便举办户籍及人事登记，自二十五日至二十八日，课程表由研究所协助排定如下：

（一）保甲三小时，由县府民政科长授课，（二）兵役三小时，由县府兵役科长授课，（三）户籍法三小时，由余授课，（四）户口普查六小时，讨论二小时（由何其拔担任），（五）户籍及人事登记六小时，讨论二小时（由周荣德担任），（六）填表实习（户口普查）四小时（由研究所辅导员担任），（七）填表实习（户籍及人事登记）四小时（由辅导员担任）。

第一日上课时，保长与教员到者不过半数，民政科长依照法律讲保甲，不及半小时即下课。第二日报到者加多，第三日人数最多，约占全数十分之八，第三日讲演已完，至第四日实习时，所发表甚少，各组俱不敷用。此次调查定于四月一日开始，十五日毕事。调查完竣即编保甲，调查表由民厅发下，户籍及人事登记表册，按内政部规定，由民厅发木板，已刻好表式，县府以薄棉纸印刷后即散发应用。

受训者伙食由各保自理，每日每人各发饭费50元，在饭馆用餐，至于住宿，或在戚友处或在南门内财神寺。

受训一事由县府主持，但常用办公者仅户籍主任昌受五，县长因公赴澄江，民政科长于上课后即请假离县。昌为民政科科员，遇重要事不能负责。

户籍主任月薪110元，食米五升（每升八斤），科员90元者一人，米五升，尚未到差。各乡公所设户籍干事，全县六人。

今年民厅增设户籍科，科长为前第三科保甲组主任。技正为杨文定，前内政部户训班学员。另一学员为马培圻，近就粮政局事，官职较前为高。

县政府既奉令办户籍及人事登记，本所急需设法与县府合作，业与县长数次商谈，原则近与决定，县府必须依照法律举办，本所协助。本所在呈贡人事登记依旧进行。县内小学教员事实上须担任两种登记工作。

云南全省今年拟举办户籍及人事登记，第一期举办者凡50余县，呈贡即其中之一县。

研究工作与云南政治及学术机关（三十二·八·二）

云南大学与经济委员会近合组社会研究室，昨日在本县魁阁开会，到会者经委会有金龙章先生、云南大学有熊迪之先生，及社会系诸同人，此外到会者有社会处何代表、教育部高等教育视察员陈东原，余亦被约出席。熊校长报告合作经过，谓经委会补助10万元，以便提倡本省的社会研究。午餐毕，余约全体参观研究所。陈东原先生特别注意户籍示范的教育情形（及呈贡县）并嘱抄有关系的统计。金龙章先生代表经委会，该会亦户籍示范合作团体之一，近捐9万元作报告的印刷费。余趁机表示感谢。社会处代表对于研究工作亦感兴趣。

自八月一日起，公米价由每公担640元涨至1300元，在八月内普通物价已涨一倍，余向陈先生表示，请转报教育部特别注意此事，一方面余已请梅月涵校长向教部呈文，建议请教部准许依私米市价按月给予米贴。呈贡县斗南村有东方语文专科学校，由教部派人主持，其教职员七月份所领米贴为每公担2100元，即按本县私米市价计算者。

呈贡县户训班（三十二·八·二十一）

本县四个月前奉民厅令，按户籍法办理人口普查及户籍人事登记（三月二十五日起开始训练保长、甲长及小学教员）。普查已毕，登记已在进行中。但至今日止，各乡镇村统计未报县政府，其主因在地方自治人员如乡保长及小学教员等，忙于他种公务，无暇及此，所谓他种公务指公产调查、私产调查、房屋调查、壮丁册编造等。保公产包括田地房屋等项，房屋指人民自有房屋，县府调查其房屋品质及间数准备抽捐。壮丁册的编造，大致由小学教师担任，除县城龙街、斗南、可乐及附近县城少数村庄外，其余教员大都无暇任教，停课业已四个月以上。县府睹此情形，认为乡保长及教员，难以负责举办户籍及人事登记，决议训练各保办事员，以一个月为期，全县86保每保一人，今日开始报到，余被约担任户籍学一课。保办事员是否胜任，由此次训练班可以知其梗概。

太平洋学会职员参观研究所（三十二·九·十七）

太平洋学会拟于明年冬天开会，近派人往各会员国接洽。总干事 E. C. Carter 及研究干事 Wm C. Holland 近游我国，二君已在重庆约三星期，日前抵昆明，中国太平洋学会主任干事刘驭万君同来，余本年因任研究干事，与二君有数方面的接洽。关于中国所拟的研究，分短期及长期两种，短期研究专为明年开会时提出论文的准备。长期研究拟对于我国的社会科学，作学术性的研究。关于此问题，共开会两次，一在战地服务团第一招待所举行，因二君暂住该处。一在南开经济研究所昆明办事处举行。时在九月十四日晚间，参加者除荷兰德君外尚有刘驭万、陈岱孙、陈序经、潘光旦、王赣愚及余（后四人为主人）。是日适值中秋，当余等于夜间十一时散会时，月色圆洁，迥异寻常。惜因现值我国抗战，政府为减节无谓的消耗计，禁卖月饼。九月十二日晨,卡德氏与荷兰德氏,携同刘驭万及余,乘小汽车到呈贡参观研究所,认为对于搜集我国社会科学的资料及研究,颇有裨益。

呈贡人事登记(三十三·四·一)

四月一日(星期六)本所登记组与县府户籍室开联席会议,该室提议与本所合作,议决案如下:(一)户籍室与本所合办户籍及人事登记,(二)本所辅导员一人陪同户籍室一人,每月下乡督导,(三)本所辅导员由县府加委为名誉督导员,(四)已由本所委托办理登记的各小学教员由县府加委为户籍及人事登记登记员。

自本年一月份起,每填表一张,由本所付津贴费国币1元,如每月以750张计,约增加375元,小学生对于报告消息特别勤谨因而改善登记工作者应得奖品。此层前已议决,现拟择期施行。

据县府户籍室昌受五主任谈,民厅近有令到县,责成小学教员办理登记。

呈贡安江人事登记的视察(三十三·七·十五)

昨日晨六时二十五分,骑马赴安江视察人事登记,同行者有县政府昌户籍主任及合作实验区何修义主任,何因他事同去,九时五十五分到安江。辅导员李尚志前数日已去,县政府通知亦于四日前到达。昨日晨十时在保公所开会，出席者应有乡保自治人员户籍人员及教员等。是日到会者为保长2人（应有12人）、甲长10余人（仅有二保的半数）、中卫乡户籍干事、安江户籍员、安江小学教员4人（全体）。首由余演讲人事登记的重要及安江成绩的不佳，认为全县恶劣村镇25处之一，并鼓励各有关人员今后努力的必要。次由昌主任说明县政府推进户政的决心，并谓对于抗不登记及犯其他过失者每次惩罚国币100元，以一半交乡公所，余一半交保公所公用。次由李尚志问到会甲长对于登记的报告，发现下列各端：（1）有一部分甲长系新换者因任事不久茫无头绪，人数约占三分之一。（2）有些甲长虽已满一年，从未报告过，人数约占四分之一。（3）已满一年的甲长平均报告过两次。此后即讨论，发现内政部的登记与普查所的登记由两种人负责，前者由户籍员后者由小学教员，因此有时惹起纠纷，部表已填者所表或漏，所表已填者部表有时亦漏。关于此点的补救办法，决定如下：（1）填表应在一处如小学校。（2）每月底以前将已填好之表格校对至少一次，以便决定部表或所表是否有漏填处。

正午离安江往张莲村，至学校时十二时四十五分。入校时副保长云：昨夜与今晨两次通知各甲长开会，但无一人出席，此村有200余户，编一保半。李尚志前月来抽查两甲，漏报者已有五家。正保长因兵役繁重，感觉难于应付，已避匿一个月，副保长目不识丁，自谓手足无所措。村内领袖分四派，互相排挤，任何一派出头，必遭他派反对，以致公益事无可办者，余细察校内有某教员，于民国三十一年春曾被派为户籍调查员，分发在晋宁县城工作。因其才力不胜，不久即令返张莲本村（离晋宁县城约五里），足见本村人才的缺乏。因无开会的可能，余等即促副保长召来抗不登记者勒令登记。旋有中年妇人带两小孩，到校登记，并付罚款，昌主任将罚款分别交付于中卫乡户籍干事及张莲村副保长，并嘱将前次所查出的遗漏各件，于一星期内补登。

下午一时三刻离张莲，三时抵马经铺，下马喝茶，此为余往年常来钓鱼之处，今年却未曾来过。乡人云，今年塘内水位较浅，但未干（据云50年内仅干过一次）。近来松花坡飞机场美空军人员往往到此游玩，昨日尚有人来，举枪向塘中黑鱼射击，得大鱼一条，重约三斤。余等归时，马行塘边，见二乡人各携黑鱼一尾，一重约一斤，其余约重二斤，俱由鱼叉得之者。余等六时到家。

今日马费国币550元，民国二十八年时一日马费国币7角整，五年半之内约增800倍。

昨日晨，未出发前余在寓用早餐，有稀饭、馒头及鸡蛋，行时自带午餐，即鸡蛋两枚，桃子两个。开会后未用餐，归时余将鸡蛋赠昌主任，一桃赠何主任，自食一桃。至马经铺时，余饮茶，昌与何各用烤饵快，归后用晚餐，亦未觉太饿。

昨日余在马鞍上垫毛毯一，座位尚安舒，虽骑马八小时半尚能支持，昨夜与今日下身酸痛。（民国三十年时，曾由呈贡骑马至昆阳一日骑九小时，行92里。）

昨日视察的感想如下：（1）乡人不遵时间，我们到安江后，鸣锣后一小时才开会。使余回忆于民国十七年时，在高丽京城所见的日文标语。第一段云："一分迟到，两番汽车。"说旅行时要遵守时间。第二段云："一人迟到，万人迷惑。"说开会时要遵守时间。（2）但农人在田间工作，我们所定的时间，多少于他们有妨碍，以后是否有比较适当的办法尚待研究。（3）自县政府奉命推行户政后，本县有两种人事登记，究应如何合作，如何划一办法，以期减少冲突而提高效率，亦应切实研究。

龙街乡人事登记检讨会（三十三·七·二十三）

昨日龙街镇因人事登记开会，到者有李崇义乡长、保长、副保长、甲长12人、乡户籍干事、保户籍员、小学教师2人、辅导员华立中。余促华问明甲长任期及在任期内对于人事登记所报告的次数，甲长半数已任一年，余自今年旧历新年接任。11人并未报过，余一人为15岁学童，代父亲出席，余谓此后开会，不能找幼童作代表。余依次须问老师，据云甲长虽无报告，但因人事登记已办理数年，人民习知其性质，有些人家，一见普查所职员，即自动报告，因此每月尚可举行登记，虽所登记者显有遗漏。此保所有保长、副保长及全体甲长，俱未能执笔记述，中有三人略识若干字而已。乡户籍干事曾参加人口普查及人事登记训练。保户籍员曾充保办事员，识字不多。小学教员一人已受人事登记训练，余一人则否。

下午一时，昌户籍主任与余至三岔口开会，前四日华立中已将县府通知交保长，但并未转告何人。余等到时石碑村六甲（到会者甲长五人），三岔口六甲，无人到会，经催请后，来甲长四人，保长自谓目不识丁，全体甲长同然，半数已任职一年，余自今年旧历新年接事，内有甲长一人，曾向户籍员作死亡报告一次，并付登记费十元，余人无报告，且不知应作何项报告。余谓此种报告实由县政府层次上报，最后应报告中央政府，甲长一人知国民政府主席为行政最高长官，但全体甲长不知内政部部长为户政最高主管长官，且无人晓得周钟岳先生为内政部部长及云南人。教员二人分别在石碑村及三岔口国民学校任教。其中一人为因无人来报，所以不能登记，希图卸责。余谓当事人登记开始时，三岔口的成绩占全县最优区之一，彼时由周沛老师任教，近来（自今年旧历新年）成绩为全县25区最劣者之一，显因人谋不臧。教员应利用在校学生，询问村内人事变动。三岔口与石碑村合为一保，各有80余户，各有学校一所，校内各有学生30余人，决不致数月来毫无人事变动。

闭会后，昌主任、张户籍干事、华立中与余往访三岔口绅士缪让卿团长，拟请其便中劝告，以便改进村中人事登记工作。缪留余等晚餐，归呈贡时约在六时三十分。

海晏人事登记视察（三十三·八·十八）

昨日廖宝昀君与余往海晏，视察人事登记工作。晨七时一刻，由文庙骑马出发，出南门经可乐乌龙坡。自乌龙坡出发，绕飞机场西部。近该机场已加长800码，准备超级空中堡垒之用。路上遇拉土者，据说自备马与车，一日可拉五车，如拉完两土方，可得1600元。机场的西部已在太平关村边缘。九时三刻到海晏，离县城约16里。至关圣庙，为保公所及保国民学校所在地，因有人尚未到，宝昀与余往海边，余拟往街子买鱼，今日正逢作街，一人以120元购得汪刺15条，约1斤12两，余为小鱼，余未购成，十一时返关圣宫开会，到者有化城乡户籍干事，保长5人，甲长20余人，教师2人，户籍员1人。化城乡辅导员李尚志，先二日已接洽妥适。余在演讲时，问保长云：哪几种人事变动应报告？二人回答时俱漏迁徙一项。甲长大多数未督促户长作报告。教员2人，大古城人，今年阳历三月才来，未曾利用学生（有104人）作报告员，教员的登记大概由户长来报，户长因已习知普查所工作，李尚志每月来收表，李住大河口，离此不出三里。前述各项人员，仅一人知中央有"民政部"，无人能举内政部长及次长姓名。户籍员一年前在归化附小毕业，任事已八个月，每月津贴米二升（每升八市斤），已领五个月。户籍员填县府（即内政部表）所发表格，小学教员填普查所表，表数彼此有不同者，至于所填内容，户籍员往往有错字，如出生婴儿填职业（包括农、工、"吃乳"及"吃如"等），又出生婴儿于出生日即登记，非事实。王清于民国三十三年旧历五月二十四日死，阳历八月十六日登记，吴福安于三十三年旧历六月六日死，于同年阳历八月十六日登记。又同在一张表上，各格内写法不一致，有些自左而右，有些自右而左，例如王清表年龄栏自右而左，生日自左而右，"農務"写作"農務"，"农助"写作"农肋"。又出嫁登记，于关系人栏仅填父亲一人，于本人不另作迁出登记。

余演讲约两小时，完毕后，保长请我们用面。归化户籍干事，曾参加户口调查，我们在呈贡举行第一次调查时即已受训,为工作人员中最有经验者。二时半出发,五时二十分到呈贡县城,每匹马350元。归时经乌龙坡,往访军事委员会工程处田处长,据云工程约于两个月后结束,现外勤、内勤共有工作人员约170人。

大古城人事登记检讨会(三十三·八·二十二)

昨晚七时,大古城保公所开人事登记会,出席者县政府户籍室昌主任、保长1人、副保长2人、户籍员、甲长15人、小学教员2人、廖宝昀、昌用五及余。两保自去冬起,改由户籍员二人登记,二人俱高小毕业,一人曾在归化乡公所任书记,近因生活高贵,在县城某店任店员,余一人曾任保干事,在联保办事处填写,未曾利用小学校学生担任宣传及调查。昌用五点名时,询问甲长关于登记的情形,发现下列事实,有二人于出嫁满两月尚未报,有一人,于出生二月半尚未报,有二人于死亡七星期后尚未报,有一甲长自己家中死去一人已六星期尚未报。大半的甲长俱说:"来报时户籍员不在,户籍员在时却又未来报。"对于此点,余谓利用小学,即可减少困难,因教员自星期一至六,必须在校,必须上课。有一甲长因事未出席,请父亲作代表,余因其不能作答,谓不能请代表。依呈贡旧习,户政班受训人员往往有请代表者,类皆保长及甲长,其结果有些保长及甲长未曾受训而任,以致有些事不能接头。

余向甲长六人发问：哪些人事变动应报告？三人只知出生与死亡，一人漏迁出，一人漏徙入，余一人能举登记项目全数。昌主任因副保长一人迟到，罚在天井内站五分钟，某甲长家中死人不报，罚二百元，归保公所支用。本村小学教员俱本村人，惜俱未受训，亦来任登记之责。就已知者论，小学教员的人选对于知识、经验及信仰等俱超过户籍员，但户籍员的设立，系根据户籍法的规定，小学教员仅于施行细则中载明"有协助之义务。"

练朋尾人事登记视察（三十三·八·二十五）

昨日下午一时往练朋尾视察人事登记工作，在小学校开会，出席者如下：户籍室昌主任、保长、廖宝昀、昌用五，甲长到者8人，不到者7人。余问人事登记应报者几项，甲长中无一人能全答。内有一人年20，代其父亲出席，一无所知。甲长俱说应"向保公所户籍员报告"。余于演讲毕，又用一种方式问另一种关系：问甲长如有人事变动，应向何处报告？一人答应向县府报告，余次第询问其他，答案相同。末后一人说应向乡公所报告，余问乡公所在何处？各甲长俱无能答，随后保长说在县城内北门街凤鬻宫，离练朋尾不到三里，练朋尾计一保，分三村，余二村为殷家村及小王家营，殷家村与练朋尾相连，小王家营则相隔约半里。小王家营有五甲，但甲长到者仅一人，演讲至一半时又来两人。保长对于不到会者的解释是，因该保有一半人家，以做臭豆腐为副业，天未亮挑担乘滇越火车往昆明，下午二时以后返村，但昌主任云，县府通知开会已在四日以前，各甲长都应先有准备。讲毕往小王家营抽查，关于出生、死亡、婚姻、漏报者自春间以来约有十余起，余所抽查者不及30家，全村约70家。因天雨，未及全村抽查，户籍员曾在高小肄业，有两户云户籍员曾各收登记费10元，实际不应收费。

在小王家营，余见最贫者一人，此人住一屋，以土基砌好，顶及屋旁俱以稻草遮盖。出入无门，仅留一空洞，一边有锅，余见此人方炒羊芋，别无他食品，锅旁即睡处，无床，仅有破衣数件，堆于地上。此屋长约一丈，宽约一丈二尺。此人即在此屋内食宿与住。

战时国内移民运动及社会变迁（三十三·十·二）

民国三十四年一月一日太平洋学会将在美国舞奇尼亚省温泉开会，中国分会主任干事刘驭万兄前约余撰英文论文一篇。余已于七月二十五日开始工作，十月二日完成，题曰"战时国内移民运动及社会变迁"，因打字机已坏，自己抄写，得45面，附统计表9张，文与表约14000字。据太平洋学会来函，已于十一月十九日由外交文袋寄美，余每日晨约六时半或七时开始作文，下午五时止，共工作8小时或9小时。本文实由春间另一文加长而来，因当时程海峰兄约余为《国际劳工局月刊》撰文，余作成一稿，名曰"Migration and Social Change in Southwest China During the World War"。四月间海峰赴美国出席国际劳工会议时带去。今将内容扩充，篇幅加长约一倍，名曰"Internal Migration and Social Change in China During the Present World War"。

中国人口问题专题研究（三十三·十·二）

学生苏汝江、倪因心等及中美友人，促余将近年来关于我国人口问题的研究写一论文，余于二月八日致倪因心信时内附致Prof. W. F. Ogburn一函，谓如在美有发表机会，余愿作一研究报告。六月二十八日倪覆函，七月二十九日乌格朋教授覆函，俱报告接洽妥适，将在《美国社会学杂志》发表，附于其后，作为研究报告。倪函于七月二十七日到，余即着手撰述，每日把杂事摒挡就绪后，从事著作，一日约用八小时或九小时，星期日亦工作。暂时名曰"Studies in Chinese Population: Ch. I: An Appraisal of China's Historic Population Data. Ch. II: The Beginnings of Modern Demography. Ch. III: Sex, Age, Size of Family and Density of Population. Ch.IV: Births, Deaths and Marriages. Ch.V: Occupations. Ch.VI:

Migration."前述为太平洋学会所作论文，将为本研究报告的第六章。至今日止，初稿大致完成，惟尚须修改，改正后打字。打字尚无可靠办法，廖宝昀兄自云从前曾学打字，但四年来未继续工作，目下是否纯熟尚是问题。余于抗战期中未曾自打长篇文字，此次是否试打，亦待考虑。本研究报告，文与表约有65000字的地位，今年耶诞节前寄往美国，是否能如期寄出，须俟余努力如何。本年度（自秋季起）余每两星期往昆明上课一次，日期为星期一、二及三，余时在呈贡，因此比以前应有较多的时间，可以用作撰文之用。

中国人口问题的研究（三十四·一·二十五）

中国人口问题的研究报告，英文本，共七章，130面（双位行），统计表65。统计表如折成排字地位，约共65000至70000字。已于一月十四日完成，十七日托昆明美领馆卓副领事用外交文袋寄华盛顿，转寄芝加哥大学社会学系主任乌格朋教授，准备在《美国社会学杂志》1945年3月份季刊发表，作为专刊，向美国社会学会会员及该杂志定阅者分送，然后酌量装订成书，以便在美及在欧销售。

本书的计划，与前述大致相符，惟增加一章即第七章，名曰"人口政策"（Population Policy）。又倪因心民国三十三年六月一日信副本已于同年十二月三十一日收到，乌格朋教授六月二十九日来函未见，航函副本于十一月二十二日收到，二信原本前为邮局遗失，因重寄副本。

本书选述始于去年八月一日，材料大致是现成的。惟关于人事登记的统计表，大部分须编制。故自九月份起，将辅导员三人及其余调查统计员三人，俱留文庙工作由李舜英君指导。此六人直至今年一月二日才工作完毕，下乡收取登记表。（原来下乡收表者仅三人，但自去年七月份起，许多表格未收，因派六人分头办理，约至一个月末可以竣事。）

研究所照相（三十四·四·二十二）

美国新闻处职员 Gust Carlson 及 John Gutman 昨日上午与今日在本所照相，凡关于工作各方面者俱择要摄影，拟在美国发表，以资介绍在抗战期间我国学术的进展状况。云南大学呈贡工作站的工作，亦同时酌量照入。

四、读书随笔

《印度乡村社会的改造与教育》（三十一·七·三十）

P. C. Lal: *Reconstruction and Education in Rural India*, London, Allen and Unwin, 1932. 本书叙述诗人泰谷尔（Rabindranath Tagore）所提倡的一种运动，名曰"Viewa-

Bharati"(Where the whole world finds its one single nest)。提倡本运动的动机是由于诗人游历日本及美国时（1916），目睹国家主义的极端发达，认为系第一次世界大战的主因。诗人在美国各地演讲，反对国家主义。余时初入丽得大学（Reed College），有一次在奥拉刚省钵仑市（Portland, Oregon）亲聆诗人的伟论。诗人着古铜色绸袍，长须及肩，发音尖而细，在电灯下演说并吟诗。诗人归印度后发起前述运动，约印度各著名宗教家、思想家，远东及欧美著名学者，来印度研讨人类文化的共同性及国际和平的基础。本运动于诗人第二次游欧美后（1921）在印成立，其地点在 Santiniketan（离加尔各答99哩）。这是理想的学校，通称国际大学，学生的年龄自八岁至大学生俱有，除特殊情形外不用课室，学生在户外树阴下结成小团体，静坐默思，温课。随性所好，一般的学生选习音乐、美术、手工等课。教师只是引导，不采用呆板的教授法。晚间有演剧，娱乐等。校中无宗教一课，但宗教的精神充满于校内。

离此校一哩半，是东印度公司旧址。从前是繁华区域，目前是贫穷乡村。诗人选定此区（Sriniketan）举行改造乡村的实验。在1921年时，诗人于纽约市遇英人 L. K. Elmhirst，考乃耳大学农科学生。此人已游过印度，诗人约其担任乡村工作。其夫人为前 Mrs Willard Straight，出于豪富Whittier氏之望族。Straight曾一度为驻奉天美国领事。

实验区内设立乡村改造学校，教师与学生崇尚牺牲、互助，对于乡民求了解并友爱。课程注重职业教育，如耕种、养鸡、木工、织工、卫生等。以童子军为基础，普遍推行初等乡村教育。为求理论与实际的接近，学生及乡民可随时在实验农庄上工作。消费合作及合作银行亦竭力提倡。总括言之，此种乡村教育注意下列各点：（1）卫生的提倡，（2）公民训练，（3）识字，（4）成家运动，（5）娱乐，（6）文化活动，（7）社会活动，（8）宗教教育，（9）职业教育。

泰谷尔认为乡村是住家之所，容易与自然接近，人类最容易得到快乐：People, as a whole, do and must live in the village, for it is their natural habitation. But the professions depend upon their special appliances and environment, and therefore barricade themselves with particular purposes, shutting out the greater part of universal nature, which is the cradle of life（Introduction, p.16）。至于市镇，是各职业所在地，不过职业中人应以富其家为目的，不应损其家而粉饰其职业：The city, in all civilizations, represents this professionalism, some concentrated purpose of the people. That is to say, people have their home in the village and their offices in the city. We all know that the offect is for serving and enriching the home and not for banishing it into insignificance. But we also know that when, goaded by greed, the gambling spirit gets hold of a man, he is willing to rob his home of all its life and joy and to pour them into hungry jaws of the office (Introduction, p. 16)。按理市镇与乡村应共存共荣,有高度的合作,但以实际言,市镇剥削乡村,市镇的繁荣即由乡村的衰落得来:The city, which is the professional aspect of society has gradually come to believe that the village is its legitimate field of exploitation, that the village must at the cost of its own life maintain the city in all its brilliance of luxuries and excesses; that its wealth must be magnified even though that should involve the bankruptcy of happiness (Introduction, p.17)。市镇剥削乡村,因此乡村益穷。泰谷尔的乡村改造,即对于市镇而发动的;不过贫穷不是最严重的问题,不快乐才是最严重的问题:Such a relationship of mutual benefit between the city and the village can remain strong only so long as the spirit of co-operation and self-sacrifice is a living ideal in society. When some universal temptation overcomes this ideal, when some selfish passion gains ascendancy, then a gulf is formed which goes on widening between them ; then the mutual relationship of city and village becomes that of exploiter and victim (Introduction, p.20)。

According to us, the poverty problem is not the most important, the problem of unhappiness is the great problem (Introduction, p.20). True happiness is not at all expensive, because it depends upon that natural spring of beauty and life which is harmony of relationship. (Introduction, p.17)

综观以上所述，印度的乡村改造与教育，注重：(1)调和，(2)合作，(3)牺牲。关于调和一点，市镇与乡村须调和，前已申明。泰谷尔又特别注重人生的调和，那就要任性之自然，情之融洽，不尚法之拘束；且举一例以明之。印度乡村旧日每村举出年高德劭者五人处理该村的一切纠纷，即所谓 Panchayat System, p.55。自工业文化侵入后，此制渐废，而以法庭代之，其结果为诉讼者耗巨款，诉讼事件往往经年累月不决，律师与政府各有收入，乡民多添争执与不快乐而已。

《遗传与社会问题》（三十一·八·一）

英国《贫穷律》的实施，虽已历 100 年（1834 开始），且在1905年皇家委员会曾费四年的工夫，讨论《贫穷律》的改革；但无人具体讨论到贫穷的原因。贫穷究竟起源于遗传呢？环境呢？遗传与环境呢？抑遗传与环境各有可以测量的限度呢？伦敦优生学会对于前述问题，深感兴趣，于实施贫穷救济时往往发给受赈者谱系图，以明其家世及受赈人数。不但如此，于伦敦市东区，选贫穷区一，共有人口12万，内有受赈者约3000人；对于这些人做谱系的研究，注重个人的人格、能力等，即通常所谓遗传问题。主其事者为 E. J. Lidbetter，其工作始于1910年至1928年，第一本报告完成，名曰《遗传与社会问题组》(*Heredity and Social Problem Group*, Vol. 1, London, Arnold, 1933)。所谓"社会问题组"，指贫穷律实施范围的一部，分明是社会里的穷人，依赖公共救济以生活者。本报告包括谱系26，内有一系共有184人，这些是有血统关系者，因品质不良，须受公家的救济。报告中仅列谱系，每系前有简短的描写及统计资料，无结论。

《劳工契约》(三十一・八・一)

耶稣教向来对于劳工问题发生兴趣，礼拜堂里往往设社会服务组。在工人运动中基督徒往往单独组织工会，在德国与荷兰，势力特别雄厚。不但如此，基督徒工人尚有国际组织，如耶教工人国际联合会（International

Federation of Christian Trade Unions）。讨论劳工问题的书籍，有些不提耶教工人，有些虽包括他们，但语焉不详。喜尔兹教授（B. F. Shields），在《劳工契约》一书内（*Labor Contract*, London, Oater and Washburne, 1936），相当注重耶教工人的问题，并于每章之首引用罗马教皇所颁布教条的一部（教条有二即 Rerum Novarum by Pope Leo XIII, Quadragesimo Anno by Pope Pius XI）。在第十章讨论工人组织时，特别叙述耶教工人的组织运动及其工作。

血汗制（三十一·八·十）

波势氏在《伦敦人民的生活与工作》（*Life and Labor of the People in London Macmillan*, 1904, By Chas. Booth）巨著内，曾经关于血汗制作专题的讨论（Vol.4, Ch. 9）。根据伦敦市东区的情形，血汗制在许多职业里盛行着，例如成衣、制鞋、木器业、普通女子职业及码头工人等。在工业革命初期，成衣业的二师傅，让有些伙友们于工作时间以外，在自己家里工作，此即谓之血汗工作。这个名词，多少含有轻视的意思。后来这些人利用妻与女的额外时间，在家内工作，因此开家庭工业之端。复次，他们又雇用非家庭人员作工，强迫别人流汗出血。到了这一步，血汗制即便产生第二种意义。

血汗制这个名词，先由成衣业传到制鞋业，实行者仍旧是指二师傅，后又传至木器业。在这些职业里，血汗制除非特别声明，不包含恶意，雇佣条件优者与劣者俱有，不过舆论对于血汗制，总认为是剥削工人的办法。

血汗制有些劳工管理员，与血汗制无关，有些是血汗制负责人，我们应分别清楚，例如：（1）二工头（Subcontractor），（2）中间人（Middleman），（3）血汗者或工房头（Sweating Master or Chamber Master）。其职责各有不同，如下所述：

（1）二工头

凡有大批工作，由一个工头整批承揽，他就和资本家订立合同，他把工作的一部分，另订一合同，由二工头承揽去，因此二工头不过分一部分工作，普通不致因此而有剥削工人的情形。又如某种工作，在程序上可分数部分，大工头用合同方式，把这种工作承揽了去，把程序的一部用合同方式交给二工头。

（2）中间人

中间人处于生产者与消费者之间。上述二工头一定是中间人，但中间人不一定是二工头，因有些中间人的工作仅及商业不涉及制造业。血汗者既不是二工头，又不是中间人。

凡家庭工业或乡村工业、对于分配工作时，往往需要二工头或中间人。他们的主要任务是替工人找工作，或把工作分配后,使于若干时间内可以完成。为这些工作他们得着报酬,并不能因此剥削工人。

(3) 血汗者或工房头

血汗者在下列条件中产生:(一)利用小工作场所或家庭,(二)雇用工人,(三)采用剥削的雇佣条件,如不规则的工作、长时间的工作、工资的低小、拥挤的住房及不合卫生的生活情形。因前述的雇佣条件,血汗者从工人们的权益里非法克扣,因此得着不正当的赢余。依上述的情形言,血汗者不是二工头,因他已经和工人们直接订立合同,不过他采用的是苛刻的条件。血汗者亦不是中间人,因他实系直接雇用工人的雇主,惟所雇的人数不多,因工厂是小规模的。

对于禁止或预防血汗制,波势氏有两种建议。(甲)执照:屋主于出租房屋为小规模工场时须领执照。制造家于利用房屋作工场时须领执照。(乙)检查:工厂检查员不但检查工厂并应检查小工场,如家庭工业等。禁止血汗制的法规如下:《海洋洲维多利亚工厂与工场法》(*Factory and Workshop Act*, 1896)、《英国贸易局法》(*Trade Boards Act*, 1909),《德国家庭工作法》(*Home Work Act*, 1923)。

前述血汗制,实已产生第三种意义。凡劳工问题中所讨论者,大致属于这一类。英国《上议院指定委员会第五次报告》(1890)云对于血汗制虽不能指出肯定的意义，但报告中曾认为该制的罪恶，包括下列数端：(1)非常低小的工资，(2)冗长的工作时间，(3)不合卫生的工作场所。《下议院指定委员会报告》(1908)对于血汗制的定义如下："有许多工人在某种情形下工作，每人所得的工资，不够一个成年人的适当食品、衣服及住房之用。"(B. F. Shields: *The Labor Contract*, p.46)

贫穷（三十一·八·十一）

波势氏于前著的第八本里，有两章是讨论贫穷的。第三章内述12家庭每家各人的生产，凡有事实可记者尽量描写，这是遗传与环境的混合影响。第四章包括短篇故事50，叙述贫穷的主因。综而言之，酗酒、疾病、犯罪，比其他原因为重要。

伦敦市人民的生活与工作（三十一·八·十一）

在1886年，波势氏开始伦敦市的贫穷研究，计划即于是年拟成，翌年伦敦市东区的调查开始，在1888年完成东区的职业及专门问题。东区的调查是本研究的主要部分，大致依赖教育局的调查员。本区有调查员66人，每人有记事册，册中载明有学龄儿童的住户，包括户长姓名，及职业、街道、住屋间数、学龄儿童数，东区有3400街，分载于46记事册内。波势氏以此为根据，把东区居民按经济与社会地位分成八级如下：

（A）流浪者，偶尔工作者，犯罪者有11000人或全人口（900000）的1.25%。

（B）偶有收入者，极贫者，有100000或11.25%。

（C）无经常收入者
（D）有经常收入者（但数目小） ⎫ 穷者，每家每周得 18 至 21 先令

令 ⎰（C）有75000人或约8%。
　　⎱（D）有129000人或14.25%。

（E）有经常收入者（有标准）……在贫穷线之上，人数最多，几全为手工业者，有377000人或42%。

（F）高级工人（技工）精于手工业者，有121000人或13.5%。

（G）中间阶级下层，如店主书记、小雇主、下级自由职业者，有34000人或4%。

（H）中间阶级上层，凡G级以上者俱入此级，包括雇用仆人的各种家庭有45000人或5%。

波势氏主其成，与之合作者男女共十余人，有数人近已成名，并与"伦敦市生活及工作的新调查"发生关系，如韦白夫人（调查东区女工、东区犹太人、码头工人等）及 H. Llewellyn Smith（调查东区的运动、东区的中等教育

〔男子〕）、Clara Colett、George Duckworth等。前述斯密司氏为"新调查"的总干事，但韦白夫人未在"新调查"担任工作。1889年关于贫穷调查的一部，在伦敦印行，其余陆续发表。其工作最晚刊印者为1904年。全部工作共九本，外附伦敦市图五幅。图的作法甚精巧，以街为基础，按前述人民八级的分类，每类用一种颜色，一街是一种颜色。除非一街中住有两级的人民，那就有两种颜色。总图一幅，余四幅把伦敦市分成四区。

伦敦生活与工作的新调查（三十一·八·十一）

1928年，伦敦大学经济与政治学院负责调查伦敦市，在波势氏之后已40年。调查委员会有二人曾经帮助波势氏从事调查，即委员长斯密司氏（Sir H. Llewellyn Smith）及委员达克和斯（Sir George Duckworth）。第一本专论40年间的变迁，在有些方面当然看不出很大的变动，因伦敦是世界旧市之一，伦敦市民富于守旧性，在其他方面显示极重要的变迁，例如贫穷的减少。所谓显著的变迁，包括物质、社会及文化三方面。第二与第三本讨论工业。码头工人已实行登记制。每小时银元工资在40年间增加三倍，实际工资增两倍。工程业因受国内及国外的竞争，变化最大且最多。重工程业的一部分已离泰和士河而他迁，其他部分有极速地机械化。但在第一次世界大战时有许多工厂是替国家制造军需品。建筑业不受国外的竞争,但受国内季节的变动及信用与物价的变动。木器业、制鞋业在波势氏时代,认为与贫穷有关的职业,但这些并不受贸易局的管束,足见其雇佣状况尚称满意。家庭仆役的人数比波势时代减少一半,其银元工资将加三倍。有些仆役入军需厂工作,但近年来家庭有了新改革,当然减少仆役的人数。波势氏用五本来描写工业,此次缩短至两本,因近来有些现成材料,无须从详记述,例如劳工部、内政部俱有统计报告,且失业保险法亦陆续刊行有价值的资料。

前书第三本绪言(三十一·八·十二)

第三本连同附带地图(第四本)是本调查关于社会与经济最重要的工作。本调查主要目的有二:(甲)研究伦敦市今日的康乐与贫穷,(乙)对于一般人心中的问题供给答案:例如究竟伦敦市向何方面走去?贫穷是增抑减呢?伦敦市的生活与工作是变好呢?抑变坏呢?(第一本第4面)

第一本是历史的探讨,分析有继续性及有比较性的材料,以便侦察40年来伦敦生活及工作的变迁。除少数例子以外,所有数字指示物质情形的显著进步。据报告,今日的伦敦普通工人和40年前相比,以一日的工资可多买三分之一的生活用品，且其工作时间业已缩短一小时。假如这种利益是每人或每级平均享受的话，贫穷实由波势氏时期的 30% 减低到今日的 8%（第一本第 23 面）。易辞言之，贫穷已减少到四分之一。不过这种比较难得确实，除非再按波势氏的办法，重新调查一次。第三本的内容，实际是调查的结果。不过这次调查，范围较波势氏为广，人口较多，已超过两倍半（约 250 万人）。本届调查方法有二：（甲）家庭选样（House Sample Analysis）第一章至第六章，（乙）街道调查（Street Survey）第七至八章，前述第二法，与波势氏所采用者大体相似，第一法则注重统计的分析。

在东调查区（Eastern Survey Area，较波势氏的东区为大）里，用随意选样法，选出劳工家庭 12000 家，其方法大致采用蒲楼（A. L. Bowley）教授关于市镇贫穷的研究（1914 至 1924）。在可能范围内，贫穷的最低标准与波势氏相同。本调查不但对于贫穷问题供给许多新知识，并对于社会与经济情形贡献很多资料，如劳工家庭的数目、组织、赚钱能力、入款、房租及住居情形等。街道调查的方法和波势氏相同，亦包括伦敦市内有学龄儿童的家庭共 26000 家。材料的来源是间接的，大部分由督学员（School Attendance Officers）处得来，但职业介绍所及警察亦供给一部分资料。结果把街道住户依经济状况分成四级即P、U、S、M是，内中U级与波势氏贫穷线下生活者相符。

与家庭选样相比，街道调查是较粗的方法，且内容亦较略，但对于每街的康乐与贫穷有较明显的表示。东调查区内每街穷户的分布，用五幅着色的图表示之，每街按经济上升的情形，画成蓝、紫、浅红与红色。蓝街的住户，过半数是在贫穷线下讨生活者。凡遇一街有数级住户者用若干种颜色表示之。五幅图包括84方哩10000条街道。街道调查因此有两种意义：（甲）表示在贫穷线下的家庭与个人并其住所，（乙）表示任何经济阶级的个人，其住所系在贫穷街道内者。

综合言之，前述二种调查指示东调查区的人口，其贫穷线下的百分数比波势氏的东区与东南区减少了三分之一。易辞言之，如果波势氏时代的情形继续至1929至1930年不变的话，贫穷线下生活者要有70万或80万人，但实际仅有25万人。但如果40年来东区劳工阶级改进的利益，每人可以平均享受的话，贫穷的减少应尚不止此。贫穷所以不再减少的原因甚多，但下列二因是比较重要者：（甲）永久的住房短少，因此拥挤的情形，其减退率是迟缓的。（乙）伦敦市民的向外迁出，特别是光景较好的家庭，每因交通方便，由市中心区迁至附廓去居住，因此市中心区的贫穷不能有很显著的减少。

家庭选样调查，不仅包括在调查期间（一星期）贫穷的人数；并估计在调查期间，如果能赚钱的人俱有工作的话，仍难脱逃贫穷的境界，因此本书所谓贫穷不是指暂时的，是指慢性的或永久性的。

由街道调查，我们知道伦敦贫穷的性质业已发生变迁，特别是集中性的减低与分散性的提高。比较地说，穷街的减少比穷人的减少来得显著。在波势氏时代，蓝街的住民，占穷人总数的五分之三，现占五分之一，目下穷人分散住于别种颜色的街里。有许多贫穷中心，至今还是存在着，只是因为交通不便，如铁路或运河的缺乏，使得穷人不能迁移。但以大体言，现在的穷人有散居的趋势，他们是显然受了贫穷窟清理运动的影响。

前述历史的比较，有时可以引起误会，因我们如果观察东调查区的现在情形，觉得不允许我们过于乐观。在东调查区内，十人中有一人（或在波势氏的东区内，七人中有一人）对于生活用品感觉不足。如果长此下去，他们不能有别的享受，仅能维持最低限度的生活！并对于近世的物质及文化进步必然得不到益处。同时我们知道，这些人的半数是受失业或不充分雇佣的影响，因此他们的生活得不着快乐。

在这个当儿,我们可以打量一番,究竟贫穷应该如何分析与测量?"我们没有随时随地可用的贫穷定义,因其意义往往因区域因时间而变。"贫穷的主要意思是"匮乏",所谓"匮乏"不一定是真正困苦(Actual Destitution);但按某时某区的习惯标准,对于生理的初步需要,如食品、衣服与住房得不着满足。因此贫穷不能用心理的测验,如快乐,因快乐为主观的。譬如某甲的入款,如果用在衣食住的正当费用,可以敷用;但他过了奢侈的生活,因此感觉匮乏。某甲是不是穷人,我们很难断定。我们只能根据物质的条件,立一个标准,低乎此者即为穷人。这个标准不能包括快乐,因快乐是不能测量的。这个标准要包括动的因素(Dynamical Element)和静的因素(Static Element),前者如失业,后者如低小的工资。近40年来,前者增加而后者减少,因工业发展而失业增加,但因政府与人民对于劳工阶级的注意,工资提高。本调查对于贫穷的测量,仅注意物质的幸福,包括生活必需品的供给。

波势氏以为有经常收入者,每家每星期入款在18至21先令者,在贫穷线下过生活。由物价的研究,在1929年凡每家每周入款在38至40先令者等于波势时代的21先令(第三本71面)。在波势时代,贫穷线下的普通人家,其入款比无技工人的工资要少4先令，在今日同样人家要少17先令。

街道调查不能分析贫穷的主因，但根据家庭选样，则贫穷的主因为失业。在调查周内，贫穷线下的半数是失业者，或不充分受雇者。失业的最主要因素，当然是工商业的变迁，因此失业保险显示其极大作用（第九章）。老年与贫穷的关系，不如波势时代的严重。65岁以上的人，在波势时代每千人中有40人，现时增至73人；在波势时代每三人有一人接受救济，今日每七人中尚不到一人受济，分明是老年恤金制的影响（第十章）。

关于拥挤的情形，以1931年人口普查为根据。把每一间屋住居的人数统计出来，画成拥挤图，以各种颜色表示拥挤的程度。此图包括新调查的全区。

家庭选样对于普通工人的工资及普通劳工家庭的入款俱有统计。成年男子（20岁至65岁）一个星期得63先令，半数以上得60先令以上。普通家庭一个星期的入款是80先令，中数（Median）是71先令。

其余不是贫穷的重要因素，例如无家的穷人（即波势氏的A级）总数自20000至25000人。又如沿街贩卖者30000人，采忽布（Hop）的妇女约50000人，每年秋季由东区迁往东南区与西南区者，无须叙述。

苏联选读（三十一·九·十八）

近因修改劳工问题讲义大纲，有些书籍须重读。今将关于苏联各书列下。这些书籍属于中国太平洋学会，借存于余处（因余为该会研究主任）。民国二十八年自上海运到昆明，存于研究所（青云街169号）；后因避空袭危险，余将其运来呈贡存文庙，共约400余册。今因该会在重庆筹设办事处，不久即将运往该处。

（1）John Reed：*Ten Days that Shook the World*, London, Martin Lawrence, 1932, pp.332. 记述十一月共产革命。据说，列宁对于本书读过三遍。著者是美国人，本书第一版于1919年在纽约印行。

（2）O. Piatnitsky: *Memoirs of a Bolshevik*, London, Lawrence, pp.284. 著者是共产党老会员之一，述秘密活动（1896至1917）至1917年二月革命止。他是成衣业工人，在铁路及交通业秘密活动，下狱三次。

（3）A. Monkhouse: *Moscow 1911: 1933*, London Gollancz, 1933, pp.349. 著者是英国建筑公司驻俄代表，居九年，对于苏联不表同情，被拘并受审问。

（4）Margaret I. Cole（ed.）：*12 Studies in Soviet Russia*, London Gollancz, 1933, pp.282. 新费边研究所同仁于1932年游苏联，各记其所见，赞扬社会主义的试验。

余前已读过一遍。

（5）V. I. Lenin: *Imperialism: The Highest Stage of Capitalism*, N. Y., International Publishes, 1933, pp.127. 在彼得格拉印行，这是他前一年在就力希著的，关于俄国时有隐讳，期避免被拘，例如讨论属地问题，不敢直说俄帝国主义，而以日本代之。

（6）S.and B. Webb: *Soviet Communism*, Vol.2, N.Y., Scribner's, 1936, pp.535—1174. 此书系韦白夫妇游俄后著，余前已读过一遍。

下列各书同时阅读：

（1）International Labor Office: *International Survey of Social Services*, 1931, pp.688.

（2）G. D. H. Cole: *Labor in Coal Mining Industry*; *Economic and Social History of World War*, Carnegie Foundation, 1923, Oxford, pp. 274.

（3）R. M. Duncan: *Peiping Municipality and Diplomatic Quarter*: Peiping, 1933, pp. 146. 本书作者以政治学者的立场，分析北平市及东交民巷使馆区的市镇及管理。

赣南钨业员工福利事业（三十一·九·二十五）

资源委员会钨业管理处，于三十一年三月印行《赣南员工福利事业设施概况》小册，计44面。该处所管辖之矿区包括赣、湘、粤、桂四省,赣南钨砂实占全国产量80%,产区分布于大庾(西华山)、虔南(大吉山)、南康、信丰、龙南(岿美山)、宁都、兴国(龙下山)等18县。有矿区32处,所有矿产皆由该处直接向矿工收购,并无矿商组织公司(如湘、粤、桂)。该处并严格统制生产,在数处开辟新式窿洞,雇工开掘,设办事处以管理之。所属机关职员1400余人,警役、工夫1600余人,矿工30000人,内中由该处直接雇用者限于西华山、大吉山及岿美山之新式窿洞约1000余人,余为自由矿工。前述四山有矿工约13000人,此辈与该处未订雇佣契约,居处分散,且大致乘农闲入山采砂,因此管理不易。

主要福利如下:(一)生产贷款,由该处以六厘贷款,给矿工以生产上的便利;(二)代办物件(生产用具如钢条、硝矿及生活品如米与油盐);(三)消费合作社三处(大庾、赣州、岿美);(四)救恤:如因公或积劳致伤病或死亡者资源会依照员工抚恤规则办理;(五)教育:包括员工子弟教育、矿工成人教育及社会教育;(六)医疗:自民国二十七年始,在各矿区逐渐设立诊疗所,至三十一年春计有总诊疗所1,诊疗分所17,又注重公众卫生,如接种牛痘及预防注射等,后者包括霍乱、伤寒及赤痢等。

战后英国工人运动（三十一·九·二十六）

Allan Hutt: *The Post-war History of the British Working Class Movement*, London Gollancz, 1937, pp. 320. 本书叙述英国工人运动，自第一次欧战（1914至1918）至1937止。著者是左派工人运动者领袖之一，参加工作约有20年。本书所述，实与 Cole: *Short History of British Working Class Movement, 1789—1925* 紧相衔接。本书特别注重共产党、外交、英国对于西班牙内乱、国社党及苏联的态度等。

《中国社会史教程》（三十一·十二·十）

邓初民《中国社会史教程》，桂林文化供应社印行，292面，取材于我国历史，探讨我国社会的发展。本为广州中山大学中国社会史的讲义。第一编史前社会，分为原始社会及氏族社会两段。第二编正史时代，分为：（1）奴隶社会（夏殷）；（2）封建社会，（a）西周至春秋战国，（b）秦汉，（c）三国至唐天宝，（d）唐天宝至清鸦片战争；（3）半封建社会（自鸦片战争至现在）。书中注重社会基础，著者以为应包括：（甲）生产力，（乙）生产方法，（丙）生产关系的总和。由此形成经济构造，然后产生政治法律及意识形态。著者的观点是唯物史观，著者的方法是辩证法。他自己说："我们把中国封建社会的全部历史作一总的观探。从西历16世纪到17、18世纪约300年来的欧人东渐,不能不说是一个大枢纽,而其总结是鸦片战争。但在鸦片战争以前的全部封建社会史,都是演着如下一种近于循环的变革。即在这全部历史上,向来都是为水旱灾、饥馑、战争、内乱、外族的侵入。不断地近乎周期性地破坏其社会生产诸力,因而也是不断地近乎周期性地建立其近似的同一的生产诸关系。换言之,也就是说中国历史发展的辩证法,与其说中国社会发展到某一程度而是以那种在较高阶段上归于扬弃的因素为特征;宁可说是以那种被保存下来的或反复重现的因素为特征。那么,这一时期……自唐末至清鸦片战争……这一时期的中国社会,仍是和西周、秦汉、魏晋、南北朝、隋唐各时期的中国社会,同是一个范畴……封建社会的范畴,这是从这一时期社会经济、土地占有关系等的叙述,充分证明了的。"(261面)

余以为著者的观点及方法,俱属偏误,但近来关于我国社会史的研究(量既不多,质亦甚差)全是和著者一样。自 K. Wittvogel、陶希圣至于著者,观点与方法,俱脱不了马克思派的唯物史观与辩证法。但前述第一人的著作,尚未完全发表,我们尚难下正确的批判。

本书如当作一部中国史看,嫌其太略;如当作社会发展史看,嫌其太偏。但本书亦有其优点,可略述如下:(1)

旧式的史书，大都是呆板地叙述事实，譬如按年或按题目，往往使读者见树木而不见森林。本书叙事实时，虽有时嫌其琐碎，但大致能保存其系统，并大致是有条理的。（2）著者因为要研究社会的发展，从史实里选出若干部分（如生产方法、社会制度等）作较详的讨论，使读者专门注意某几种事实，免得扰乱思路。

有许多人俱说我国历史是"循环式"的，但对于这现象的解释，却人人不同。目下是否时机已届？是否可以作比较合理的及有系统的解释？那就是我国社会科学者的责任。

四川农业调查（三十二·一·十三）

四川省农村经济调查委员会，由中国农民银行与金陵大学合组，业于民国三十年在四川省作选县调查，主要工作分在温江、乐山、绵阳、射洪、南充、内江、宜宾、巴县、万县、安县 10 县举行，并于三十年末，印行调查报告七本，计有：（一）《总论》，（二）《四川农场经营》，（三）《四川主要粮食作物生产成本》，（四）《四川农业金融》，（五）《四川主要粮食之运销》，（六）《四川农村物价》，（七）《四川租佃制度》。

本报告关于四川农业搜集些有价值的材料，我们对于下列诸点，认为应特别注意：

（甲）农场经营　在抗战期间，特别是近来，因法币价值的低落，农民得不着大利。据报告每一农场的现金赚款（即净利）为46元，较二十六至二十七年度加57元，但同时期的物价则增加甚多。农场各种现金收入为1454元，除农场及家庭开支尚亏337元，因此形成入不敷出的情况。二十九至三十年度每农场借款340元，及至三十至三十一年度则借款须增至786元。（但据农民自己的估计，以为只须632元，因其未能确知物价上涨之速度所致。）

佃农农场平均面积为25市亩，自耕农为17市亩，因此前者有较优的利润，因其对于各种生产比较可以发挥效能。佃农纳租以后，所得工资较自耕农为高。

地主利润减去地税以后所得投资利息约合年利8.07%与目下银行定期存款年利10.0%相比稍低，与租值与地价之比率（即9.8%）相比几相等。佃农于租额及其他费用支付之后，除房屋与农场经营总报酬452元之外，还可获得本人及其家庭之通常工资。据此，地主剥削佃农一层，似乎言过其实。

（乙）主要粮食成本　主要费用包括土地肥料及人工三项。以每市亩论，现金与非现金的比例如下：水稻为一比一，小麦为二比三，甜薯与玉米，非现成各占64%。（1）水稻总成本每市亩为90元，每市石为31元；（2）小麦每市亩为69元，每市石为103元；（3）甜薯每市亩为78元，每市石为22元；（4）玉米每市亩为71元，每市石为77元。

（丙）农业金融　一般的农民，俱须借债，二十九至三〇年度，每农场借340元，或每市亩借16元，由合作社借来者等于总额的25%。合作社的借款，有80%作为生产用途（如买牲口、肥料、付工资等）。向放债人借来者，仅有25%至29%作为生产用途，可见合作社已发生有益的影响。合作社社员，占社区内农民总数72%，此据已调查各县而言。

（丁）粮食运销　四川白米输出的中心有五，即：（1）沱江流域，（2）嘉陵江流域，（3）长江流域，（4）成都平原，（5）涪江流域；输入中心为长江流域。白米每年输入620万市石。水路用木船，陆路用板车或人力挑负。白米自本地市场至运销中心，运费及贸易费为每市石542元，输入以后再运至他处加944元，民国二十九年时，每市石白米农民得74.4元，运销中心批发价190.91元，运费13.76元，此外商人的营业费及正常利润28.10元，因此每市石白米由生产区至运销区，所有商人运销成本与批发价格的差额为74.98元，此数即为商人或投机分子的过分利润。

（戊）农村物价　生产用品的物价，种子增加最速，次为饲料、牲畜及肥料，最少者为农具。农作物各价：谷物增加最速，牲畜及畜产最缓；油类作物的增加速度介于二者之间。消费物品各价：食物增加最速，次为衣服、燃料及杂项。工资增加较生产品为迟，年工增加最缓，日工较速。土地价格的增加亦较生产品为缓，地税尤缓。

在抗战头几年，农作物涨价每较生产品为先，因此农民所得利益较战前为优。及至民国三十年度，农民所付物价比所得物价为高，因此不敷开支，必需借款。

（己）租佃制度　凡工商发达，土地肥沃之区，佃农比数加增，例如川西平原之成都新县，佃农占70%，川东的巴县江北，川南的泸县，佃农均在80%左右。四川自耕农约占农民总数31%，半自耕农22%，佃农占总数47%。纳租大多用谷租，每年所缴租谷，约占农场稻谷产额71%或农场收入31.8%。四川的租期是不定期的，但大致在十年左右，租佃契约，大概草率从事，又以偏于地主的利益为多。高坡丘陵的田，常遭干旱，但地主不愿将水田改作旱作。佃农如以获利一分，银行定期存款年息一分，借款购置田地，约须23年之久，才能将借款还清，将买进的田地算作自有的。

《我的学徒》（一）（三十二·四·四）

《我的学徒》（*My Apprenticeship*, 2 Vols., By Beatrice Webb）实是韦白夫人的自传。不知是何年写的，但第一册

里曾指1926年为"现在",那么大约在该年相近的时候脱稿的。余所读者为Pelican丛书之一(包括在Penguin丛书之内),是1938年版的。

韦白夫人出身望族(Potter),其父亲是加拿大Grand Trunk铁路公司的经理,其外婆家是Heyworth名族,但她从小就不喜欢过奢侈的生活。她有姊七人,妹一人,弟一人(夭折)。她从8岁起就写日记,这种习惯到80岁以后还保存着,本书即充分利用日记写成的。她的日记不仅写她的日常工作,往往描写她所遇见的人物,包括人物的面貌、言语、行动及她对于他们的感想及批评。第一章(Character and Circumstance)称斯宾塞尔为家庭熟友之一,常与父母闲谈。在1887年曾同屋而居,并常与她表同情,因她是体弱的幼女,并劝她向科学工作去努力,到1903年斯氏逝世之年,两人有30年以上的交谊。自1887至1892年,她曾充斯氏的文书(Literary Executor)。她于1892年与Sidney Webb订婚,韦白是社会主义的信徒,当时社会主义在英国尚时常受人讥嘲。斯氏已是第一流社会哲学家,恐其名誉因与社会主义者发生关系而受损,乃取消韦白夫人文书的职务,但两人的交谊并不因此中断。

第二章(In Search of a Creed)追述少女时代(1876

至1882）曾醉心于科学，誉之曰"科学的宗教"，但亦觉其内容空虚。至于对于宗教的玄秘，她不希望由奉耶教来找出路，但依赖祷告作为正直行为的指示。母亲于1882年去世，父亲于1892年去世，她即于是年结婚。

第三章（The Chance of a Craft）1882年至1885年她立意要做脑力工作者，要想写一部受人欢迎阅读的书（p.131），但她不知如何下手。自母亲死后，她需作主妇，发命令，讲交际，对于写作并无多余的空闲。

在维多利亚时代，一般人相信科学是万能的，例如G. H. Lewes' *History of Philosophy*（1881）劝人撇开形而上学，斯氏的综合哲学，摈宗教于"不可知"之境地。孔德的实证哲学，且主张利用人的智力，尽量向社会发展。韦白夫人因此下断语：以为她不愿意替上帝服务，要替人类服务，因此要采用科学方法，因此要作社会问题研究者（p.174）。当1883年，她参加救济委员会（Charity Organization Committee），在伦敦东边贫穷区（Soho）从事访问。不久她即移住于Bacup工业区，与工厂工人往还。她与看护妇同住，不用自己的姓名，这些经验与事实，助她决定终身事业，即对于社会制度的研究。

第四章（The Field of Controversy）贫穷是必须的么？社会的研究，可以成一种科学的么？（p.200）贫穷救济应无限的赈施么？（p.234）贫穷的起源如何？是由于自己的不振作，因此应该贫穷的么？是由于生命过程的不幸，如疠疫或失业组成的么？或依社会主义者的观点以为由于穷人得不着文化中应享受的权利么？（p.242, 243）

第五章（A Grand Inquest with the Condition of the People of London）叙述 Chas. Booth 的计划与工作，及与韦白夫人的关系。波势氏是造船厂的股东及商人，有科学的头脑，受当时政治与贫穷救济思潮的影响，要想知道人民生活的真相。据其夫人所作的传而言，波势氏的努力，拟对于下列各问题找寻答案：英国人是怎样的民族？他们的生活如何？他们究竟要些什么？他们是否要些好东西？如何可以得到？（*Chas. Booth A Memoir*, by Mrs. Chas. Booth, pp. 13—15, Macmillan, 1918）他在伦敦市东区，先调查 Tower Hamlets 及 Hackney 两区，包括 100 万人，等于全市人口的四分之一，实是最穷的区域。他的方法是两面并进：(1) 区域调查，(2) 职业调查。前者他利用 1881 年时人口普查的家庭调查表（Household Schedule），但家庭调查表所得的材料，不会精详，因此波势又借重督学员（School Attendance Officer）的帮助。这些人对于每家的情形俱很熟悉，因此可以证实并补充人口普查的内容。在东区的督学员，共有 66 人，波势氏俱约请他们前来会谈，每人的谈话俱摘录于日记内。关于 Tower Hamlets 共费 19.75 小时，关于 Hackney 共费 23.5 小时，足见其详尽的程度。韦白夫人称此法为集体会谈（Wholesale Interview）。此项工作，给予韦白夫人极深刻的印象，自称"用工的学徒"（Industrious Apprentice）。波势氏把伦敦的人民，依职业、入款、社会地位及生活状况各点，分成八级如下：

（A）最低的偶然劳动者，"白相朋友"近似犯罪者。

（B）偶然有入款者——"甚穷者"。

（C）入款忽有忽无者 ｝ "穷者"。
（D）小规模有正当入款者

（E）经常的有标准入款者——在贫穷线之上。

（F）高级劳动者。

（G）中间阶级的下半。

（H）中间阶级的上半。

"穷者"与"甚穷者"的区别是勉强的，前者虽有正常的入款但其数甚小，例如每家每星期 18 至 21 先令。至于后者的入款比此更小。"穷者"刚刚可以维持习惯上的生活程度，"甚穷者"则不能。因此前者对于生存竞争的必需费用可以得着，后者则常感不足（*Poverty*, i, p. 33）。

波势氏依前述八级把伦敦市 400 万人据实描写，内中80%因属于督学员职权的范围，所以叙述确实，至于其余20%因系中级与上级的人家，除家庭仆役的人数外，得不着何等材料。但此与大体无关，因其主要目的系在就伦敦市总人口中（1）断定永久贫穷的人数，（2）贫穷的人数（即刚在贫穷线上），（3）工人阶级的人数，比较是享受安舒的生活者。这些人等于80%，由于Householders' Schedules的分析及"集体会谈"的结果，与波势氏所任用的工作人员所供给的消息而得到的结论。

《贫穷录》(Poverty Series)第二册有伦敦市的估计，计4309000人，分列如下：

第一表　伦敦市人口：依家庭入款分类

社会阶级	人数	百分比
A与B（甚穷者）	354444	8.4
C与D（穷者）	938293	22.3
E与F（安舒的工人阶级，包括各种仆役）	2166503	51.5
G与H（中间阶级的下部、中间阶级、上级）	749930	17.8
共计	4209170	
慈善机关内的人口	99830	
（估计人口，1889年）	4309000	

第二表　伦敦市人口：依住屋的人数分类

社会阶级		人数	百分比
穷者	三人或以上住一屋者	492370	12.0
	三人以下住一屋者	781615	19.0 } 19.5
	普通宿舍	20087	0.5
中间阶级	一人或二人以下住一屋者	962780	23.4
	不到一人住一屋者	153471	3.7
	一家有四屋以上者	981553	23.9 } 56.4
	仆役	205858	5.0
	住宿在大旅店中者	15321	0.4
上数	四人以上雇用一仆者	227832	5.5
	三人以下雇用一仆者	248493	6.0 } 12.1
旅馆、食堂、宿舍等雇用仆者		25726	0.6
共计		4115106	
慈善机关内人口		96637	
总计		4211743	

（Final p.9）"仆役"指第一表内 G 与 H 所雇用者（上级），本表将仆役列入"中间阶级"，因其经济与社会地位相似。中间阶级指（Central）不是 Middle Class。

波势氏既得贫穷的材料，用各种颜色指示贫穷的程度，谓之贫穷图，先把伦敦市分成段，一段有 30000 家，一段因贫穷的程度不等，可以有一色或两色及以上的图。波势氏利用人口普查法，那是注重数字的，同时采用集体会谈、个人观察，那是注重品质的。他的最惹人注意处，是两法的互用。此种工作经历17年，费用由自己负责，这是规模最大、经时最久的研究。当研究进行时，他曾宣布伦敦市人口的30%在生存线下讨生活，这是警人的发现。韦白夫人的工作，是研究码头工人，及血汗制的一部（关于女工如成衣、鞋业、纸烟及家具业），已于1889年出版的《贫穷录》第四册中重新印行。

第六章（Observation and Experiment）叙述研究工作的进行。韦白夫人曾担任工人住宅的管理员（Katherine Buildings）。当时有人提议，将东区的失业者送到伦敦市近郊以资救济。韦白夫人鉴于工人住宅的低工资与不卫生的情形，对此种提议，用公开的信在 *Pall Mall* 杂志发表，这是她生平第一次发表的文字。关于日记的用处及其批评，（如 Arthur Pousonby 对于 English Diaries 的意见，在 p.327 的小注及 pp.328—329）俱有深刻的讨论。对于伦敦市东区的工作，本章内亦有详尽的叙述，但最惹起我们注意的是英国上议院血汗制委员会的工作及韦白夫人向该委员会供给的证据。夫人答该委员会的问题，认为血汗制是"研究制造业雇用工人的各种关系，这些关系是不受工厂法及工会所管束的"（p.379）。为说明这个定义，她利用东区的各种研究，使她放弃当时盛行的个人放任主义而依赖政府干涉，因此她得下列的结论：

> In short, it is home work which creates all the difficulties of our problem. For it is home work which, with its violation, renders trade combination impracticable; which enables the manufacturer to use as a potent instrument, for the degradation of all, the necessity of the widow or the greed of the Jew. And more important still, it is homework which, by withdrawing the workers for the beneficent protection of the Factory Acts, destroys all legal responsibility on the part of the employer and the landlords for the condition of employment...an idea which I conceive to be embodied in all the labor legislation of this century (is) the direct responsibility, under a capitalist system of private property, of all employers for the welfare of their workers, of all property owners for the use of their property...B. Webb: My Apprenticeship II, p.383

韦白夫人的见解，和当时血汗制专家的意见有出入，例如 Arnold White（血汗制委员会的证人之一），他的意见可以简述如下：

> I think it impossible to give a scientific definition of the term, but it involves 3 ideas which are sufficiently distinct. The broadest definition that I can give of a sweaters, one who grinds the face of the poor; the second is that of a man who contributes neither capital, skill nor speculation, and yet gets profit; and the third is the middle-man.

第七章（Why I Become a Socialist）(1882 至 1892 年) 韦白夫人（时年 30 至 34 岁）目击东区的穷人生活，发起研究社会制度的宏愿，因此注意合作运动的分析。当合作运动开年会时，遇剑桥经济学教授马歇尔氏，马氏劝其专门研究女工，夫人不从，结果对于合作运动有值得注意的发现：(1) 合作运动为消费者所控制，所有的生产品以谋消费者的利益为前提，(2) 生产不是谋赢余的，乃以求满足各种用处为目的，(3) 赢余的免除。合作运动是工人阶级的运动，因此夫人又由此深入工会及社会主义的团体。当时渐有势力的社会主义团体是费边社。自与该社往还较深之后,她就结识韦白。她在1891年7月7日的日记里有一段云:"他与我是二等脚色,但我们是很奇怪的联合在一起的。我是长于调查者,他是执行者,我们两人认识许多人,熟于世故。我们有由遗产所得的入款。这些是稀有的境遇。如果我们依照有心的并坚决的意志,利用联合的才具,我们应该做许多的事情。"当1892年在她父亲死后六个月他们结婚,时34岁。《我的学徒》一书叙述至此即告结束,以后的生活及工作便是"我们的合股"(Our Partnership)。当1938年 *The Spectator* 杂志贺她八旬之寿,这部书即于是时出版。

附录(1)Personal Observation and Statistical Enquiry,前者的定义是 Qualitative Observation of Units,后者的定义是 Quantitative Observation of Aggregates。

附录(2)The Method of the Interview,称为是依赖技术的发问的研究方法,这是社会学者独有的工具,犹之乎化学者的玻璃管,或细菌学者的显微镜。会谈法的要点如下:(一)会谈者自己的准备,对于问题的要目必须知道,否则被人轻视,不肯说实话;(二)被会谈者的知识必须是会谈者所不知道的,否则不必会谈;(三)会谈时态度要和蔼,不要强辩,让被会谈者尽量吐露其所知者,有时即使不合理亦不可驳斥;(四)会谈毕,将全部谈话写出,愈详愈佳，但谈话时不可用笔记，免启被会谈者的疑虑。

附录（3）The Art of Note-taking，笔记对于社会学者的重要性，不亚于物理学者的分光镜，因借此可以作分析。史学者常用之，例如 Chas. Langlois and Chas. Seigwobos, *Introduction to Study of History*, p.103, translated by C. G. Berry, 1898 或 Bernheim, *Lehrbuch der Historischen Methode*, p.555, 1908。笔记不要用本子，要用活叶，每一张活叶纸，只写一个日期、一个地名、一件事；所以一张纸只记一件事，这一件事是发现于一个地方一个时候的。如此记法，以便活叶纸多了，可按照许多方法去分类，如按问题地方或按时期等。每一次分类，可以发现新的事实，新的意义或新的假设。作者举出《工会主义史》（1894）来作例证。当该书印行之后，韦白夫妇才发现他们没有在书内说明工会主义的应用或工会主义的实效。他们把活叶笔记按照前述分类法重新分类，其结果他们发现了工会主义的理论，这理论在他们的《工业共和》（*Industrial Democracy*, 1897）一书内说明。

附录（4）On the Nature of Economic Science，认为经济学不必单独成一种学问，可以作为社会学的一部，因其主体是社会制度的一种，这一种是专门注重赢余的取得。这个观点可与近年来经济学与社会学分家或合并或取消其中一门等论战并存,例如 Loewe: *Economics and Sociology*。

按韦白夫人于 1943 年 5 月初病亡于伦敦,享年 85 岁。

读书摘要(三十二·四·二十二)

近数星期所读各书,下列两种值得提出:

(1) Gordon Waterfield: *What Happened to France*, Oct., 1940, London, John Murra. 作者是路透社的驻巴黎记者,随法军的通讯员,目击法军惨败的经过,认为法军战败的主因,有下列数端:(一)政治不统一,并有不能负责的政治领袖当权;(二)军部的无能力,并迷信马奇诺防线,以为德军必不能越过此线;(三)法国的财政与金融,由第一次欧战以后并未恢复过来;(四)法军所用阵地战的技术,不适用于抵御德军的流动及闪击战。虽有上述理由,但仍旧不能解释法国的战败,因法国人似已死心塌地接受德国为战胜者而与之妥协;但有些民族,军备远逊于法国,虽遇强敌,却不肯停止抗战,如中国之抵抗日本,即是一个显例。

(2) Ella K. Maillart: *Forbidden Journey: From Peking to Kashmir*, London, Wm Heinmann, pp.300, 1936. 作者瑞士籍,应巴黎新闻报馆之约,游亚细亚中部,由北平出发,同行者有伦敦太晤士报记者 Peter Fleming,经兰州、西宁、天山、青海(库库淖尔)、Tsoidam 高原、玉田

（Khotan）、新疆的一部、西藏的一部，越喜马拉雅山，至印度，由德里乘飞机赴欧，约六个多月。经沙漠时，一日平均行15哩，乘机时，一日行1500哩。描写人民生活，地势地形，偶尔谈及政治。文笔甚佳，内容多闻所未闻。最惹社会学家的注意者有二事：（一）入青海后，普通的食品是藏饦（Tsampa），开水煮沸后，水内有茶叶，食者用燕麦粉及牛油，以手做团，加沸茶汤食之，此习自青海至西藏俱有；（二）差不多与前述同一地带的住民，逢主人留客住宿时，往往请女儿与客同眠，次日客去，留下裤带一条，女如怀孕并有生育时，愿意寻生父者以此为证，其父不能拒绝，此俗在绥远亦有。本书作者所经之地，历史上是马古普罗游程的一部，亦即中华与欧洲通商贩运丝货的航路，此俗或即由商人传到绥远一带亦未可知。

《掸山记事》（三十二·四·二十九）

《掸山记事》（*Scott of the Shan Hill*）是Scott夫人记其丈夫在缅甸的生平。司高脱是苏格兰人，其一生在缅甸工作，对于缅甸划归英属一事，有伟大的贡献。缅甸与安南、暹罗划界时，亦任划界大臣。至对于中国的关系，即中缅划界一事最为重要。司高脱忠于英国，字里行间，时时透露，对于划界自然时时为英国打算。关于景东的地势与人情风俗的描写，为我国册籍所未载，并云将普洱茶送给英皇后,当时称为有名的土产,足见普洱茶早已名扬海外。有些民风值得社会学者的注意,例如未开化的 Wa 族,以取得人的头颅为荣,往往割下人头,置于木之上端,成一单行,立于入村的路口,少者数十木,多者逾二百木。司高脱死于 1935 年,本书于次年出版。

印度人口普查(三十二·五·十三)

印度 1941 年的人口普查,其结果最近公布(British Embassy, *Broadcast News Bulletin*, May 10, 1913),全国总人口有 3.88 亿,自 1931 以来已增 5000 万。识字人数已加 70%,全国识字者等于总人口的 12%,最显著的增加是女子识字者,自 2% 增至 5%。自 1931 年以来市镇化大有长进,十万人的市由 35 增 58。在 1931 年大市内居住的人口等于 900 万,现增至 1650 万。以民族论,Hindus 占总人口 66%,回教人占 24%,其余为少数民族,内中印度人信耶教者占 1.5%。

《蒙古游记》(三十二·五·十三)

Owen Lattimoce 近著《蒙古游记》(*Mongal Journeys*),由伦敦 Jonathan Cape 出版(1941, p.284),内中最有趣的一章是著者参加成吉思汗大祭的典礼,地点在鄂尔多斯。不但这是稀有的机会,且由此可以知道许多历史上、社会上有价值的礼节。本书不仅是游记,且是供给社会学资料的一部著作。书中记载许多故事，内中有一段是涉及成吉思汗的死，据传说他是被"红城女子"刺死的。这件故事有好几种传说，对于每一种书中俱有叙述，俱饶兴趣。社会学者最注意的恐怕是游牧民族的习惯，书中所提到的甚多，有一事特别可以注意，即已嫁妇不能走近祭祀的帐篷，例如夏至大祭（Obo of the Summer Solstice）。未嫁女则无此禁忌，表明已嫁妇已非本族的女子，本族的神也不保佑她们了。

《决不半途而废》（三十二·五·二十三）

著者时服务于伦敦美国大使馆，目击德国空军轰炸伦敦及其他英国市镇。英虽遭遇重大损失，但著者以为依照英国民族性的表现，英决抗战到底，不致半途妥协。书中详述德人残暴，佯为找军事目标而施行轰炸，实际被炸之处，往往并无军事机关或设备。德人破坏伦敦市东区，意在引起贫民对英政府的反感，结果适得其反，使其更加紧团结，因此著者预料英国的抗战"决不半途而废"。

《俄国游记》（三十二·五·二十六）

英国议员 Henry Norman 著《俄国游记》一书（*All the Russias*），1902 年出版，共 457 面，书店为 Heinemann。此书有几种特点：（一）著者文笔清顺而畅达，善长于描写，使读者得着深刻的印象。（二）著者在书内插入许多摄影,是他自己所照的,最美者是文人托尔斯德的便装像,及Samarkand的回教各建筑如礼拜堂坟墓等。(三)著者所叙述的俄国实包括许多民族,各民族有自己的语言、文字、习惯、生活方式等,不啻无数小国,因此俄国实可分作许多国或许多族看,但其政治单位是整个的。

《马来亚华侨史纲要》书评

姚枬氏近著《马来亚华侨史纲要》(32面,附表6面,参考书目2面,民国三十二年商务版)一小册,对于马来亚华侨问题,供给些有用的材料,其材料来源,大致出于我国的书籍及西人的著述。内有一部分材料,平常不易看到,经著者搜集后,在参考方面可以得着便利。该小册名曰"马来亚华侨史纲要",实际作者并未简叙迁徙历史或马来亚华侨发展史,仅将华侨问题内作者认为重要的部分,分节研究。以后者的观点言,有些地方亦可商榷,例如:(一)马来亚华侨的社会组织与生活,作者除于"侨团"部分略述外(约占2面),余无讨论。(二)"会党与猪仔"虽系值得讨论的问题,但因限于篇幅,是否应在本小册中提出,颇成疑问,至于应否几占小册五分之一(附表除外)更属可以辩论之点。(三)本小册材料的分配殊欠均匀。例如华侨经济的讨论仅占4面(附表除外),与他节材料相比，已嫌不称。而学校问题其重要性决不减于经济，但仅占1面，实嫌过少。

作者对于马来亚华侨问题，除搜集重要事实见于中外书籍者外，益以作者历年在南洋的经验，分类简述，堪为我国关于南洋问题参考资料之一种。

《人口学原理》书评（三十二·十二·二十四）

《人口学原理》（南方日报出版社，民国二十七年印行，共12章362面，外加参考书目16面），本书由"译""编"与"著"三种工作凑成，"编"占最大部分，"译"次之，"著"的成分不多，因著者自己的见解与研究，比较少见。本书主要材料是由中西文有关人口问题各著作引用的。非特材料系由他书得来，有时连见解或观点亦是别人的。因各书的观点或所用的名辞不一致，著者于本书中亦往往有矛盾的观点或不一致的名辞。关于名辞部分举例如下：社会学（p.234）又称群学（p.168），生产率（p.127）又称生育率（p.312），优生学（p.217）又称优种学（p.216），区别生产率又称轩轾生育率（p.265），重农学派（p.26）（Physiocrats）又称自然学派（p.216），生育节制（p.254）又称产儿限制（p.264）等。至于本书各部，可分节简评如下：（一）本书以"原理"命名，其实专论人口学说者仅三章，其余九章俱系事实的讨论。虽由事实的分析，可以得着原理与原则，但其量不多，且纯粹原理的讨论，所占篇幅很少。至于事实的讨论，有时嫌取舍失据，或分最欠当。例如著者讨论人口的迁移（第十一章）时，对于我国华侨的材料似嫌太多，致与其他材料不称（虽著者曾旅居荷兰属地〔p.296〕，关于华侨当然特别感觉兴趣）。（二）著者在有些地方，似缺批评的态度，我们的印象是，著者一见材料，往往拉杂乱书，不问所取的材料是否可靠，或是否大致已为学术界所公认；或所引材料，是否可以成为本书的一部，与他部完全配合。（a）对于可靠性有疑问者如我国历史上的户籍制度（pp.196—200）及身材、体重、智力对于遗传及环境的关系（pp.220—228）。（b）所引材料与本书章法显有不合者，如中国诗（pp.258—259）及珊格夫人的论述（pp.259—260）。（c）非学术讨论以不引入本书为是者（如创造的死，pp.250—251）。（三）观点欠清，组织欠严密，第十章大部分系关于节育的讨论，但讨论人口限制的方法时，却泛论一般的方法而节育仅占一小部分。关于人口限制的理由，著者初则列举赞成与反对两派的理由，继则驳斥反对派。著者显是赞成节育者，何必浪费笔墨，列举反对派的理由呢？（四）有些重要事实，似不应有错误。例如：（a）中国是全世界气候最温和的地方（p.3）；（b）中国人民的向外迁移，较世界任何一国都早,移民的总数,亦较世界任何一国为大……(p.283);(c)中国移民以海洋洲(即南洋)及澳洲为最多(p.290)。(按:此与本书 p.288 冲突。)

《延安一月》(三十四·二·二十四)

南京《新民报》主笔赵超构著,民国三十三年十一月出版,书中可以注意之点如下:

(1)延安民间有秧歌,由男女少年参加,如跳舞,俗名扭秧歌。最著名的民间故事为《兄妹开荒》,最著名的时事为《动员起来》。

(2)人民的生活,因共产党的命令,已渐标准化,很少个人的活动,对于这一点,作者表示遗憾。

(3)教育方针注意三事,即:(甲)群众学校注意群众的训练,包括村市的成人与儿童;(乙)初级干部的训练,包括区与乡的干部;(丙)中级干部的训练,包括专门学校(如边区政府工作人员的训练)。这些学校俱注重训练,其用意必在宣传共产主义无疑。

(4)婚姻法:(甲)结婚者得在乡政府登记并领证书,患花柳病者不准结婚;(乙)非婚子女,与婚生子女享同等的权利,不得歧视,经生母证实其生父者,政府得强制其生父,负责教养。

(5)土地政策:有些县已将土地重新分配,但遭人民反对，因此取消土地充公的政策。大半的县份未曾实行分配，只减租减息。对于公荒实行"谁垦谁得"的办法，土地的买卖、典押及继承，现俱实行。

（6）变工队（包括机工及唐将班子）是乡间的换工制度，特别行于农忙时。采集体劳动制，人力畜力俱可交换。

（7）工厂：近世工厂正在萌芽。尚停住于木质机器的应用。

（8）劳动英雄：已选出的英雄包括农业、打盐、工业、部队及合作社各类。公约如下："发展自己经济，帮助别人生产，领导变工机工，创立模范乡村，争取耕二除一，自己首先完成，拥护咱们军队，搞好自卫民兵，切忌虚伪夸张，承当劳动英雄。"

（9）三三制：中共十大政策之一（《边区施政纲领》），叙述与各党各派及无党无派者合作，使其参加边区行政及管理，共产党员不得超过三分之一。

（10）新民生主义：纲领仍采用"平均地权，节制资本"，但实行民主集中制，以便真正代表民意。新民生主义认为是共产党的现在的纲领，或最低纲领；而将来的社会主义是共产党的将来纲领或最高纲领。新民生主义是共产党领导各革命阶级达到专政的纲领。

第四章 抗战建国

我国在抗战期间,所习闻的口号莫如"抗战建国",自卢沟桥事变以来,整个国家无日不在抗战之中,这是尽人皆知的事实。但在戎马倥偬之际,同时要推行建国的设施,一定会遭遇许多的困难。的确,战时及战后的各种建设方案与实施程序,不断地在研究讨论与施行中,这显示政府与关心国事的个人有坚强的决心,并有百折不挠的毅力,实系抗战所表现的积极精神。余自掌教清华以来,已历23年,平素对于人口及劳工两问题,深感兴趣,并即以此课后进。自抗战军兴,随校旅居云南;上课而外,对于有些研究工作,实较战前更为加紧。中央政府为讨论及决定国策时(如社会政策),余曾屡次被约赴会,参加愚见。云南省政府为推行户政,亦曾约余合作,俱在本章内简述之；以示政府对于社会建设的努力，及余个人对于社会建设的意见。至于各种研究的尝试，则战时亦并不比战前缺乏机会。凡此诸端，俱足以表示学术与行政机关，有合作的需要，借收切磋琢磨之益。

一、全国主计会议

国民政府主计处，召开第一次全国主计会议，会期自民国三十年二月二十日至二十七日。余以顾问名义被约出席，二月二十一日由昆飞渝，三月十日由渝飞还，简述其印象如下：

本次会议，以国民政府大礼堂为会场。自去夏以来，此礼堂被炸八次。凡大礼堂、铨叙处、主计处、大门俱屡次被炸，惟文官处未遭殃。已炸各处随时修理，至今尚有数屋无顶，以席棚盖之。为防敌机空袭，本会议会场预先准备三处，但因雾大，开会期间未遇警报。余在渝共18日，因此平安度过。国府后首有极坚固的防空洞，洞有三出口，洞内最高处约有三丈，宽处四人可并行。洞内有电灯，有长椅，两旁用小圆木架起，约每隔一尺有圆木一根，上面紧贴洞壁处亦用圆木横铺，两圆木相离不到一尺。

主计会议有会员150人，除主计处所属岁计局、会计局、统计局职员外，尚有专员及各省主办会计统计人员。

会议性质分大会及小组会，余入第三组即统计组为召集人之一。其余召集人为王仲武（交通部统计长）及吴大钧（统计局长）。本会议共通过议案230余，属于会计者为最多，统计议案较少，岁计为最少。统计部分余所最感兴趣者为人口普查及相关问题，如下所述。

人口普查案为提案147号，由余提出，经大会通过交主计处参酌办理，原文另录，尚有一案由陈长蘅、卫挺生诸君提出，经大会通过，议决以民国三十年起各县试办人口普查，自三十二年起，各省试办人口普查，自民国三十六年起，全国试办第一次人口普查，以后每隔十年举办一次。此外尚有一案由刘南溟君提出，由陈长蘅、郑尧枰及余副署，经大会通过，此案提议编制经验生命表，以我国人寿保险公司的实际资料为根据，统计局对于此案亦表示深刻的兴趣。

人口普查案先在第三组讨论，费时一小时半，在各案中占时较长。（统计局所提统计方案，占时最长，讨论三次，共费约九小时。）余以国情普查研究所，在呈贡的工作为根据。提议在抗战期间，以四川、贵州及云南为人口普查试验区，其办法如下：（甲）请立法院、内政部、统计局，会同商筹施行办法；（乙）请与学术机关合作，妥拟技术方案；（丙）请国民政府指定经费。小组会同仁认本议案为本会议基本议案之一，原则赞同，但对于实际的困难，有人特别提出下列意见：行政者以搜集自己所需用的材料为最高目的，对于学术的研究不感觉深切的兴趣。余的答复是，人口普查的主要内容，政府的需要与学术界相符，并无冲突。目前四川省政府与统计局商议，联合举办选县人口普查，经费各出20万，其特点在利用人口普查，同时编制保甲。蒋委员长曾有手令限四川省于三月底以前，把保甲编完，否则自民政厅长起，皆须受处分。因此四川省于最短期内举办人口普查。

余所提人口普查案，经大会讨论后通过，其文如下：人口问题的基本事实。通常可由现代式的人口普查得之。这些事实，对于政治、经济及社会的设施有重要的贡献。民主政治的选举，往往以人数为标准，例如国会议员。政府实行抽税时，或以人数为根据，如人头税；或以人民的经济能力为基础，如所得税。至于一国的强弱贫富，大概可由全人口的社会状况表现出来，如教育、职业、低能、残废等。前述各项，大致属于人口普查的范围，在我国尚欠精确的统计与报告。已往各省的户口调查，大致方法欠妥，且关于技术人员的训练，调查与整理的步骤，亦未能整齐划一。近年来虽有现代式人口普查的尝试，但往往规模狭小，难期普遍应用。因此我国政府，对于政治经济与社会的设施，感觉根据的缺乏，我国的社会科学，感觉发展的困难。况且目下国难当前，关于人口，尤有急待研究的项目，例如壮丁的选拔、兵士的数目、保甲的编制，均须依赖可靠的人口统计，至于食粮的产量与运销。天然富源的蕴藏与利用，亦属与人口普查有联系的研究。为今日计，莫如以四川、贵州、云南三省为人口普查试验区，在每省之内，按政治、经济与社会情形，选出若干县份，举行现代式的人口普查及进行相关的研究。此种试验工作即可作全国人口普查的根据。既以适应长期抗战的需要，并为战后确定政府各项设施的标准，及树立我国社会科学的基础。关于实现上述人口普查的办法，下列三端急待进行：（甲）请立法院、内政部、统计局会同筹备，妥拟计划。（乙）请与学术机关合作，详讨实施的具体方法及调查与整理的技术，设法训练关于人口普查的各项人才，以资应用。（丙）请国民政府指定经费，以贯彻前述的计划。

本会议于二十五日闭会。是晚中央统计联合会在上清寺松鹤楼宴会员若干人，特别是统计组同人。席间吴大钧兄报告统计局在合川县沙溪镇及北碚金刚碑的人口普查试验；前者包括700户，后者包括8万余人。据说金刚碑面积自南至北约20余里，东西亦相若。人口富有流动性，外来的机关约有180，此外尚有驻军。调查时采用集中查记法，调查员在一适中地点坐候，令保甲长带户长报到，听候查填，另一部分由户长自填（如外来机关）。用上述办法每日可查自30户至50户，五日内可以查完。吴君以为呈贡的挨户查问，最长的时间须50日，似嫌太长。余谓此乃因山间村落人口稀少且交通不便所致，不是一般的情形。吴君又提实际人口应与住所人口并查，特别如遇调查时期过长，人口必有移动。余谓我国是农业社会，人口富于固定性，自以住所人口为比较适宜，但在大市镇，工商业发达区域，可另作实际人口调查，以资比较。

二十六日晨九时在统计局开统计人员谈话会，专论人口普查问题。关于技术问题陈伯修与余所提出者大致相同，包括下列各项：（1）调查法（挨户调查），（2）户的分类（应否预先决定），（3）人口性质（住所与实际普查），（4）普查日（旧历年或双十节以后），（5）调查员（小学教员及保甲长的利用），（6）调查项目（限于人口，以简明而扼要为主。由统计局拟定表格，各省县市一致采用），（7）中央指导与技术合作（统计局内设国情普查设计委员会）。

吴大钧局长提出几个实际问题，请求各省主办统计人员答复：（1）大会决议于民国三十年起始试办县人口普查，有困难否？（无，并决议每省于三十年度试办三县），（2）是否须待乡镇组织健全以后才办人口普查？（否）（3）

三十年度办人口普查时是否附带人事登记？（应附带并接办简易的人事登记），（4）人口普查与保甲编制，须合办或分办？（不分）（5）已办一县人口普查，到全省举办时该县是否再查？（再查）

余于空闲时，乘机与各省统计人员详谈，福建统计长杜俊东、广西统计长阳明炤、四川统计长李景清前在清华时曾从余上课，对于呈贡的人口普查甚感兴趣，并允归任后设法推行。江西统计主任刘治乾，原名庄，为余在清华时旧同学，低余一级，亦愿尝试。陕西统计主任李侬，诸暨人，曾在汤恩伯部下多年，为余言汤军驻在地，必先作调查，以查人口实数，壮丁确数等，因此对于调查已有经验。此次到陕不久，但对于人口普查感觉兴趣，自信能说服省长，于短期内举行人口普查。浙江统计主任阚家骆，去年毕业于计政学院，高等考试及格，年30许，虽于统计无经验，但精敏并富干才，自述愿于相当期间试办人口普查。

行政院县政计划委员会户口组于三月四日在李家花园开会，修正《户籍法施行细则》，其重要之点如下：(一)《户籍法》规定之人事登记事项，先办出生、死亡、结婚及离婚登记;(二)关于死亡原因，请卫生机关协助;(三)全省分县分乡之户籍与人事统计由省政府统计机关分别统计。开会前一日伯修与余访李伯英主任委员，即在其宅午餐，开会时余首次遇见许世瑾医师。

三月五日伯修与余受户口组之委托，在美专校街17号修正户籍及人事登记报告表，尽量简单化，以便县政计划委员会呈行政院请求批准。余一面函吴景超兄嘱转告行政院陈之迈兄说明修正的经过。

主计会议闲话（三十·三·十五）

二月二十四日国府林主席亲临主计会议训话，内有警辟语如下。汉申公云："为政不在多言，顾力行何如耳。"又引曾涤生语勖勉各会员云："有操守而无官气，多条理而少大言。"

国府纪念周林主席为主席，孙哲生院长演讲，介绍苏联合作制度及事业。

孔副院长于二月二十四日到会演讲，对于会计统计工作，劝审慎从事，用"诸葛一生都谨慎，吕端大事不胡涂"为喻。又以会计及统计的学理与技术，时时推陈出新，引财政部某君游美时，其老教授告以下面一段话："What I taught twenty years ago is now thrown overboard. Don't quote me any more."

二月二十四日，有三议案系关于改善主计机构者，注重充实职权，并讨论主计处的隶属问题。提案人希望提高并加强主计处的地位，反对者以为上述提议，会使主计处根本动摇，反对者发表富于诙谐的言论，拿隶属问题譬作父母结合，譬作胎儿的先天问题，对于该问题胎儿自己不能顾问，一般人听之未免发噱。

主计处草成工作报告，请大会通过，有些会员未阅内容，误以为大会宣言，起立发言云："本席赞成将宣言内容通过，文字交秘书处修正。"

主计处于开会前请贵州省政府派会计统计人员出席，省府覆电谓该省尚未设立超然主计制度，不能派人参加，所需报告另函附送，会员中有人临时动议，有人连署，文字有一段云："贵州省政府弁髦中央政令，不奉行主计制度，来电拒绝参加全国主计会议，应请国民政府严令谴责并饬依限设置以重计政"，及秘书长宣读贵州省政府电文，连署者纷纷撤销，本案保留。开会仪式中有会员代表答词，推余担任，词云："国民政府成立以来，业已施行福国利民的要政多种。内中最能表现民生主义的，要算社会政策与主计制度，主计制度已经成立十年。在这十年之内，机构逐渐完成，工作逐渐进步。本会议秉承总裁及主席训示，在主计长领导之下，开第一次全国会议，检讨已往的工作，计划将来的发展。本会议同人，就各人职务以内各种岁计会计统计问题，提出议案，互相讨论。对于有些会计及统计问题，已经得着解决的办法。对于其他的会计及统计问题，或唤起主管当局的注意，或提醒专家的研究，以便对于将来的解决办法有所贡献。这些非但于会计统计的应用方面，开辟新的途径，即对于学理的研究，亦供给实际资料。本席服务于大学18年，平素注重学理的讨论，对于本会议深感兴趣并获实益，觉得政府的计政，与学术界业已发生两层的联系，因本会业已决议向学校建议，在会计统计课程中增加教材，并且议决定期举行人口普查及国势调查，以期树立我国社会科学的广大基础，本席感觉本会议对于个人颇有裨益，谅其他同人必有同感。主计长于十年之内，劳苦辛勤，热心指导，各同人非常感谢。本席敬请各同人起立，向主计长致敬。"

重庆机关参观

（1）合作社　中央党部消费合作社在上清寺，民国二十九年五月成立，干事部有职员11人，社员800人。股票每股5元，股息7厘。资金6000元，党部借来20000元，一年营业50000元，赢余8000元。赢余20%作为公积金，10%充职员酬劳金，20%为公益金，50%分配为社员红利。社中经售日用必需品以米炭油为大宗。大部分货品由平价购销处来，有一部分（如肥皂）由生产合作社来。社员买货低于市价10%，凭交易证及买货发票结算，当场结清。非社员买货略低于市价，不分红利。

大阳沟消费合作社成立于民国二十年一月，股金16000元，自建立后周转资金6000元，每日营业1000元，社员与非社员俱可买货。前者凭交易证于年中分红利后者则无。社员俱住大阳沟镇，此为镇合作社，已有社员800人。目下该社计划试办计口授粮制，粮食由粮食管理会来，该社只管分配，不管来源。按政府规定，每石米价批发与零售相差9元，内运费5元，利润4元。该社售米时即将利润减少。

（2）工厂　豫丰纱厂（三十·三·七）原厂在河南郑州，穆藕初氏所经营。抗战以后迁重庆沙坪坝，今已在新址营业三年，现为中国银行企业。棉花有25%，一部分自四川遂宁来，有一部分自陕西咸阳来。目下交通不便，自陕西来者每斤运费约合国币1元。厂内有女工1900人，男工人800人，工资每人每日最高3.00，最低1.20，伙食男工人每月出17.00，女工人出4.00，余由工厂贴补。每担米工人自出12.00，余由厂贴，以市价计，每担米厂贴38.00。工人分两班，每班工作时间12小时，工人每月休息四日，但不按星期日休息。

渝鑫钢铁厂（三十·三·七）工人约700名，内有技工300，工资每人每月最高3.00元，最低1.20元。工人有眷属者每人每月贴40元，无眷属者10元，工人有宿舍，不取宿资。电炉每日出钢8吨，本厂供给兵工厂军需如钢铁件品，现从事制造平射炮，制各种钢条拉丝等。

重庆见闻杂记

余自珊瑚坝飞机场下来以后，向重庆一望，看见一般的房屋俱沿山筑成，坐车经过市中心，如都邮街、新街口、观音岩等，见有许多房屋已被炸毁，有些小屋正在残垣中重新建起。

每日似闻炮声，实系开凿防空洞时所用的炸药。重庆的防空洞，多而且好，据说全市的防空洞可容30万人。香港政府近派人往重庆参观防空洞。山边依石凿洞，小者容十余人，大者容数百人。

余住曾家岩51号军事委员会招待所，其下有坚固的防空洞，此洞在石岩下，岩高约三丈，岩底凿空成洞，能容一百人。

早点用豆浆，每瓶3角，约有小茶杯一杯半。油条每条2角。午饭与晚饭常有朋友来约，每人点一菜，在饭馆中吃饭，每人约需5元。

某晨余在上清市菜场，见有人买活鲫鱼，每尾约重一两，每斤4元5角。买主顾余曰："活鱼尚便宜，可买一些。"鲤鱼在12两以上者每斤9元。据云长江与嘉陵江，因水流甚急，出鱼不多。鱼多由湖沼得来，近因渔夫改业，出鱼少而鱼价高。

米每斗15斤，价16元5角，猪肉每斤2元4角，牛肉相似，蚕豆每斤6角。

社会系毕业同学，各级俱有，少数找到适当的位置，多数虽有事，工作乏兴趣，待遇亦不甚佳。一般的同学，喜欢跳机关，每跳一次，于待遇有增加，于工作无进步。

某毕业同学来见，哭述政府工作的乏味，并云阅历尚少，受人愚弄。余劝其入研究所工作，二日后再来，所述和以前不符，究竟是何用意，莫明其妙。

有一部分同学，感觉清华毕业生，在各业与各机关，俱有相当势力，但缺乏领袖。清华同学的职务，所占的位置大致是次要的，很少是占最要的地位者。

向社会部的建议

社会部由中央党部迁出改隶行政院，以谷正纲先生为部长。余此次出席主计会议，谷部长约余在部午餐，并与部中负责人相谈，有次长、司长、统计长等共七人，垂询部中亟应举办的工作，余建议如下：（1）于最近期内设立工厂检查人员训练所，于后方创设工厂检查制度，使工厂检查人员得到职业的保障，不随政治力量而进退。工厂检查制度应与邮电、海关一样，作为专门职业。部长原则赞成。余介绍张天开君为专员，负责计划此事。（2）举行家庭预算调查，以工人及农夫为研究对象。社会部为实行社会政策的机关，必须特别注重工人与农夫，于可能范围内必须调查大量的家庭。所需要的零售物价报告，可采用他机关的工作，不必自行调查，但社会部可自编工人与农夫的生活费指数。

余为社会行政计划委员之一，该会已决定建议教育部恢复社会系，充实课程，如增加社会行政等课。同时建议社会部于地方政府增设社会行政的机构，于省设社会处，于县设社会科。

孔庸之副院长某夜在嘉陵馆宴客，被约者为粮食会议及主计会议会员，约200人，用西餐，并由各人自己取菜。孔副院长报告云："今晨顾少川大使自巴黎来信，内述旅馆中生活概况。旅客用咖啡时，无牛奶与方糖，吃面包时不用牛油，头等旅馆尚且如此。出外去买衬衫裤，问了几家百货商店，无货。法国人每人每月，政府只准吃牛肉二两，好的食品都送给军队里去了。"

二、内政部各省市户籍干部人员训练班

内政部召集各省市户籍主管人员，到重庆受训；民国三十年八月一日始业，十一月十五日结束，受训者41人，

分布如下：闽（2）赣（3）鄂（2）康（2）粤（3）桂（2）浙（1）豫（2）甘（2）青（2）皖（3）湘（1）陕（3）黔（2）滇（2）川（1），此外四川巴县送2人，江北县送1人，重庆市送3人，内政部送2人随班听讲。另有巴县虎溪乡户籍干事，以余书记名义听讲，大部分教官由内政部主管长官充任。立法委员陈长蘅被聘为专任教官，余被聘为专任教官兼实习指导。余于九月二十二日飞渝，次日起始授课。户籍班设在陈家桥虎溪河老木桠胥宇中学内。十月二十一日起始实习，十一月二日实习止。四日起开始统计，至十二日完毕。余授课三星期，每星期12小时，内容讲人口普查及人事登记。以虎溪乡为实习区，据乡公所报告，该乡有28保300甲3536户，28553人。但依实习的结果，计有本籍户4712户，23790人，寄籍户200户，835人。据说当民国二十九年，川省编保甲时，共费国币约1千万元，虎溪乡是内政部所在地，但户与口数与本次实习所得者相差甚大，虽保甲户与《户籍法》的户性质不同，但编保甲时，漏户与漏口情形，实在太多，由前述的数字，可以概见。

巴县为东川大县之一，有乡镇63，约13万户，人数约有90万。民国三十一年县预算为国币538万元。虎溪乡前任乡长，曾负责办军粮，吞公款10余万元，弃职潜逃。

虎溪乡是丘陵地，无村落，各户散居，普通每户居一院落，俗称院子。院子的构成大致如下：最低处为水田，田中终年有水，每年仅种水稻一季，秋收后用水养田，农人四犁四扒，俱用水牛；因田内积水不干，所以虫灾甚少见。农人对于面积，不以亩计，但讲收成，以担计，如几石谷子等。老石一斗合三市斗，每老斗约42市斤，1市斗合14市斤。

水田埂上栽黄豆或菜或麦。高于水田者为旱田，种麦、豆、红薯、花生及其他杂粮。更高处为小山，栽橘树、桐子树、松树、杉树。过此小山为另一院子，所有土地与水田大致类似。

除虎溪河外，不见河或湖，农民不能蓄水，赖雨以灌溉。下雨时甚多，一年四季雨量甚匀且甚充足。阳历十月末即有雾。晨起在田埂上走时，面前见微细雨点，即是雾，九时以后，天始晴朗。

虎溪乡地势低洼，为疟疾区。

虎溪乡实习时，将学员分十组，每组四人，山区两组，每组担任两保。余每组担任三保。每组以保公所为办公地点。每组推一人为组长，余三人为组员，每一组为一队，以学员为队长，余由保长一人（或甲长一人）及小学教员一人为队员。保甲长负领导之责，教员负记录之责。实习工作分两部：即户的调查（工作完毕接办户籍登记）及人事登记。俱以《户籍法》为基础。

此乡有保甲户口清册，实习时即作为蓝本，惜保甲的户与《户籍法》的户性质不尽同。前者为经济户，后者为血统户，因此保甲户口清册往往不适用。

《民法》1122条称家者谓以永久共同生活为目的而同居之亲属团体；又1123条同家之人除家长外均为家属；虽非家属而以永久共同生活为目的同居一家者视为亲属。《户籍法》8条即根据上述规定称户籍之编造以一家为一户，虽属一家而异居者各为一户（《户籍法施行细则》5条虽同居而已分产者各为一户）。

保甲的编制，有主要目的二，即：（1）派款，（2）查究奸小。按（1）无钱者不能立户（如寡妇一人，贫者不立户，富者立户）；按（2）流动人口必须编入，且必须予以注意，因此保甲必须常编，往往一年一次。依上述，保甲户的个人，以经济状况为标准，有时候个人可以漏填（故意的或非故意的），有时候户亦可以漏填，有时候户可以并合起来（例如甲户三人，俱为农工，与邻居乙户两人铁匠铺学徒，并成一户，以便派款时，各人可以减轻经济的负担）。

新桥保近山，山上有三甲，共43户，俱为穷户。地处两保之间，两保长互相推让，不愿接受此三甲。某保长曰："三甲不能举出一个甲长来，其穷可知。本人自然不愿意将他们加入本保，因为他们负担不起经济的责任；但地方如有小偷，说不定就是他们去做。"

保甲的编制往往不合理，例如（1）同院三户，内二户属于1甲，一户属于2甲。（2）同院五户，内三户属12甲，二户属14甲。（3）同院四户，内一户属虎溪乡，三户属曾家乡。

保甲户与《户籍法》的户既然不同，由下列一表可以显示：按表，虎溪乡28保的户数分保列书。以第一保论依保甲册共有187户；但依实习的结果，计有本籍户210户，寄籍户0户。余保所有户数见下表：

保别	虎溪乡保甲册中所列户数	实习后所查得户数	
		本籍	寄籍
1	187	210	0
2	164	216	0
3	110	150	2
4	149	169	95
5	122	253	11
6	116	193	11
7	90	141	0

(续表)

保别	虎溪乡保甲册中所列户数	实习后所查得户数	
		本籍	寄籍
8	124	156	4
9	160	206	0
10	157	170	0
11	128	139	3
12	117	115	1
13	90	98	2
14	98	102	4
15	145	170	1
16	160	211	0
17	98	284	6
18	85	184	1
19	98	157	0
20	158	240	3
21	131	197	10
22	130	145	24
23	121	147	15
24	113	140	1
25	105	121	2
26	135	145	0
27	115	127	0
28	130	126	4

漏户之例见前表，漏口之例再择要述之如下：

（一）14保小屋基二甲

户长　龚　　男　　51岁
妻　　李氏　女　　48岁
子　　　　　　　　13岁
子　　　　　　　　12岁
女　　　　　　　　 8岁
~~~~~~~~~~~~~~~~~~~~~~~
子　　　　　　　　26岁
媳　　　　　　　　24岁
女　　　　　　　　 2岁
孙　　　　　　　　 2岁
子　　　　　　　　28岁
媳　　　　　　　　27岁
孙　　　　　　　　 3岁

曲线以上者为保甲户口清册所载人数，曲线以下者为实习时经学员屡次追问，该户吐实报告的人数。隐瞒各人中有壮丁两名，一为28岁，一为26岁。

（二）24保田家屋基

户长　贾　　男　　76岁
妻　　　　　　　　74岁
子　　　　　　　　38岁

媳		34 岁
佣工	男	56 岁
亲家	女	64 岁

下列各人经学员询问后，该户吐实报告者。

孙	7 岁
次孙	5 岁
孙女	14 岁
孙女	0 岁（三十年七月三十日生）

（三）28保一甲龙家塝

户长 龙	男	65 岁	
（妻）		42 岁	三十年一月续弦。
（长子）		42 岁	山县布商，过山即是碧山界，离家仅六里。
（次子）		38 岁	碧山县烟店店主。
（三子）		33 岁	碧山县烟店店主。
长媳		32 岁	因保甲册有此人，乃追问之，先问出长子，由长子问出他人。
（次媳）		31 岁	
（三媳）		30 岁	随夫在碧山。
长孙		6 岁	

（次孙）	5 岁
三孙	3 岁
长孙女	15 岁
二孙女	11 岁
三孙女	8 岁
四孙女	7 岁
（五孙女）	4 岁
户长二弟	62 岁
户长三弟	57 岁

此户住于山中，过山即碧山县，儿子三人俱届壮丁年龄，俱隐而不报。经户训班学员查出后，户长惧壮丁被征不敢向保公所声请设籍办户籍登记，经劝解后始照办。按保甲册此户有10人，依实习结果该户共有18人。

名外加括号者系隐瞒的人数。

本调查最不准确的项目当推年龄。际此全国抗战之时，内政部主办户籍及人事登记，一般的乡民俱误认为借此来抽壮丁。此次户训班学员受训，一律着军服（因中央各种训练班俱采用军训管理），当学员临门调查时，往往被乡民误认为军人。最不幸者，当乡公所于九月二十三日开实习筹备会议时，内政部某视察员发表下面的演说："这一次的调查务须确实,某家有几丁,有几口,有租谷多少担,务须据实报告,特别是本乡有名的绅士(列举最有名者三户)。如果有隐瞒,将来查出后定,要惩罚。"余听之不寒而栗,因人民方疑政府藉调查来派款或抽丁,此君对于这两事,仿佛"不打自招",使人民的疑惧得着实据,当然对于实习要发生恶劣的影响。

虎溪乡以甲子纪年,俗称"年头",一般的人民以实足年龄来计算岁数。但学员问年龄时,有许多人以不知甲子对,老年男女大概能说甲子及年龄,壮年与少年男子,往往只记得年龄不记得甲子。第28保在山中,有126户,几乎每人能说甲子;余27保的居民,大都不知甲子,显系隐瞒年龄,因谎报年龄易,谎报甲子难;前者因无出生证,难以证实;后者谎报甲子后,尚须谎报年龄,使与所谎报的甲子符合,比较困难。隐瞒与谎报年龄的例甚多,今述其显著者于下:

(一)调查员见老妇,问长女几岁?答19岁。问她在哪里?答在地上采菜。调查员随后见一小姑娘,问:几岁?答11岁。调查员转诘老妇,答曰:"我们对于年龄,大半是随便说的;她报11岁,你就填11岁好啦!"

(二)老妇有子三人,长子22岁,媳18岁,次子14岁,三子10岁,各人俱在本乡。父在贵阳经商已19年,未曾回家过一次,每年到阴历年底,寄款到家。(如上述报告可靠的话,次子与三子何由而生?)

(三)壮年男子入门,调查员问:几岁?答38岁,不知甲子。调查员曰:"不像是38岁人,你的年龄决计要小些。"余从屋旁上前曰:"我与老兄同年,我亦是38岁。"此人把我自上至下,看过一遍,笑而不言。知我的年龄决计大于38岁。调查员续问:"已婚否?"答:"已婚,妇27岁。"问:"已婚几年?"答:"已婚6年,结婚时26岁。"如果所答属实,此人应为32岁。

(四)

户长	何	男	39岁	
妻	李氏		30岁	
母	童氏		50岁	母亲50岁不能有39岁的子。
子	大娃		1岁	
户长二弟	隆扬		32岁	
三弟	吉昌		25岁	
四弟	隆西		2岁	
五弟	何老五		15岁	五弟15岁,四弟才12岁。

调查方法自以直接访问为原则,调查员须亲到每户加

以调查，并须向每人直接访问。有时调查员偷懒，把被调查者集中在一处，为每户派来代表一人，调查员向此代表问户内各人。曲水寺近山各户，被集中在一处，调查员用3小时45分的时间共查42户。对于漏户、漏人、谎报年龄、谎报废疾等自然格外容易。

调查员以保甲户口清册为蓝本，每日工作7小时，平均调查40户，205人。此种调查大体上系校误的工作，按照册上每人添补，改误或删除项目，当然要比每项新填者为省时间。但清册有时漏户、漏人；且项目与户籍及人事登记不同，册上除姓名与性别外，他项俱须更动，因此所省工夫不多，且修改后册内字迹难辨，错误因此增加。

调查所需时间，各组不一，举例如下：14保学员1人，队长甲长1人，保队附1人。二十一日查23户，每户用10分钟，二十二日查44户，二十三日查40户。17保二十一日查42户203人，用6小时28分，行路除外。二十二日查46户247人，用6小时23分，行路除外。二十三日查56户280人，用7小时36分，行路除外。二十四日查32户161人，用4小时14分，行路除外。

调查所需的时间，举例如下：

（一）

查户（改保甲册）	户数	人数	所需时间（分）	每户平均需时（分）	每人平均需时（分）
	52	252	545	10.5	2.2

（二）

院子	户数	人口数	每户调查所需时间(时)	每人所需时间（分）
1	6	25	1.00	2.0
2	3	10	0.25	2.5
3	1	11	0.20	1.8
4	16	45	1.45	1.0
5	3	15	0.35	3.0
6	2	18	0.23	1.0
7	3	35	0.45	1.0
8	1	5	0.07	1.0
9	3	17	0.15	0.9
10	1	5	0.13	1.8
11	3	17	0.20	1.2

另一组的日记如下：24保二十一日查24户，二十二日查29户，二十三日查41户，二十四日查43户，平均每查1户约15分钟，行路除外。各户散居，两户相隔约半里。28保二十二日查房子20幢29户133人，二十三

日查房子36幢62户216人，二十四日查房子16幢33户133人，此保为山地，一幢房子等于他保的一个院子，工作时间约自天明至昏黑，吃饭时间除外。

下列一组在平地工作，住户俱属农民，近虎溪场。（一）队二十一日上午查41户208人，下午查19户102人，二十二日查36户202人，二十三日上午查10户61人，是日下午整理表格，二十四日逢虎溪场赶场，本队停止调查，在保公所整理表格。二十五日上午查15户73人，下午整理表格。（二）队二十二日上午查22户，下午查16户，二十三日上午查13户87人，下午查15户79人，二十四日整理表格，二十五日上午查14户86人，下午13户70人。（三）队二十一日上午查34户232人，下午17户104人。二十二日上午查42户264人，下午23户123人，二十三日上午查22户137人，下午19户115人，二十四日休息，二十五日上午查22户135人，下午20户108人。（四）队二十一日查34户232人，二十二日查25户105人，二十三日查18户80人，二十四日查10户61人，二十四日整理表格。

户籍登记分四种，即设籍、除籍、转籍、迁徙是。本次实习，仅有设籍一种，设籍分三类如下：本籍、寄籍及暂居户。某甲住居满三年者得设本籍，满六个月者得设寄籍，不满六个月者称暂居户。某甲有原籍时，可以原籍为本籍，以现在住所（满三年）为寄籍；如撤销原籍得于现住地设寄籍。某甲同时不得有两本籍或两寄籍。举例如下：

本籍

（一）王士恒，自有田十亩，自耕。他的父亲即在巴县居住，至今已有50年，可设本籍。

（二）张有礼，原籍安徽，抗战以后迁居巴县，在内政部任技正，并在虎溪乡置有房屋，作为眷属居住之用。张向第一保公所声明，撤销安徽原籍，请求在巴县设本籍。

寄籍

（一）赵天龙，成都县人，父母兄弟住于成都市，天龙本人住于巴县，并在虎溪场开五金店，已满六年，妻子亦住在店内，天龙可设寄籍。

（二）孙一鸣，湖南人，原来供职南京，任交通部无线电报局拍电员。近随局迁重庆，在陈家桥任原职已三年又四个月，妻子住于陈家桥。孙愿保留湖南原籍，得在巴县设寄籍。

暂居户

虎溪场店主钱明新，有伙友刘安亮，大足县人，在店两年，妻子住于大足县城，本人住在店内。尚有徒弟范大朋，碧山县人，未婚，在店已20个月。刘与范在巴县俱无住所,以店为住所。二人可设暂居户,以店主钱明新为户长,并为声请义务人。

内政部近处,有临时家庭,俗称"伪组织"。大致因夫人在沦陷区,丈夫与本地女子恋爱,发生夫妇的关系组织家庭。此女子不能填"妾",因自民国十八年《民法》公布以来,妾无法律地位。此女子既与丈夫同居,并永久同生活,可填"家属"。调查员至某宅,老妇在家,调查毕,老妇领调查员至一旁屋,起竹帘曰:"我家尚有宝贝。"调查员视之,见鬌龄美女。老妇问曰:"如何填法?"答曰:"家属。"调查员问曰:"担任哪样职务?"老妇曰:"宝贝只会吃饭,没有职务!"

金鉴秋31岁,东方中学任庶务。父介眉,叔父春岩,二人同炊,鉴秋亦同炊。春岩无子,故鉴秋娶二妻,段氏在民国二十一年娶,为介眉之媳。鉴秋于三年后又娶欧阳氏为春岩之媳,俗称"兼祧",民法规定一人不得有二妻,因此欧阳氏无法律地位,欧阳氏与户长的关系,认为"家属"。

户籍声请书须由声请义务人(通常是户长)填好交保长,保长交乡镇公所户籍主任,登入户籍登记簿。此簿一户一张。户籍簿正本存乡镇公所,副本照抄后存县政府。户籍登记办妥后,接办人事登记。今年春当主计会议时,行政院县行政计划委员会乘便开会,修改《户籍法施行细则》，余提议先办出生、死亡、婚姻及迁徙四项，议决通过。后经内政部修改，定为出生、死亡、结婚、离婚；将迁徙一项归入户籍登记。

学员实习仅两星期，每队以保为单位。恐在此少数人口中，短期内无人事登记事项，因此学员得不到实习机会。余乃规定凡民国三十年阴历正月初一日起，该保内如有出生、死亡、结婚、离婚，俱可作人事登记。结果仅有一组（3保）不依规定，擅自以调查期间作为人事登记期间。

户籍及人事登记有二主要问题：（一）主管人对于表格内各问题的了解。（二）办理户籍及人事登记所需的时间与经费。对于第一问题，各省市的学员，似无大困难，因俱系户政主管人员；但每组的助理员往往不甚了解，这些助理员，包括保长、甲长、小学教员与年长的学生等。将来各省举办时，人选当亦不外保甲长及小学教员，因此所用表格是否适宜，值得考虑。户籍声请书与登记簿，有同样的项目，且填写时较容易。人事声请书与登记簿内所有项目，全与户籍声请书相同，但因用一样的声请书来填写性质不同的人事登记，困难较多，错误较易。例如当事人一项在出生登记为婴儿，在结婚登记为新郎与新娘；又如关系人一项在出生登记可以是婴儿的父母或监护人；在结婚登记包括男女家的家长、主婚人、证婚人、介绍人等。

又按表格，关于死亡登记的：（一）症状，（二）死亡原因，无法可填。因此有些学员，以为不如用呈贡及昆阳的人事登记表，每项一张，既简便并可减少错误。

关于所需工作人员及经费一层，实习时每组俱有记载，今择要述之如下：

类别	户数	人数	所需时间（分）	每户平均所需时间（分）	每人平均所需时间（分）
抄录户籍人事声请书	72	339	1075	14.9	3.2
抄录户籍人事登记簿	72	339	835	11.6	2.5

抄写户籍登记簿时，曾举行小规模测验两次，结果如下：

第一测验				
抄写人	表数	每份表人口数	每份表所需时间（分）	每人所需时间（分）
甲	1	4	10.0	2.0
	1	6	12.0	2.0
	1	4	12.0	3.0
乙	1	5	14.0	2.8
	1	8	19.0	2.25
丙	1	4	13.0	3.25
	1	5	13.0	2.6

第二测验				
甲	6		14.5	
	11		16.8	
乙	6		14.0	
丙	6		18.0	
	9		22.4	

人事登记因各种理由容易脱漏，特别是抗战期间，户长往往故意不报，下即最显著的例子。第24保三甲杜家，户长（男）48岁，妻37岁，长子11岁，次子10岁，三子7岁，四子1岁，女8岁。各人俱由妻报填，末云长子已死，死期为民国三十年阴历四月十一日，调查员取出死亡登记书，告家人曰："按《民法》，人的权利始于出生，终于死亡。此人既死，应作死亡登记。"三日后该户长到保公所对保长云："长子未死，请撤销死亡登记。"保长追问之，调查员来时，何以报告长子已死？答曰："妻见穿军服者入门，疑是办兵差者。此长子年纪20岁，正直壮丁年龄。"俗有迷信，拿活人报作死人，于本人及家中不利，故请改正。

调查未开始时，先开保民大会，宣传调查目的及解释各项办法。某保开会时，保干事为主席，读国父遗嘱，认国父为耶教信徒，先作祷告，后行礼，并静默。

实习讨论会

实习自十月二十一日至十一月二日，以后学员返户训班，开讨论会两次，每次参加者有陈伯修兄及学员全体。第一次关于户籍及人事登记册簿的讨论，要点如下：

出生、死亡、婚姻用同样的声请书，但各项对于当事人、关系人、声请义务人不是一样的。填写时容易发生错误。

户籍及人事登记簿缺婚姻状况栏，有时关于户内各人的婚姻状况不能填写。

《户籍法》规定，凡数目字用中文大写，但关于声请书及登记簿号数似无须如此规定。

死亡登记于登记事项栏应添关于死亡的项目如下：（甲）症状，（乙）死亡原因，（丙）医师诊断。

声请书与登记簿的天地应规定，册簿的长短与大小应规定。原来规定要记簿每本100张，不适用，应改为出生与死亡每种各订一册，结婚离婚合订一册。

声请书有15行，无须如此之多，因婚姻登记所需行数最多，但8行已足。项目中有格子太小者，例如年月日一格大小，填时大部分两行写，有人分三行写。

第二次讨论会分两部：（甲）关于保甲户口清册。保甲用经济户，户长大致为尊亲，男户长虽久离家，有时亦仍作户长。户内各人填写时无一定次序。最大的缺点为并户，凡在一院住者姓张与姓李，为派款便利起见，可并入一户。第二缺点为临时性，保甲须每年改编，注重流动人口。今年编户时按地理形势列第一户及第二户等。到六月时，第一户内临时加二户，把原来第二户改作第四户，增加户太多以后，把原来户数弄得十分凌乱。第三缺点为立户以经济力为标准，不以人口为标准：某甲有财产在巴县，虽人不在巴县，可在巴县立户；某乙人在巴县，因赤贫，不能立户，往往与他人并户。某院共住15户，只有一个门牌，因不能出钱者多，所以仅立一户。保甲之偏重各户的经济能力，难以想象。

各省俱有保甲，14省户籍人员，俱在本省办保甲，保甲册普通备两份，一存县，一存乡镇公所（四省备三份，加保公所一份）。

（乙）《户籍法及施行细则》：《户籍法》规定血统户（保甲之船户、棚户、临时户、特编户等往往可以归入本法的普通户），但无公共户，因此与《户口普查条例》（分普通户、营业户、公共户）不同。人事登记先办出生、死亡、结婚、离婚。《户籍法》应普遍施行，意即全国施行，免得甲省举办，乙省不办，易起参差不齐之弊。

关于迁徙，《户籍法》有44及45两条，内政部又有

《暂居户口登记办法》。余谓迁民与徙民，以单身人为多，单身人大概尚未立户，因此迁徙问题属于《户籍法》范围内者，仅属一小部分。又迁民与徙民，有时是长期住居者，因此亦非暂居户口。陈伯修兄以为《户籍法》已充分包括迁徙问题，并举《民法》两条为证据，但此种证据似尚不能推翻余的意见，《亲属编》1127条云请求由家分离之已成年或虽未成年而已结婚之家属，可以迁徙。又1128条云由家长令其由家分离之已成年及虽未成年而已结婚之家属，均得依《户籍法》为设籍，转籍或迁徙登记之声请。

三、云南环湖市县户籍示范实施委员会

（a）缘起　当内政部主办户籍人员训练班时，周惺甫部长，对于清华大学国情普查研究所的工作，深感兴趣。余即乘机建议与内政部及云南省政府合作，在云南举办户籍示范工作，以利户政的推行而宏学术的研究，经周部长及张尊鸥次长同意后，余即草拟《云南环湖市县户籍示范实施委员会组织大纲》。周部长乃于民国三十年十月八日致函云南省龙志丹主席，提出合作办法。龙主席于十月二十九日复函赞成，一面电行政院蒋兼院长，呈《户籍示范计划大纲》，一面请周部长面请蒋兼院长批准计划，并请拨款补助。龙主席呈蒋院长电文有一段云："查清华大

学在云南设国情普查研究所，从事户籍调查及人事登记实验，凡三年于兹；对于研讨方法、训练人材、改进技术、节省经费各点，确有成效。在呈贡昆阳两县业已举行人口调查、人事登记、农业普查，贡献行政机关及学术研究。本省政府认为此项工作，对于内政教育国防卫生等的设施，俱关系至巨，拟与内政部及该校合作，设户籍示范区，由呈贡昆阳扩充至邻县，以利户政的推行。"同时龙主席致周部长函云："顷电蒋院长报告本省政府现正筹备与贵部，及清华大学合作，设云南省环湖市县户籍示范实施委员会，试办户籍调查及人事登记实验工作，以利户政的推行。除附呈电稿外，将该委员会组织大纲草案，另纸抄奉，请求面呈蒋兼院长。至于经费除由本省政府及清华大学合筹10万元外，拟请贵部转请行政院核拨20万元，以资补助。"同年十二月二日周部长致余函，述云南户籍示范计划，业于十一月二十五日行政院第541次会议通过，中央补助费照数发给。

民国三十一年一月十四日，环湖市县户籍实施委员会在清华大学昆明办事处举行预备会，由云南省民政厅李子厚厅长主席，出席者有内政部代表张蓴鸥次长、清华大学梅月涵校长、民政厅王子祜科长、李景汉、戴世光两教授及余，主要议决案如下：（一）本会简章按内政部呈行政院原文修正通过。(二)本会依照简章由内政部云南省政府及清华大学分别邻选15人组织之。(三)决定以昆明市、昆明县、昆阳县及晋宁县为户籍示范区。

民国三十一年一月十九日本会在云南省民政厅开成立会,由李子厚厅长主席,龙主席颁赐训词,张蓴鸥次长、梅月涵校长及余均有演说。是日接开本会第一次会议,主要议决案如下:(一)决定户籍工作人员的训练日期。(包括监察员、调查员、登记员及管理员,并限于二月十五日以前训练结束。)(二)决定以三月一日(即阴历正月十五日)为户口普查及设籍开始日期。(三)通过预算。(四)通过调查队的组织。(五)决定本会任期为一年。

(b)监察员的训练 本所自民国二十八年成立以来,业已在呈贡举办人口普查、农业普查及人事登记,每次调查员由本所训练当地小学教员充任,自第一次工作结束以后,并约成绩较佳者常川在所内服务,称练习生,现时担任职务者有十人。自民国三十年春,本所推广人事登记于昆阳,设办事处,招收练习生六人,此次举行户籍示范工作,除本所练习生16人外,尚就呈贡县已受训并已有经验的小学教员中调用25人,在文庙受训,日期为自一月二十七日至三十日,受训期间由会中供给伙食,每人每日以国币三元计,伙食由文庙原有饭团经理,民厅第三科科员杨文定及马培圻，前余往重庆时曾被派在户训班听讲，此次亦约来参加受训，并担任分组讨论时的指导工作。受训完毕时户籍委员会即发委任令，于受训者择优委为监察员，分配如下：（一）昆明市13人，（二）昆明县16人，（三）晋宁县四人，（四）昆阳县六人，内昆阳部分即系本所办事处练习生，监察员训练班课程表列后：

监察员训练班课程表

日目\钟点科	7—8	8—9	9—10	12—1	1—2	2—3	6—8
二十七（二）	地方自治	户籍法	户籍法	调查员须知	调查员须知	调查员须知	讨论（调查）
二十八（三）	调查员须知	调查员须知	调查员须知	填表实习（调查）	填表实习（调查）	填表实习（调查）	死亡原因
二十九（四）	户籍人事登记	户籍人事登记	户籍人事登记	填表实习（登记）	填表实习（登记）	填表实习（登记）	讨论（登记）
三十（五）	监察员须知	监察员须知	监察员须知	监察员须知	讨论（监察员须知）	讨论（监察员须知）	宣布办法发给证件用品

(c)调查员与管理员的训练(三十一·二·二十一)

(一)晋宁 一月三十一日毕正祥与余自呈贡骑马赴晋宁,约25公里,共行四小时半,暂居于民教馆,揣其情形,以为余等决不至到得如此之早,因余住处事前毫无准备,余等至后,自己打扫房屋,整理毕,至县府,适有人打长途电话云:"告诉呈贡陈所长,晋宁训练班各事全多准备好了。"余闻此语,不觉一笑,因余等已看过文庙,地点虽经指定,但室内空空,全无准备。第二日晨起,毕与余往文庙清扫,余取树枝及小刀开旧式铁锁五把,然后将屋内打扫干净,取出草席晒之,旋拿铁锤钉好饭桌两张,并接洽借铺板60副。二月一日下午罗振庵、李绍敏、李桩、张汝培至,分工合作,准备大致就绪。二月二日全县小学教员应该报到。是日县城是街期,但午前无人报到。下午一时以后,两三人成群到文庙内来观望,有人吸草烟,有人持旱烟管,无一人带铺盖者。本县的通令业已说明每人须自备笔墨及铺盖,振庵与余俱云:"非拿铺盖来,不能报到。"下午五时有一位教员,酒气熏人,对余曰:"余家离县城50里,今日不能返家取铺盖,请求通融,准许今夜在文庙和朋友同睡,明日托人去取铺盖。"今日来报到的人数中,有三分之一未拿铺盖,原因有下列数点:(1)从前凡遇集会,大致只须在签名簿上画到,报到以后来听讲与否，可以自由；（2）有些人在家时与他人同床，往往没有敷余的被褥；（3）有些教员在县城有亲友，可以寄宿并与人同睡。二月三日晨六时起床，全体排队由军事教官率领至西门外河沟洗冷水脸，有些教员不带洗面用具及牙刷。余洗面毕，置漱口杯及牙刷于桥上，某教员取两者而用之。归时遇老妇对人云：这些是老师们，约有40位来往，他们甚有精神，刚才洗了冷水脸回来呢！今日第一日上课，余担任户籍及人事登记，共讲6小时，即自七时至十时（十至十一时开早饭），及自十二时至三时（三至四时开晚饭）。旋余至卫生院请盛院长演讲死亡原因，方在院中长凳坐下，有一狗来卧于凳下，不久余觉罩褂徐徐移动，以手拉之，见罩褂下边背面部分已被咬破约四寸。二月四日晨七时余出东门步行向盘龙寺走去，经30分到山脚有"盘龙初地"横匾。由万松寺直奔山顶，至药师殿，内有茶树二，高约一丈五尺，每树开花近一千朵，大如牡丹，色红。由殿前平地可遥望昆明湖，距离约十里，过殿另一小道下山行，有雷神殿、斗母宫、紫金台（内供观音），房屋大致破旧，无足观者，又下山为正殿即祖师殿。此殿称咒龙台，相传元至元七年莲峰禅师游晋宁东山见龙潭，谓可建寺，咒龙迁徙。龙去水滴，遂建寺。台有龛，香火鼎盛。明嘉靖十三年建两廊，后有其他建筑。祖师殿下为大雄宝殿,殿前有梅一,高约三丈,分二干,径逾二尺。方丈云,此梅系莲峰所手栽。万松寺前有一楹联,剑川赵藩撰,周钟岳作隶书,文云:"唐时遗构万松寺,古学分宗三大师。"民国十五年立,晨八时三刻下山至山脚,九时一刻返文庙。晋宁县政府大堂前有一联,措词甚有趣,文云:"讼庭看花落,喜案头政简刑轻,无烦桔梏拘人罪;囹圄盼草生,羡邑中民良士秀,幸免缧绁禁狱冤。知州事戴奇勋撰时光绪丁酉年。"

此次晋宁受训,有小学教员72人,被派为调查员者计56人,乡镇长4人,民政干事2人,保长47人,小学教员计受训9日,其余计2日,课程表如下:

时间 科目 星期	7—8	8—9	9—10	12—1	1—2	2—3	6—8
一	户籍人事登记	同	同	同	同	同	讨论(户)
二	登记填表实习	同	同	登记填表分组改误	同	同	讨论(户)
三	调查须知	同	同	同	同	同	同
四	调查填表实习	同	同	调查填表分组改误	同	同	讨论(调)

（续表）

时间 科目 星期	7—8	8—9	9—10	12—1	1—2	2—3	6—8
五	调查填表实习	同	同	调查填表分组改误	同	同	讨论（调）
六	调查实习	同	同	同	同	同	户籍登记声请书填表实习
七	地方自治	户籍法	户籍人事登记须知	测验	测验	登记须知讨论	宣布办法发给证件用品

经费分目如下：（甲）训练办公费146.20元，（乙）教职员来往旅费共计266.20元，（丙）训练班伙食计3082.45元，（丁）临时雇用工人（卫兵二人，伙夫四人，零工七人）用七天，余自一月三十一日至十一日每日每人约3元，计153元，总计3647.85元。米每升（本地斗）计14.5元，猪肉每斤7元，柴每百斤17元，开12桌饭，每桌八人，用米八升（每升八斤）。训练班连办事人及受训者人数最多时145人。

（二）昆明市 二月七日晨十时二十分，余自昆阳南门乘西南运输处卡车至昆明东门外三公里处，车费25元为司机"私货"俗称"钓黄鱼"。找挑夫担行李到北门街，景汉告余昆明训练班概况如下：（1）社会局孟立人局长因本市小学教员的缺乏，招考壮丁受训，于二月三日起在武成路华山小学上课。（2）本市物价高贵，监察员每人每日发津贴7元，打破每日3元之例。（3）周荣德伴监察员13人住于华山小学内，以资照料。（4）有人到训练班对于训练提出批评。要点列下：（甲）课程表排列欠佳，因户籍法仅一小时，且排在末一日。余谓《户籍法》系专门法律，一般调查员（小学教员）大致不能了解，势难于短期内作详尽的解释。由该法内提出于户口调查最有关系者若干条粗解之就是。此课排在末日，俾调查员与管理员（保长）可以同时听讲。（乙）训练班所用者为民国二十年所颁布的《户籍法》，而非二十三年的修正者。余曾比较研究，将其不同之点注明，但所修正者仅属不重要的字句，去年余自内政部带回的修正本，曾与之比较，知漏文七条，其余条文内有若干错字，近已全数更正。李成谟兄演讲《户口普查条例》时，认为《户籍法》的修正条款，仅有骑缝盖印一事，虽实际所修正者不止于此，但所修正者，俱无关宏旨，确系事实。（丙）户籍登记声请书中不应采用符号。此点余曾注意，并已于参加晋宁及昆阳训练班时，在户籍及人事登记须知中，逐条加以更正，并拟嘱昆明市及昆明县两队照改。

二月八日晨八时至十二时，余参加昆明市调查员实习。第11监察区监察员周沛率调查员7人，分配在民权街调查，第12监察区监察员昌用五率调查员7人，分配在洪化桥，第13监察区监察员蔡锡恩率调查员15人，分配在富春街。调查员中仅有小学教员1人，余为考取的壮丁。壮丁流品不齐，识字不多，余所见者有鞋匠、成衣匠、纸烟店主、农夫、保长候补人等。户口调查表填写时错误甚多，其显著者如下：（1）婚姻栏有些人误填，因此同是一人可以有下列情形：未婚及配偶，离婚及鳏寡。（2）教育程度栏填"军戒"意指军界。（3）行业栏错误最多，有些人把行业与职务俱填"自营"，有些人在行业栏填"皮草"，意即皮衣庄，在职务栏填"国民兵"，意即皮衣庄中有人正当国民兵。晚孟局长召市府负责人开会，报告壮丁不能胜任的情形。余谓彼等是乌合之众，决难充任户口调查员，遂提议恢复原定计划，俟其余三单位调查完毕，调用其调查员。景汉、荣德附议，市府各人赞成。

二月九日，景汉兄因昨夜吐泻，促余代讲户籍法及户口调查，时间为自八时三十分至十时五十五分，听讲者为区镇长、保长、警察约250人。荣德接讲人事登记及地方自治。下午一时半户训班结束。余返办公室，嘱昆明市县监察员按余所提出各点，修改户籍及人事登记讲义。

二月十日晨八时至十二时阅毕人口问题学期试卷16本，及读书报告16本（本学期尚有报告16本，前已阅毕），劳工问题学期试卷10本，读书报告10本，另10本前已阅，经评定分数后即自送至成绩股登记。顺便至系办公室一览，入门见统计图一张，自墙上堕地，又见碎纸满屋，知办公室久无人去，为余任教19年以来所罕见的情形。

二月十一日清华以节约储蓄券12万元向富滇新银行借到8万元，以李子厚厅长及梅月涵先生作保人，月息一分，以六个月为期。此款因中央拨款20万元未到，暂为户籍示范委员会借用。下午姚佛同与余往民厅，交借款合同，请盖章，余并致厅长函，报告四单位户训班经过情形，孟局长在海棠春宴户籍会一部分职员，报告市府已决定提高小学教员待遇，由每月薪金105元加至200元。

二月十二日晨七时至玉龙堆袁宅问周惺甫部长住处，即往太和街太和饭店，时晨八点四十五分，有人扫地，周出门已15分钟。余在卧室坐待，适教育厅周栗斋秘书至，告余曰："余前肄业日本京都大学时有友人与君同姓名。"余曰："此事甚巧"，可述其略于下。民国十九年春，余应夏威夷大学之请，讲学半年，归时经日本，过京都时，往访同志社大学某教授，因此君前亦在夏威夷大学讲学。此教授告余曰："余已约京都大学某教授同餐，因系阁下所熟识者。"某教授至，不相识，乃曰："前有与君同姓名者在本大学习经济。"余曰："民国十四年时美国洛氏基金团，曾指派委员会在中国各大市调查社会情形。余为委员之一，并于旅行武昌时与陈君相遇。"余离京都后，即乘火车至高丽，抵京城，寓朝鲜饭店，该处的旅客名单每日在报纸披露。一日某女士以电话告曰："老友经此，前来相访。"不久有叩门者，余启门视之，一女士与余对立，笑而不言。余请入内，适我国驻高丽副领事在座，时以日语助我解释。余告以在京都所遇的趣事，知女士在京都求学时与陈君友善，并嘱余返国见陈君时，转达相念之意。

下午五时周部长返旅馆，余报告户籍示范工作大概，并云户训班分四个单位，已于十日结束，除昆明市外，成绩尚佳。但中央允拨之20万元，恐不敷用，周部长表示可以追加预算，但云南省政府与清华允出之10万元，必需先付，然后向中央请求续加经费，方有正当理由。梅月涵先生适在太和饭店作证婚人，余即向周部长介绍。不久周部长、张西林厅长、熊迪之兄与余同赴李希尧处长公馆晚餐，丁又秋厅长、袁蔼耕先生与梅先生后至。晚十时梅先生与余同车返，余往孟局长宅，报告周部长允于二月十七日下午，向昆明市小学教员训话，以资淬励。

二月十五日旧历元旦，老友虞谨庸长女佩曹，系本系学生。因今日游石林，昨夜在我家住宿。又研究生戴震东亦寄宿我家。旭人因复兴公司与富华合并，于昨夜才返家。梧荪定于今夜聚餐，除全家各人外，尚约震东兄。今日呈贡过旧年，光景与往年同，门联可注意者仅下列一件：遍观天下皆春色，惟有我家只素风。

二月十七日下午三时周惺甫部长在武成路华山小学训话，听讲者约700人，有自治人员（保长）、警察及小学教员70余人。演词大概如下：户籍行政为庶政之本，内政部近已竭力注意户政的推行，并劝本市小学教员努力参加，以完成户籍示范的目标。对于末一点并声明蒋委员长已在县各级组织纲要里阐明广义的教育，以为教育工作不仅指课室实包括社会服务及生活适应。且谓四川的户籍工作，凡受教育界帮忙者，其成绩较佳，因此昆明市小学教员可以得着鼓励。余报告昆明市县、昆阳县及晋宁县户训班工作概况，并宣布昆明市重新训练小学教员，自二月二十一日至二十五日，以西门外市立中学为食宿及授课处所。本会仍按每人每日津贴膳食费3元，不足之数由市政府补给。裴市长主席，到会者有清局长、孟局长、李景汉、戴世光、周荣德诸兄。

晚七时梅月涵先生与余在西仓坡设宴，到者有周部长、龚厅长、李希尧处长、孟局长、李景汉、戴世光、周荣德诸兄。周部长谓云南旧习惯，往往有人于除夕听吉利语。某家有得功名的兄弟二人，于除夕藏于门后，其父在门前经过曰："明年一个人中举，一个人中进士。"兄弟二人认为这是父亲的戏语，改换地方，向其宅边门藏匿。邻居一老人，因儿子淘气，正厉声责备曰："父亲所说的话句句是真的，你要记着。"席间有人提出新年吃饵块的习惯，说是云南的古风。相传昆明县官渡镇杨家的饵块，舂工最好，煮时不碎，吃时甚脆，且汤清不混。去年呈贡李悦立县长送我们数筒，觉得比平常为佳。我家旧历元旦，从李嫂之说，全家亦吃饵块。警务处长李希尧谓政府因抗战期间禁人民放鞭炮，因此昆明市与呈贡新年鲜闻鞭炮声。

昆明市政府为鼓励户籍调查员起见，决意提高小学教员待遇，由每人每月105元升至200元，各小学教员表示满意，乃决定重新训练户籍调查员，日期自二月二十日至二十四日，地点借用小西门外市立中学。届时报到者教员152人，校长23人，以校长为监察员，负管理之责。授课者有李景汉、周荣德、史国衡诸位。小学教员中女性者占三分之二。有一位于听课时哺乳，态度从容自若。每日开饭两次，晨十时及晚四时。每桌八人，菜四味，即炒茨菇片、萝卜肉片、豆芽菜、乌笋豆腐，外加苦菜汤。户籍会津贴4500元即前次训练余款，余由市府补足。余谓本市训练班伙食较其余单位为优。受训者成绩亦甚佳，于填表实习时可以看出。有几位小学教员，并批评少数监察员，认为他们有些问题，其了解能力尚不如小学教员。余谓女教员对于户口调查特别适宜，因为往家庭访问时，常有与老妇人相谈的机会，彼此可以畅所欲言，必可提高调查工作的可靠程度。

（d）户政宣传　阳历二月二十日至二十八日（旧正月初六至十四）为宣传期。宣传方式如下：（1）政府布告，有民政厅告示，该告示共1245字，其详尽程度为历来告示中所罕见，业于二月底分发各县市。昆阳与晋宁，大部分于三月一日前接到，虽晋宁县六街地方，迟至三月十三日余巡视至永宁乡公所时尚未贴出。昆明市的告示亦迟至三月六日尚未贴出。昆阳县政府的告示由汝江拟稿，县府盖印，曾于宣传期内贴出。民政厅告示400份，分发于三县一市，三分之二的保可分得一份。（2）户政宣传画，一套四张，分别描写户口调查、出生、结婚及死亡，共印200套，约三分之一的保可分得一套。昆明市得30套，昆明县得80套，昆阳县得50套，晋宁县得35套，本会保存5套。昆明市25镇，论理每镇可贴1套，但因分贴时欠有计划，余仅在冲要街面见过4套。昆阳县与晋宁，除在热闹地段贴整套外，大致分散贴出，贴一张或两张不等。

汝江云：昆阳民众最爱结婚画，因书中有新郎新娘，俱穿红色衣，装束悉按本地习惯，意义明显，容易了解。其次为出生画，纸上端画一个婴儿；右边站有甲长，甲长云："恭喜大小平安"；左边站有户长，户长说："请老师帮个忙，填写出生登记。"（3）口头宣传：昆阳自元旦至中元节，花灯盛行。唱花灯者成戏班，自备行头，讲究者其服装如下等滇戏班，不讲究者除女戏子用胭脂花粉外，余人仅穿普通衣服。唱戏者沿村而行，遇有要唱的人家把他们留住，供食宿，另给低微的酬金。昼夜多可唱，夜间演唱时用灯，故曰花灯。戏场用庙或旷地，有搭台者，有不搭台者。戏有底本，或无底本。花灯戏取材于京戏，滇戏或民间故事。普通的剧名有《卖花记》、《杀子报》、《金铃记》、《烈女传》、《蟒蛇记》、《三孝记》、《安安送米》、《西京记》、《滴血成珠》、《张小二从军》、《枪毙罗小云》等。关于《滴血成珠》，剧情的大概如下：古成璧（夫）、赵庆尧（妻）遇乱久别，重见时妻欲显其贞，滴血于杯，凝结成珠。《张小二从军》是话剧，目下尚无脚本，唱者自编，鼓励从军。七七事变前，昆明日领馆低级职员罗小云，替日人收买书报等，供给消息，抗战军兴，罗当汉奸，被本省政府枪毙，无脚本。口头宣传者组成小队，有保长、甲长、小学教员等，往往利用花灯机会，在唱戏之先演讲，或于唱戏者休息时演讲。（4）宣传大会：宣传会是口头宣传的一种，大致以保为单位，由保长召集，出席者除保长外，有甲长、户长、监察员、调查员等。开会时或在晚间或利用街期。演讲者或为监察员或为调查员。

（e）总干事的巡视　当调查进行时，余以本会总干事之名义在示范区各单位巡查，共计二次。第一次自民国三十一年三月二日至十八日；第二次自三月二十七日至四月十七日，其主要任务如下：（甲）视查工作进行的概况：各单位间的工作，务期平均发展，庶几于结束时，在时间上不致前后相差太远。（乙）纠正错误，交换意见，讨论问题：凡由表格或调查员须知所发生的错误，必须随时纠正。凡有各种问题或意见必须提出讨论，以收切磋琢磨之益。（丙）指示新办法，提高工作的正确性及统一性，对于过去的办法，有时须加修正，对于新办法有时必须增加。某一单位对于表或须知有不同的解释，以致发生不同的结果，将来的统计及其他材料，即有缺乏统一性的可能，因此须及时更正，以期提高工作的正确性。（丁）提出工作改正的建议：随时遇到改进工作的机会，即须提建议，使示范区各单位得到改良的利益。总干事对于全部工作，应作提纲挈领的指导。

前述巡视，系繁重而费时间的工作。今就第二次巡视中，举昆明县玉案乡及昆阳县内甸及九波乡为例。

四月四日十时，余自昆明县政府骑马出发，十二时三十分到黑林铺，张科长即在彼等候。过筇竹寺时，拟作第二次游览（第一次来游时，在二十七年春），惜因中央军官学校驻兵，余因未带公函不得入。下午三点三十分到龙潭，即乡公所所在地。自筇竹寺入山，约半小时，经龙打坝。此地四方有山，中有平原，夏日狂雨时，积水深数尺，不能行人者往往在一星期以上。水来时甚速而急，数小时内积水盈尺，俗称龙打坝。下列各村虽不经过，但由其近处上山：左面有大花红园、大麦芋，右面有路通富民，所经的村仅茨沟一处。玉案乡共14保，由龙潭北至富民界（松林村）30里，西至罗次界100里，俱是山路。一保与二保说民家语，包括大小村、多衣村、河尾村等，共3000人。三保与四保说夷语，包括麦芋、花红园、茨沟等共440人，五保、六保、七保及八保说黑夷语，最高处为小妥吉及明朗坡。九保、十保、十一保及十二保说白夷话，十三保及十四保说汉话。自九保至十四保巡视一次须八日，自一保至八保亦须八日，监察员萧汝增的巡视工作如下：九至十四保一次，三至四保三次，五、六、七、八保一次，一至二保近乡公所，常往巡视。

五日晨六时起抄表四个，余与萧往多衣村抽查。各人中间自己谈话时用民家语。表中年龄岁数俱无错误，间有与属相相比时差两三岁者，谅系记忆不清之故。生月与日有些人不能记忆，有些人回答时与表中所载不同，错误约占四分之一，表上户中各人未照《户籍法》亲等次序排列者甚多，足见萧未先审查表格然后嘱调查员抄写申请书。晨十时三十分骑马出发，一时三十分到小妥吉即八保公所，完全行于山中，山坡仅有人行道，路不平，有些地方不能骑马。山沟里偶尔有稻田，秧田下种在一个月前，秧已长至一寸半，因地高天冷，须先下种，否则栽稻难熟，山上有稻及麦，成绩俱不佳，有些豆田所收的豆尚不够豆种。山路甚小，运物时用背箩，背妇用木板一块夹颈而行，无人挑担，山坡无坝子，多数居民以背柴为生，一人背约80斤。山上有小丛林，无大树。近小妥吉处，树较大较密，有炭窑。小妥吉有小学校，于民国二十九年成立，称明朗乡第五初级小学，至三十年末已有毕业生60人，常年经费新滇币1000元（即国币500元）。由四村公有的松包及私人买卖树木项下抽10%得来，有基金国币1450元，有教员一人即由保长兼任，男生42人，女生8人。

由小妥吉（28户）至大妥吉（47户）3里，至白汉厂（8户）15里，至滥泥箐（40户）6里，至白望寨（6户）10里，至利麦10里。

余携调查表至村中抽查，觉得错误甚多，例如某户太太姓熊误为姓李。又关于岁数、生月、教育及职业各栏，错误相当多。余对萧曰："调查员未曾到此村挨户调查。"甲长始吐实曰："老师因兼任保长职务，往往不能离保公所，乃每户召集户长一人，集中于保公所举行调查。"自龙潭至小妥吉绕过三山，未翻山顶。

下午二时三十分离小妥吉，五时至起台村，翻一山，往前行又越一山，六时十分到章白村（七保公所）七保教员前曾患病，近已愈，五保教员来取表册，同进晚餐。用苦刺花作菜，为余初次所尝者，花似金雀花而小，色淡黄，生于刺树，山中路旁甚多，吃饭时人人用市酒。保长曰："我们白天辛苦，到晚间喝酒以活血，把苦处都忘记了，因此明天又可以吃苦，一天一天都如此过活。我早饭用酒四两，晚饭用酒半斤。"八时四十五分保长伴余抽查，保长提菜油灯入一门，室内有六人，此室方约八尺，无灯，三人已蒙头而卧，余三人聚谈，两户俱夷人。萧问，由保长及老师翻译，男子大致能说普通汉话，妇女不能，答案确实。又至一家，一人围火堆而坐（树枝烧灰成堆，散布在室内土地上），有男童7岁及5岁者各一人。答案与调查表几完全相符。又至一家，58岁的老者一人方洗脚，略懂汉语，因耳聋，往往所答非所问。

返老师宅，萧纠正表中及声请书错误。保长约余至厨房烤火，厨有两眼灶用烟筒，灶门外有长方火坑长六尺宽三尺，坑内有树杆二，上架柴，铜壶一，煮开水用，离坑一尺许有床，高不及一尺。床边有草蹬，以稻草盘织而成。客来坐床上与草蹬上烤火，火放在坑内壶底。今晚的闲话如下。保长说："背炭者生活最苦，由罗次边界背炭至龙潭，须步行一日，次日复背往昆明市去卖。在罗次买进时每100公斤120元。在昆明卖出时，价加一倍，但十分辛苦。烧炭人相形之下，比较还舒服些，因无须长途旅行，不过他们不能穿好衣服，有时甚至裸体，他们要时时在炭窑旁边，特别是由窑内取炭时，大约在鸡鸣辰光。取炭不能迟半小时，否则木材烧过火了，就变成灰烬，好在不是每晨出炭，乃隔一日或两日出炭一次。"乡公所乡丁云："山中人对于某种信仰，往往是很深的，例如近乡公所有一龙潭，水清而深，鱼甚多，但无人敢入内捕鱼，因据传说，从前有捕鱼者往往淹死潭内。惟到雨季水涨时，浅处亦有水，有些鱼游出，乡人用竹箩罩之，每尾五六斤不等。"老师云："立章白约205户，1000人，主要职业是毡，村人自昆明市买羊毛，运入织帽及床垫后，再带至昆明去卖，因此几乎每日有人入省。两年半以前每床垫约国币5元，现售200元，村中水缺碘，患大脖子者男女约30人。"

立章白地势颇高，天气甚冷，所种青菜，往往仅数寸，其他农作物亦不茂盛，蔬菜大致由马街买来，马街离此约40里，处于山脚平原。

晨一点十五分用消夜，有市酒、腌肉、炒苦菜、炒蒜薹，外有一特别菜即生田螺肉，用醋、姜、芝蔴酱及香菜冷拌。余曰："在云南已四年余，在深夜用消夜者此为第一次。"余人狂饮，饱食，醉后胡言乱语，往往一句话三番四次地说去，人人一样。例如："减轻人民负担，是我们的责任，这次办理户籍工作，有人说是让老师们找些烟酒钱，其实主要的是保长对于开饭有办法才能维持工作呢！"余约于一点四十分解衣睡在老师床上，次日晨在衬衣上寻得白虱五。

四月六日晨六时四十五分起，各人尚睡，余促人去找乡丁，预备喂马出发。有人闻声即在梦中大声曰："这是睡的时候。"余洗脸后，同一盆水另外尚有二人用之。余呼萧起，向第五保出发。至保公所，保长不在，办事员亦未起床，经二次催促始来，余等至白眉村学校，教员已返家三日尚未返，校设在鲁班庙内，有一联云："孔子殿下卖文章，无非求教；鲁班门前弄大斧，敢是投师。"萧与余向土底村行，行于豆田中，遇暴雨（晨八时至八时二十分），大雨滴自帽直流，上身因穿羊皮猎装，虽湿未透，裤袜与皮鞋湿透，九时至某老师家，未起。萧入厨烤火，余因雨后天气转冷，且半身尽湿，冷至发怔，不敢坐停，即往前行。上山坡，疾行45分，才觉回暖，保长派一马随后赶来，过山哑口，望见龙潭，下山行，十一时三十分到龙潭。午饭后十二时三十分离龙潭，下午三点零五分到筇竹寺山坡。乡丁二人返，余下山，至黑林铺坐马车，五时至大西门，返北门街寓所休息五分钟往太和街李希尧处长公馆拜访周惺甫部长，不遇。

四月十日晨九时半，汝江与余向昆阳县的内甸及九渡出发。在出发前，余于近县城三里的储英舍村宋家，见其正屋贴有供奉各神的牌位，足以指示乡间一般的信仰，文云：

招财进宝，文武财神。

大成至圣先师孔子。

敕封有感，奎罡净神。（罡音冈，道家称北斗星曰天罡。）

天地国亲师位。

东厨司命，灶王府君。

本家侍奉诸佛菩萨。

宋氏门中历代宗亲香席。

此家的信仰，与普通人家一样，种类甚多，包括儒（孔子）、佛（菩萨）、道（奎罡）、祖先（历代宗亲）等。所以我们的户口调查表，列有信仰一问题，可谓与我国的民情适合。但此家最惹起我们注意的是，"天地国亲师"的崇奉。自民国成立以来，民间把"君"易以"国"，实是共和精神逐渐普遍的象征。

此家壁间挂"八百壮士闸北奋战图"，图有三色，系汉口统一街正兴公司出品，卧室门上有一联云："书到用时方恨少，事非经过不知难。"盖其家长子是保国民小学校的教员，文化水准较高于一般的乡村家庭云。

汝江与余由昆阳县城骑马，沿昆玉汽车路南行，至和尚庄入小道，十二时三十分到宝山乡公所（新街），一路平地，道旁秧田今日才见有撒谷种者。与余三日前在昆明县玉案乡所见者不同，彼时山乡秧田内之秧，已高一寸半至二寸。

下午二时自新街出发，步行，找一人挑行李，经后所，从潘廉泉住宅旁走过，潘为内政部长的副官，前月与余同乘公共汽车至昆阳，在昆明车站检查行李时，余见潘箱内满装新式衣服及化装品，如印花被单、新式手帕、西装、衬衫、香水、肥皂等。西装衬衫谅为潘自用，余则疑为其家人所用。潘本人架八角式眼镜，纯粹都市化。余以为其家内各人亦已接受都市化生活；哪知其兄为保长，家中各人，尚完全是农村人物。潘在村时，本亦畔庄稼，数年前离村往昆明龙主席公馆任勤务，后随周部长往重庆充副官。今见其人，决不能想象其出身于农村，并且全家（连妻与儿女）尚完全是典型式的农村人物。足见社会环境对于一般人有深刻的影响，并以见文化失调问题的严重性。

后所经过后不久即翻石官坡，这是高山，由山脚至山顶须40分钟，过此山即内甸乡界。因此山甚高，凡往内甸者称为"进内甸"，由内甸出来者称为"出县"。此虽高山，但依云南习俗，仍以"坡"名之。时贤描写滇俗，有句云："清泓一勺皆称海，万丈高山尽是坡"，颇为逼近事实。山后经石坝不久即至椿树营，时四点三十分，因保公所无人，余等即在一客店食宿。此客店为一农家，五日一街，逢街子日卖饭，同时卖其他日用必需品，平日除非遇有来往客人，并无买卖。余等在四川人店中买些腌肉，在客店内请主人预备便饭。主人由菜园中摘苦菜，煮饭，是日天气狂热，饭后余饮水不停，此客店中间有天井，方约一丈，阴沟已塞，秽水积至三寸。右边为猪栏，旁为鸡栏。余等吃饭时，公鸡由饭桌上飞过，饭后主人请余等入左室休息，室有两床，漆黑无光。夜间余时睡时醒，难以安眠，因臭虫、跳蚤、蚊虫大显其身手。

蒋老师原籍昭通，迁此已60年，在此任教。充一保、二保及三保的调查员。调查早已完毕，但峨碧村尚有44户未经调查，因彼处近有传染病，俗称酥疫病，患者大发热，常思饮水，热度不退，一星期后如眼珠发见红点即死，全村已死10余人，一家人如一人患病，他人迟早被传染。椿树营虽有20户，本村及邻近无医生。蒋老师在此开设小铺，各式俱卖，入夏每年约销奎宁丸500粒，万金油、八卦丹亦畅销，今年因村中尚欠其去年的米贴，未肯接受任教之请求。

四月十一日晨七时由椿树营骑马出发，十时至老江河，下午一时三十分到夕阳街即内甸乡公所。余因昨夜睡不佳，今日头昏，便黄，神志迷糊，今日天热风大。风中带来热闷之气，一如热带日中时光景。夕阳街较低于椿树营，昏热远过之。是否因四面有山，不通风之故，不得而知。余即睡，下午四时起，即在乡公所晚餐，旋第四保保长交入款项单据，请乡长核办。今日本乡十一保保长俱因事在此开会，乡长顺便提出此事作报告云："有些开支似乎不合理，例如炭火盆，因目前天时不冷，无此须要，又如送信一笔，列国币500元，骇人听闻。全项报告国币4789元，余以为789元，因不合理主张取消，余4000元，由第四保担任一半，其余一半由其他十保均摊。"除第四保保长外，在坐保长均表示赞同。按三月前有易门县壮丁六人送兵至玉溪，返时经昆阳，至内甸第四保时，被匪击死壮丁三人，抢去来福枪四支。前述出款即为办理此事的用费，每日开饭四桌，共用米八斗二升（昆阳斗每升八斤），酒80斤。凶手尚无线索，但已用去国币4000余元。地方自治的有名无实，于此可见一般。汝江与余入内甸时，经第四保出事地点，尚见三尸用树叶盖起。我们在昆阳时，县长已接报告，力劝我们派壮丁两名随行，以资保护。

四月十二日晨八时自夕阳街步行45分钟后到大摆衣（即九渡乡公所）。九渡乡共12保，由此至江边，即本县的极西端约120里，因系山路，气候颇热，很少有人来往。从前开乡务会议时，西边的保长大致不出席。关于此次户籍工作，本乡仅有调查员二人曾往昆阳受训，因此对于填写调查表错误特多，监察员陈宇纲乃建议召集12保的调查员于乡公所，施以短期训练，以便指导并填写声请书，各调查员遵命集中，自四月三日起在乡公所填写声请书，有八保已将工作完成，调查员亦已分别归家；另有四保尚在工作。余审查其工作得下列的结论：（1）师资程度较低；（2）字尚工整；（3）户中各人的亲等次序，大都未按《户籍法》的规定；（4）所填识字一栏甚觉含糊，因识字者如不再按教育程度分别，未免含混，因自写姓名者及大学毕业生俱可称为识字人。

全乡尚未开学,县督学从未到此视察,腐败不堪。昨夜乡公所有人打麻雀,同时有人被窃去一小衣包,真是怪事。

离大摆衣山行五里至旧村,是夷人村落。有些人住土仓房,屋顶甚平,预备晒谷子,及打豆之用。夷女说夷语,男子大概说汉语。余等至伊某家,其住屋完全汉式。煮茶时用室内空地,用一铁圆圈,圈内有三铁条,壶即置于其上。入大门时有一短墙长约六尺,高约四尺,似屏风,上端有凹处二,亦即置柴炭喂开水处。奉"天地国亲师"牌位。老者年63,喜打猎,逢初一及十五必出门往山中打猎,其打野鸡的设备如第四图所示:按前图(甲)是粗木杆;(乙)是铁锥,预备拴入土;(丙)是较小的树枝;(丁)是麻绳。在山上找出适宜地点,将此设备安好,绕成一圈,把诱子公野鸡一,置于圈中,趾间缚以绳,系于地下木钉。(庚)是圈外的木杆,和(庚)一样的木杆有五六杆不等。(戊)是粗麻绳,(己)是马鬃一条,做成一圆圈,用活结。捉野鸡法如下:天未明,在山上安置如上所述,诱子一叫,公野鸡即飞来,因性好斗,公野鸡在外绕圈,不能入内,往往将头伸入马鬃圈,圈即缩小,将野鸡颈扣住。

第四图　昆阳县夷人捉野鸡

十二日正午返夕阳街，正逢作街日（阴历二与五），赶街者约 200 人，人数如此之少，因近处有戏，并值割麦豆之故。赶街者往往用四种语言，即汉语、夷语、阿宜语及麦冲语（一保、二保及三保的一部）。由玉溪来的夷人，有最鲜美的服装，女子戴帽，帽用黑布，蓝襄边，帽背尖端有尾，头圈用银混合物，粗圆一条，此辈大致是未嫁的女子。其余夷人妇女梳头于后颈，用黑布包头。（昆明县玉案乡夷人，梳头于顶，亦用黑布包头。）夷女一概天足，穿衣用阔襄边，束腰穿裤，裤脚绣花。夷女用背箩，箩用马鬃索安于头部，行时常以手按头部，如第五图。另

第五图　昆阳县妇女背物

有夷女的背箩，用木板一块长约一尺五寸，宽约五寸，中间有空处预备颈部套入，亦用马鬃绳，男子大致赶马。

内甸乡山中往往有铁矿，居民用土法开采，并用土法镕化。镕铁炉的构造简单，大致位于河边，利用水力作风箱，输入空气于炉内以利燃烧。炉是泥土做的，高两丈宽约一丈，先以圆木作柱，用土砌成，中间留一圆空处，预备放铁砂及柴炭，一层砂必夹以一层柴，烧约24小时，炉底是砂地，甚平。镕铁流出，结成片，大约二尺见方。用马拉至昆阳县城去卖。如第六图所示。

十二日下午四时离夕阳街，陈宇纲老师供给两马，余等有些物件托陈的熟人带回。步行一小时至大风口才见一

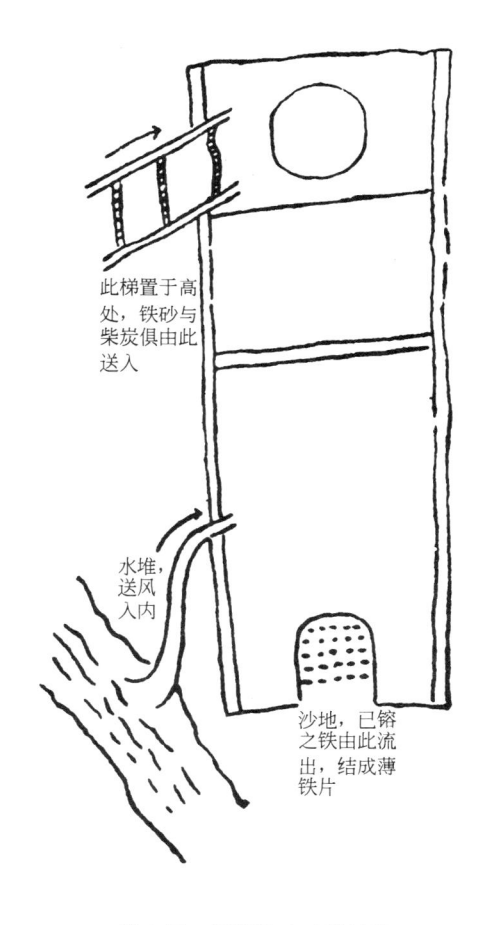

此梯置于高处，铁砂与柴炭俱由此送入

水堆，送风入内

沙地，已镕之铁由此流出，结成薄铁片

第六图 昆阳县土法镕铁炉

村，约有20户。山间饮水是大问题，往往不能使许多人家住在一处。夕阳街的水，须由坡下挑上去，距离约半里。离夕阳街附近，山坡上尽是梯田，但最高处不过半山。水由泉中放出，灌溉尚足敷用。大风口得水比较困难些，所以住户不多。不久经法古甸，即麻风院所在，有男女病人23人，因院长不在，把门锁起，病人的供给由各村摊派。山中闻公野鸡叫一次，惹起我的注意。七时到老江河（双河厂）住于陈宇纲家。陈父去年八月在昆阳人事登记班受训，今年在本村任保长，年约60，患伤风，余授以万金油，因山中难得药品，本村20户，离村数里尚有14户，无医生。陈云内甸三村（老江河、双河厂及杨都河），九渡乡一村（塔克冲），原是汉人村落，余尽是夷人村落。这是表面话，实际夷汉久已通婚，血统紊乱。宇纲介弟，娶甸尾夷女为妇，宇纲有侄12岁，为其长兄大儿，余认其面貌如夷人。宇纲一家尚且血统混杂，所谓夷人村落，其混乱情形当更甚。内甸与九渡应为研究夷人汉化程序的适宜处所。余以为在历史上，此地的夷人必居于平原，待汉人到来，逐渐把夷人逼入山中，经过若干年后，汉人变为平原的居住者，夷人是山居者，邻近各处皆然，其经过谅是一样的。

  宇纲家中用晚餐，有野鸡，每只需国币10元（中日战前值二元五角），及带皮的油炒蚕豆，饭毕洗脚入寝。

十三日晨六时起，出后门见有小型炭窑三，每窑的上半截用土堆成圆锥形，高五尺，圆四尺。烧柴堆在里面，用土糊好，锥底小孔，输入空气，使柴在里面徐徐被烧（俗称"乌"），不可燃烧太速，否则柴被燃后成灰烬。此种炭只能镕铁时入炉之用。

汝江与余各骑一马，八时离老江河，十一时三十分到椿树营饮茶，十二时三十分起身，一点四十分至石官坡山脚，二点二十分至宝山乡方面山脚，四时至新街。新街本日作街，翻石官坡时，见一群一群的天足夷妇归去，最远者为椿树营，汉女仅一人，缠足，但由内甸到新街赶街者不多，足见石官坡是天然的障碍。

汝江与余及二政警在饭馆晚餐，白菜肉二碟、香椿肉一碟、咸菜肉一碟、白菜豆腐汤一盆、饭十碗共25元，饭后归乡公所，余用办公桌为床，汝江用现成床，隔壁是办公室，有人打麻雀，一人云："洋烛一支计6元5角。"汝江与余晚八时三十分就寝，余时睡时醒，因受打牌者所扰之故。午夜十二时，牌声止，赌徒下楼，吹鸦片。有人云："要吃消夜者快走"，谈话声渐小，余亦入睡，俄而又被惊醒，似有人推门，汝江与余同声曰："整哪样？"答曰："我要进隔壁房间去"。晨四时，有二人阔步上楼梯，余又醒。次日问之，知二人之一为某督学员，打麻雀后归乡公所就寝，此人有鸦片大瘾，虽受委为督学已满半年，未曾离县城一次下乡查学。汝江劝过三次，无效。因有些学校不上学，有些教员久假不归，俱影响人事登记工作。此次因新县长接篆，此君到乡视学，惜值乡间收割豆麦，学校然例放农假，不能视察，乡村教育的实况如此。

宝山乡公所有乡长一人，副乡长一人，民政干事一人，文书一人，每人每月得公费35元（两个月来每人增至49元），在乡公所开饭，每人每月饭贴150元，由乡公所支付。另有乡丁三人，下乡去收款时可得"非法"的"外水"，昨夜打麻雀的就是他们。

某县长有鸦片瘾，其夫人亦然，上任时带来叔岳父，任承审员（县府另有法官，此人不过帮同办事），亦有烟瘾。县府有秘书由民厅委。但县长另带私人秘书一人。

某县长有纸烟大瘾，一日吸红锡包三包（十支装）计30元，酒亦有大瘾，每夜用升酒半斤，其夫人有鸦片大瘾，及纸烟大瘾。

昆阳自某县长接事后，将平定乡乡长捕入拘留所，已两星期未审问。家中人对于衙役已用贿赂钱约300元。

自昆阳县至九渡乡路线及日程如下：四月十日自县城沿汽车路至和尚庄，入小道经昌家营至新街35里。自新街经白柳庄后所翻石官坡入内甸经石坝至椿树营25里。十一日由椿树营经双河营料草老江河双河厂至夕阳街60里。十二日自夕阳街出发入九渡至大摆衣，经旧村、小山返夕阳街15里，下午四时至夕阳街经大风口、法古甸，宿老江河30里。十三日自老江河出发经椿树营、石官坡，宿新街55里，十四日离新街步行至昌家营乘公共汽车（八时二十分开，四十分到）到昆阳城。

（f）人事登记　前述各户既已声请设籍，每户并依法作户籍登记，户内各人俱应分别记载。该户以后如遇人事变动，可就变动的性质，随时分别声请登记。

此次户籍示范工作，自户口调查至设籍完成，虽属户籍登记工作，但对于人事登记业已建立基础，因户籍与人事登记，实有密切的关系。本会乃于民国三十一年四月二十五日在云南民政厅举行第二次会议，以大部分时间注重人事登记的讨论。

（一）登记项目　按《户籍法》（51—89条）人事登记共有九种，关于人事变动包括至为详尽，惜因我国人民对于此项登记，尚未养成习惯，一旦骤然施行如此严谨的法律，恐难生效。民国三十年二月二十一日，行政院县政计划委员会户口组开会时，余乃提议修改《户籍法》人事登记部分，主张于法律施行之初，暂择其基本而易行者先行登记以资试办。并《修正户籍法施行细则》第20条后经内政部修正，规定人事登记暂以出生、结婚、离婚、死亡四项为登记项目。本届户籍示范工作，即依《修正户籍法施行细则》所规定的四个项目，试办人事登记。

（二）登记机构 《户籍法》对于人事登记，利用地方自治的机构，如乡镇公所，并借重地方自治人员如乡镇长、保甲长等（第10、13条等）。以理论言，此种规定似属可行；以事实言，目前与最近的将来尚难普遍地采用。前述清华大学在云南呈贡县，自民国二十九年以来，试办人事登记，呈贡县将管理的责任，责成于乡镇长及保甲长；将登记的责任，责成于小学教员。全县有81保139村，共有国民学校81所，以保小学为中心，将全县划成81登记区，共有登记员94人，每区内有小学一所，因此必有负责登记的教员。每登记区共约有200户，共约1000人，面积约有6.9方公里。

上述办法在过渡时期实是需要的，本会简章（第2条）业已声明采用呈贡的经验，但同时于可能范围内，促成《户籍法》的施行；乃请民政厅令示范区各市县政府，根据法律赶速完成人事登记的机构。并决定于民国三十一年五月一日开始人事登记的工作。

（三）人事登记员的训练 当民国三十一年春初，本会举办户籍人员训练时，业已包括人事登记的训练，因此训练课程特别注重户籍及人事登记须知。户籍调查员及登记员，实际是登记的技术人才。人事登记既是紧接户籍登记继续举办，应由已受训并有经验的户籍调查员担任登记员，以资熟练。户籍示范区各市县政府，大致借重上述人才为人事登记员，虽对于后者往往再加训练，以期提高工作效率。

（四）人事登记声请书及人事登记簿　依《户籍法》的规定，各户于设籍之后，遇有人事变动（如出生或死亡等），应由户长声请登记，由乡镇公所载入人事登记簿。在户籍示范期间，人事登记和户籍登记一样，所有关于人事变动的登记，亦可暂由小学教员代为登记。一俟人民惯于登记之后，及乡镇保甲长熟悉登记手续及技术之后，所有人事登记，俱可依法律所规定者办理。

（五）登记经费　经费一项，应由各市县列入预算，作为行政经常费之一种，《户籍法施行细则》对于户籍经费（第19条）且禁止地方政府按户摊派。自中央政府对于各省财政决定由中央统收统支以后，关于户籍经费已列为地方经常行政费之一，将来各省县市必有的款可以作为人事登记之用。

（六）登记工作概况　人事登记是连续不断的工作，

非若户籍调查是隔若干年举行一次的。户籍示范区虽奉令于民国三十一年五月一日起开始举办人事登记，但实际自那时起至年终，定为试办时期；并于是年十月由内政部户政司陈善初帮办莅临示范区视察。为提高工作起见，国防最高委员会所属工作竞赛委员会近促各生产机关及行政机关，举行工作竞赛，内政部令户籍示范区各单位，于民国三十二年一月起，举行工作竞赛，实已默认民国三十一年的户籍尚在试验时期。

人事登记须赖几方面的悉心合作，才能逐渐提高可靠程度，其工作实非短时期内所能见效。呈贡县虽于民国二十八年一月起始试办人事登记，最初三个月的材料，其可靠性最低，以后关于调查、报告、登记及统计，逐渐提高其准确性。该县的死亡登记，较胜于生育登记及婴儿死亡登记。至民国三十年末，全县的登记材料，经几次考核与修改，才确定办法，纠正以往的缺点及促进未来的工作。户籍示范区能于短期内建立登记机构，进行登记工作，诚属幸事。示范区各单位，对于人事登记，近来业已积极准备，努力进行；截至民国三十一年十月止，各市县政府的概况，可以简述如下：

（甲）机构　昆明市于社会局内设课长1人，月薪200元，户籍室主任2人，各支180元，一、二、三等课员各

3人，分支160元、110元及80元，书记3人，各支60元，每镇设户籍干事1人（全市共25人），月支110元，每保设办事员1人（各市共300人），每人月给津贴90元，又户籍室工友2人，每月各支50元。

昆明县政府户籍室主任1人，月支200元（暂支90元），科员3人，每人月支120元，各乡镇各设户籍干事1人共16人，每人月支60元，各乡镇户籍干事，均以小学校长或教员兼充，登记员以保小学教员兼任，共16人，登记员每填表一份，得津贴5角。

昆阳县政府设户籍室主任1人（同科长待遇），月支160元，一、二、三等科员各1人，月共支390元，乡镇户籍干事每处1人共8人（同二等科员待遇），每人月支130元。登记员以小学教员兼充共10人，每填表一份，得津贴国币2角。

晋宁县政府设户籍室主任1人，月支120元，内勤科员1人，月支80元，外勤科员（技术员）2人，每人月支240元，乡镇户籍干事每处1人共4人，每人月支100元，另由乡镇公所每人每月贴米3升（每升8斤）。

（乙）经费　各市县对于经费暂须自筹。因各单位的需要不同，且因经费来源不一，以致数字有很大的差别。昆明市由旅店捐得来，其数较大，其余各县数字较小。民

国三十一至三十二年度的预算,各市县分别如下:

昆明市 681912.00 元,昆明县 81480.00 元,昆阳县 30000.00 元,晋宁县 35428.00 元。

(g)整理与报告　户口材料的整理,有许多地方必须依赖统计方法,究竟哪种统计法,应为目前我国所采用,学者至今迄无一致的意见。余为提倡采用条纸法的最早者,并于《人口问题》一书里(面 99 至 100)简单介绍。在呈贡举行人口普查时,对于条纸法与我国通行的划记法曾作比较的研究,结果如下:条纸法的经费比划记法少 3%,所需的时间比划记法省 8%,错误比划记法少 86.3%。统计法最重要的条件是准确,条纸法的准确性,既如此之高,而于所需的统计时间与经费又与划记法相似,我们以后应当采用条纸法,是最合理的结论。此次云南举办户籍示范其统计法亦决定采用纸条法,并得圆满的结果。

至于经费一层,亦为向来我国谈户政者所深虑。据呈贡的经验,人口普查的各项经费,自设计至报告印成,如以每人计算,并折合战前的情形,为国币 0.03 元。至于人事登记的经费,如以每人论,并折合战前为国币 0.0057 元。云南户籍示范关于人口普查及设籍,其每人经费折合战前为国币 0.02 元。前述云南户籍示范的预算虽仅国币 30 万元,但因工作进行以后,物价不断地高涨,实际用费超出预算3倍有余，或95万余元；就中物价增长最速期为民国三十二年前半年（彼时物价指数比战前高177倍），最缓期为民国三十年后半年（彼时物价指数比战前高24倍）。本报告共九章，内除统计章嘱戴世光君起草外，馀均由余属稿，自民国三十一年十月一日开始至三十二年七月五日完成，七月十九日交云南经济委员会印刷厂代印。民国三十三年二月，全部工作完成，出铅印本曰《云南户籍示范工作报告》，同年六月，复整理其他材料出油印本曰《附刊（附录10B）》。

四、人口政策研究委员会

社会部成立不久，即组织社会行政计划委员会，余为委员之一。该会于民国三十年秋天，又成立人口政策研究委员会。当时余虽在重庆，任内政部户籍训练班实习指导，但未参加。民国三十一年三月一日至三日，此会已在重庆开会，讨论并议决关于下列各问题：（一）人口政策之远大目的，（二）人口政策之基本原则，（三）人口政策之范围内容。该会驻昆委员如下：庞京周（红十字会医师）、李景汉、潘光旦、吴泽霖及余。谷叔常部长来函，以余为召集人。余等四人（庞因公往弥渡）在西仓坡开会3日（三月二十八至三十），并约本系研究院学生戴震东做记录员。讨论项目如下：（一）修正渝会所讨论各项，并加人口政策之事实根据作为第二项。（二）对于人口政策之实施方案，有下列的建议：（甲）关于教育：余等以为我国学校自小学中学至大学，俱应增加关于人口问题的常识及课程。（乙）关于社会立法：余等以为我国的社会立法，应增加或修改关于婚姻及低能与疯狂的法律。（丙）关于增设机关：暂设人口政策委员会以资计划，由社会部主持，但与主计处及内政部取得联络。于不久的将来，设人口署隶属于行政院，掌计划、研究、实施各要政。关于生育及品质，主张设婚姻指导所，关于增进社会健康，主张设保健院。

本会昆明组于七月二十日及二十一日在西仓坡5号开会，出席者有潘仲昂、李景汉、吴泽霖诸兄。议决事项如下：（一）建议社会部定于今年寒假期内举行大会。（二）本组提出下列各实施方案：（甲）人口统计。（乙）扶植边区人口，（丙）提高生活水准，（丁）禁止堕胎，（戊）提倡两性社交。（三）建议关于人口品质、移民各问题，应请重庆组加拟实施方案。（四）建议加聘戴世光、李树青两兄为本组委员。

民国三十二年一月十三日，本会昆明组开会，出席人员有：潘光旦、吴泽霖、李景汉、戴世光、李树青诸兄，近由重庆分给本组实施方案若干起，由各委员拟成后，讨论通过,本组同人在昆明文林食堂聚餐,午饭共费284元,晚餐共费196元。近来物价高涨,饭馆生意不佳。此馆近联大学生宿舍,本为学生经常主顾之所,但现时学生食客甚少。余等此次聚餐,每人只有一菜,此外另添一汤,每人约费40元。然此馆与昆明市内饭馆相比,其价较低约25%。市内饭馆生意亦冷淡,因一般人的经济状况,俱较前为窘。

民国三十二年十一月四日及十二月四日本会昆明组举行第四次会议,以本会历次所讨论的人口政策研究报告初稿为根据,提出修正及补充意见。

此外本会昆明组与重庆组曾举行联席会议两次。第一次于十月二十日至二十三日举行,在社会行政会议闭幕之后,由陈伯修兄与余轮流主席,重要决议案如下:(甲)对于人口政策的纲领重新修正并通过之。(乙)重庆组及昆明组,对于两组分别草拟的实施方案合并讨论,修改后通过。(丙)尚有应行补拟的实施方案若干条,决定函请专家分别草拟。

第二次联席会议,于民国三十三年三月五日至七日,适值余在中训团授课完毕之后,在社会部举行。昆明组由余代表出席。但昆明组的意见,已有书面报告,内中最主要之点,为关于研究报告,主张用论文式,以便作比较详尽的叙述。此点为本届联席会议所采纳。其余尚有关于人口政策的纲领，提出若干修正案并通过之。

本会对于我国人口政策，经历次讨论之后，业已拟具研究报告，内有数点或因牵涉党纲与国策，或因引起误会，颇有争执，今简述于下：（1）有些党政人员误解"总理遗教"，以为孙总理主张我国的人口，应有普遍及无条件的增加。余建议以人口适中论为根据，采用合理的增加，当被本会采纳，而研究报告即用"合理的增加"字样。（2）根据前述的误解，有一部分党政人员，不赞成生育节制，因此本会的纲领草案，向不指出节育，仅于实施方案中，说明生育节制（但民国三十四年五月五日六中全会所通过的纲领中，业已指明节育）。（3）在五中全会时，党中某元老对于性教育（特别是性知识的传授）表示反对。但本会认为此问题有基本的重要性，除文字略加修改外，仍列入纲领草案中。民国三十四年五月五日，已蒙六中全会通过。

五、全国社会行政会议（三十一·十·十一至十八）

民国三十一年九月二十四日社会部谷叔常部长电约潘仲昂、吴泽霖、李景汉及余出席第一次社政会议。二十八年余复电允出席，并力主人口政策研究委员会同时举行，免得再往重庆一次（该会原定今年寒假举行），仲昂与军事委员会薛葆康兄相商，盼望能于最短期内得着飞机票，结果圆满。仲昂与余果于十月五日飞渝。下午二时半起飞，四时半抵重庆，仲昂抱小女（才19个月）送其介弟光迥抚养（因光迥无所出），是日光迥到珊瑚坝来接，见此女爱如活宝。下机后余往社会部见张鸿钧兄，嘱往两路口社会服务处住下。房号为201，面积极小，仅容一床一桌，但设备整洁，除偶尔有臭虫外，别无缺点。餐室早有汤面，每碗3元，足以充腹，与昆明相比，约值8元。中饭与晚饭有标准饭，饭一锅，菜一，汤一，卖价5元，如在昆明价必加倍。余去秋来渝时，价亦5元（十一月一日起为6元）。十月六日，因遵鸿钧兄嘱，草拟宣传文一篇，名曰"社会学与社会行政"，约1200字，于《中央日报》登出，十月十二日下午四时在社会部见谷部长，嘱对于人口政策一事，特别注意，因蒋委员长近自西北归来，述其所闻所见，对于西北人民不讲卫生，及有些区域人口密度太低各点，俱有深切的指示。

余买得云南名产虎爪菌十两，赠老友刘驭万兄，此菌出迤西一平浪黑井山，每年仅产20余斤，做汤或与肉类同煮，清香异常。

十月七日晨程海峰来约往马家堡中央训练团社会工作人员训练班（厂矿检查组）演讲。余择"劳工问题的起源"

为题，讲两小时。该组今年有五人，由社会部专员张天开（前清华学生）负责。去年已毕业一班，计六人，现分发重庆附近的工厂工作，业已调查200余工厂。

十月八日因前三日重庆天气甚热，余着单衣，挥扇。昨夜大雨，今晨雨未停，温度大减。鸿钧约赴冠生园进餐，决定各事如下：（一）嘱仲昂与余修改《人口政策纲领草案》，预备向大会提出（饭后余往新村2号，与仲昂修改完竣）；（二）议决由出席的社会学者对于社会行政联合发表意见书，请鸿钧起草；（三）关于划一社会行政机构案，公请柯象峰、龙冠海两兄负责起草；（四）关于训练社会行政人才案公请李景汉、吴泽霖两兄负责起草。

十月十日小雨，晚在服务处讨论战时的社会政策，参加者八人。内有闽合作处长陈希诚君，说现时奎宁丸价昂，在闽乡间售价为每粒二元五角，一般人民因药价太贵，实难维持健康。

十月十一日上午在军事委员会举行社会行政会议开会典礼，照例有党政大员到会训话（上午九时至十时半），下午开大会（三时至六时）。社会部成立已两年，各省设社会处者已有11省，每省有报告，除书面报告外，负责人（处长或其代表）尚有口头报告。每报告只限十分钟，大部分略述工作概况、困难及希望。余以为口头报告，应补充书面报告，并应注意下列各点：（甲）问题的提出，说明问题的性质并解决办法，以资他省的参考；（乙）避免重复，凡书面已有报告者口头报告可以省略。合乎上述标准者无有，与上述标准相近者仅有甘肃省及重庆市两单位。最无价值的报告是江西省，该省处长作报告时，语无伦次，在十分钟里仅提两事：（1）某科长某日跌伤，延西医诊治无效，卒由草药医师医好。（2）详述熊芷女士在江西的妇女工作。事后打听，该处长系由警察出身，因党的关系升官。

社会处及社会局报告完毕后，尚有各省合作处的报告，每人以十分钟为限。报告亦乏精彩，但因合作事业历史较久，工作较繁，因此内容比较充实。会场有一部人主张将合作事业归并于社会处，余极端反对，因（1）合作在各种社会事业中，有较稳的基础，应任其有充分发表的机会。（2）合作重业务，社会处是行政机构，不能由一个人来担任两种不同的职务。（3）合作事业先于社会处者往往数年，论情论理不应归并于社会处。

大会共分六组如下：（1）普通行政及财务，（2）人民组训，（3）社会福利，（4）合作事业，（5）人力动员，（6）社会政策。余为第三组召集人之一（余二人为林彬及吴文藻），提案最多，计49件。六组共有提案214件，重要案件如下：（甲）人口政策，（乙）劳工政策，（丙）社会保险，（丁）义务劳动，（戊）合作事业，（己）社会救济及服务。此外关于农民政策虽有要案，但因文字欠整理，大会未予通过。余提案三件（每件请潘光旦、李景汉、吴泽霖连署）俱通过，案由如下：（甲）推广劳工教育以培养工人指导干部而利劳工运动，（乙）研究旧有的社会及慈善制度以资确定社会立法的基础，（丙）研究农夫及市镇工人的生活以资确立并实施社会政策。

社政会议共开会8日，计举行大会及审查会共16次，外加特种审查会两次，余俱参加，但因患重伤风，深感不适。每次大会有党政要人演讲，但大致系老生常谈，惟王亮畴（不平等条约与治外法权）及金宝善（食品与营养）的演讲，比较于听者有益。会员中有朱学范君，新自出席国际劳工大会归国，报告出席概况，熊芷女士报告江西省妇女工作，十八日闭会。

十九日晨九时余应前学生、现任重庆市社会局长包华国之约，赴局演讲，题为"社会问题"。是日晚七时至九时，在中国劳动学社讲"工会主义与我国劳工运动"（讲词登十月二十一日《中央日报》）。

二十一日晚赴王文山、季源溥宴。王为余言，鄂应城县出石膏，由矿口掘洞，令工人入内取出，此种工作极苦；

因洞口甚小，身体长大而强健者不能入内，势必用童工或幼年工。一般的工人不愿作石膏工人，但因石膏获利甚厚，所以资本家往往娶姨太太，令其生子充石膏工人。余所见云南个旧锡矿工人，叹为生活最苦，不料应城石膏矿工，亦有不合人道的生活。

二十一日中午谷部长在部招待人口研究会委员及社会学社社员。饭后该社各理事与部长谈话，提出下列各事：（甲）报告本社已于十五日开会，决定于明年二月一日及二日分别在重庆、成都及昆明举行年会；（乙）部长提议，与本社合办月刊（《建设》月刊），但不由部或社出面，每月拟由部津贴国币三万元；（丙）部与社合组机构，协助各省推动社会行政。各理事辞去后，余与部长谈话，提联大社会系与部合作的计划，其总题为"战后社会建设的初步研究"，以余在本次社政会议所提议案之一为出发点，注重下列四种工作：（甲）人口品质，（乙）农民生活，（丙）市政工人生活，（丁）少数民族的社会生活。拟由部委托西南联大社会学系同仁担任工作，由部拨款接济。照余计划，先在滇开始工作，渐次及于川黔。

二十一日晚余前学生38人，在留瑞比法同学会，举行公宴，以示"尊师"之意，以包华国为主席，程海峰为经理。是夜余为老家长，三代同堂，因自民国十二年至二十九年在班听课者每年有学生人数最多的班，每年有学生自50人至100余人。是晚赴宴而最年幼者已是学生的学生。龙冠海自成都来，出席社政会议，李树青自昆明来，出席人口研究会，俱因曾为余学生，亦作主人，每人出费80元。陈之迈（行政院参事）后吴景超仅一年，但系余前学生，亦作主人。景超则为陪客之一（其余陪客有钱端升、潘仲昂，李景汉、傅尚霖、吴泽霖诸兄）。席未散，街上有二红球挂出，说有标帜不明的飞机入川境，仲昂与余同坐华国汽车入防空洞。洞内有桌椅、电灯、地下铺木板。后知我国轰炸机于任务完毕飞回，并非敌机入川。二十二日《新民报》"社会写真"栏登学生宴余一段新闻，友人认为亦是"尊师"的一种表示。

（三十一·十一·十六）

二十二日晚，同级（清华丙辰级）友聚餐，梁邕庭作东，地点在中央银行，到者有陈俊（湘涛）、向哲濬（明思）、张可治、周明衡诸兄。湘涛述已往三年，服务于西南运输公司，驻缅甸。腊戍失陷前被派往密支那公干，迨返腊戍时，中国各机关已撤退，主管长官亦退居乡下。湘涛次日离市，匆忙中失去行李。街行遇友人，适无人开汽车（指挥车），湘涛自告奋勇开车，日驶15小时。甫入保山，停车避入房屋，敌机炸市区，此房一日被炸共两次。

同事一人受伤并吐血，旋医好。两次被炸后，在房外探视，屋旁有尸12具，湘涛续开汽车至昆明。明思服务于上海地方法院，自敌占租界后，法院难以行使职务，敌伪屡次威胁，一日派武装警察至寓所寻找，幸明思事先预防，每夜易寝室而卧。是日以客厅为卧房，得免拘捕，此后即设法入内地，于今年三月间抵重庆，眷属尚在苏州。明衡于清华举业后与余初次见面，相隔约16年，因专习化学，对于生育节制特感兴趣，其夫人前充上海节育协会秘书，曾数次与余通信。可治任教于中央大学机械系，同时在重庆某建筑公司任职。余等此次畅叙，大都是儿女满堂的人；邕庭有儿女七人，明思与余各有三人，明衡一人（眷在檀香山）。邕庭长余1岁，湘涛今年48岁。

二十三日至二十五日游北碚，二十三日晨仲昂、景汉与余在两路口坐公共汽车，七时出发，十时到达。车中有人携小猴一，此猴喜游戏，常爬上仲昂及余的腿部，无何，余觉裤上发出热气，如有人倒茶然，视之猴小便也。仲昂嗅觉敏锐，即以闻臭味而抱怨。余举大衣，见已洒猴粪，余右裤仲昂左裤同然。到北碚站，言心哲兄导余等至其宅，宅为洋式房，甚宽敞，筑时仅费一万余元（同样的屋，现时房租每间每月100元），有大房七间，小房三间。言夫人近自上海来，儿二，留申。午饭后过江至复旦大学演讲。

仲昂讲"移民与人才",余讲"我国社会立法的经验与教训"。返言宅晚餐,后复旦社会学系同学约50人,即在言宅楼下开欢迎会,简贯三、言心哲夫妇、仲昂与余各有简短演辞。余述民国十八年赴夏威夷大学讲学路经日本及高丽,在两国的闻见及关于劳工情形的调查。是夜月色皎洁,为北碚所罕见。

二十四日晨心哲伴仲昂与余游北碚公园,园小而清洁,位于土山上,内有动物植物若干种,有活虎及活豹,在国内公园中非常见之物。此外有自流井模型,他处亦未见之。

仲昂与余雇木船,往温泉行。船经嘉陵江大石中,近猪石滩,流甚急,黄君与余上岸,仲昂留舟中。江两岸多树木,人烟亦密,舟行数里,到金刚碑,有北川科学社,即清华藏书之所,因七七事变前图书馆内善本书籍及杂志,运出一部分,初存汉口法租界,旋运北碚。去年某次敌机炸北碚,藏书被焚。内有余所搜集剪报材料二万余册,自民国十二年以来所积聚者,俱成灰烬。舟抵温泉,复旦讲师陈定闳君到岸迎接。仲昂与余即至温泉洗澡,水清冽,微温,富石灰质。心哲与景汉亦至(景汉昨夜在歇马场),同至西餐馆用午餐,毕游公园,过数帆楼。心哲述下列故事:"此楼某室内前有假壁炉,住客某俄人误以为真,点火烧之,焚其楼,旋赔款了事。"经爱莲池,相传为周敦颐养莲处。池旁为铁瓦寺，侧有石刻，吴芳吉题"黛湖"两字。吴与余同为清华诗社社友，曾从国文教师饶麓樵孝廉学古文与诗。上石级为缙云寺，寺内有词典馆，由杨家洛夫妇生持。杨夫人系1939级清华毕业生。图书馆内有古铜盆一，说是汉代器皿，全国仅四具，此物由山东得来。此盆有铜耳二，盆底有花纹，甚细致，有鱼四，口喷水，盆圆径约一尺半，高约八寸。公园陈经理将盆盛水至满，以两手抚两铜耳。两分钟后闻嗡嗡之声。沿盆边即见水动，水面有珠，继而水珠往上喷出，喷至高约一尺为止。余以手来回磨两铜耳，无声，水亦不动。陈又抚两耳，余置手于盆边，觉全盆震动，如电气按摩然。出缙云寺，过乳花洞，见石钟石乳及黄桷树，此树大如榕，根叶俱茂。到卖砚处，用三峡石作成，此地名三峡，省政府设三峡实验区，统计局曾试办人口普查一次。仲昂与余各买一砚作纪念，余砚面有鱼。此地各泉，水俱温，泉中有鱼，俗称"热水鱼"。下午四时坐木船，半小时即抵北碚，所需时间仅等于上水时的一半。吴南轩校长宴余等于滋美楼，遇老兄张志让兄。张与余在清华同时，现任复旦法学院长，未婚，自清华别后此为第一次见面。席间余听对面席上有人说话，其声颇似马寅初先生，余架眼镜视之，果然。

二十五日晨，仲昂与余到汽船码头，买票，顺嘉陵江下流到重庆。八时开船,十时到。仲昂此行共成诗四首。

二十六日下午四时往财政部统计处讲"战时劳工问题",完毕后在杨润玉宅晚餐,新生一子约二月。润玉以13000元,盖房二间,外有小园,可以种菜,用细竹围之。由部供给藤轿,每日备用,据云藤轿夫的工资,每月由部支付2000元。

二十七日晨九时至十一时在社会工作训练班讲"童工与女工",下午三时往访谷叔常部长,张鸿钧兄亦在座,部长重述允拨款补助,作为与联大社会系的合作经费。

晚往中国银行,访老友戴志骞兄。戴发尽白,精神甚健。戴云,现在有许多事多要官办。开门七件事,不止一半已由官办,例如米、油、盐,均已有官,其余不久亦将由官办。但官办的经验俱不佳,譬如棉花自经官办以后,陕民不种棉花;又如桐油自经官办以后,川人砍伐桐树等。

二十九日正午赴潘仲昂寓所午餐。张道藩先生述中央摄影院规模虽小,尚能时常出片,为美国人所惊讶。

晚王绍成兄来访,自1936年在清华见面后,此为第一次。略云敌人在晋省,目下已占70县,阎仅控制17县,晋北与陕北共产党控制29县。两年前阎招新军10万人,一时叛变;当时如无中央援助,恐难免于崩溃。在有些县份,现时有四个县长,其委任机关如下:(甲)由中央委任者，（乙）由阎委者，（丙）由共产党委者，（丁）由敌伪委者。最不良影响之一，为人民的负担，粮食收割后往往须向几个上司纳粮；结果人民自己只能留下些杂粮充食品。日本驻兵不多，仅在大市镇有之，如太原约300人，其余每大市约驻20人，太原县全县不出500人。但因敌人尽力发展交通，因此调兵极易并极速。

三十日企孙约午餐。蒋廷黻兄云："目前中央及地方政府，俱想往好的一方面做去，这是普遍的欲望。又中央实施统收统支后，无形中增加税吏约三万人，难保人人廉洁，但中央直属税收机关，至现时止，尚无一件贪赃事，可称难得。"陈之迈告余云："（1）在政界服务，不论位置如何，总有上司，上司总是对的，僚属只有服从。（2）在政界服务，时间不是自己有的，连星期日都是如此。前述二点，与教育界的服务，最能显示其差别。"

云照坤兄约在留法比瑞同学会晚餐。此地可饮咖啡，不受警察干涉，每杯国币15元。

十一月一日余杭小学校同学沈成（羹甫）来访。自民国十二年时，余由美返国，在余杭见面后，此为第一次，相隔约19年。羹甫告我表弟胡上炎在重庆，但未见面。

十一月二日余过江，至第21兵工厂访表弟邵慕雍，邵现任重枪厂主任，抗战前在闽，后在金陵兵工厂，抗战后迁渝。慕雍系子勋表叔长儿，自余赴美游学即未曾见面，约有27年。慕雍已婚，有儿女五人，宅所离厂一里余，未及往访。慕雍述胡上炎系已故姑夫鲁澄伯之子，鲁有子二，曰经容，曰开寿，姑母所出，俱殁。上炎系庶出，承继于兰生姑母者。据云上炎甚聪颖，中英文俱自修，成绩颇佳，现任四川泸县交通银行经理。慕雍云：其母一眼患痧眼，精神健旺。德孚表叔尚在，住余杭故居。

前清华学生张天开君，现任社会部社会行政计划委员会专员，负责主办工厂检查员训练班，三个月毕业。大学毕业生可以投考，去年曾毕业六人，分发为检查员，至现在止，于重庆及附近已查工厂200余，并继续服务。本班有五人正在受训中。天开为余言，去年为招生事，曾拟登广告十日，于广告登出之第二日，社会部接到蒋委员长手令一通，大意如下："工厂检查，谅以检查异党为目的，如何可以公开登报？着即将广告撤销。"自第三日起，停止登报。事后探听，知此手令系由卫戍司令部主稿。

十一月三日晨六时半至珊瑚坝候机，因昆明有厚云，云低处离地仅约300呎。十时三刻时云渐稀即起飞，下午二时到昆明，约3小时又15分。

六、中央训练团党政高级班

民国三十三年一月,余蒙中央训练团团长蒋电召,约担任党政高级班教官,授社会调查一课。余事先整理在清华历年所搜集关于社会调查的资料,同时增加新材料,并将余自任教以来的各种实地经验,编成讲义。得四章如下:(一)测量与综合。(二)完全归纳法。(三)选样法。(四)个案法。

二月二十四日余至昆明中航公司定购飞机票,售票员嘱于二十一日晨前往购票。余并与商量携带云南户籍示范报告30本,作为教材的一部,共重12公斤,每公斤出费102元(内七公斤作为余行李,余以过重加运费)。是晚因故不飞,余在商务酒店小餐厅加床借宿,计190元。二十二日晨三时半至中航公司,五时五分起飞,七时二十五分抵渝。中训团派汽车至机场来接,至中训团内教官招待所留园休息。留园有房七,外加饭厅及天井,陈饰幽雅。留园主人为照相馆主,有资财,现出卖于中训团,作为团长蒋的休息之所。各房内俱铺地毯,为余抗战以来首次经验。本市教官往往在此用膳,远处教官在此食宿。陈岱孙兄先余来此任教,尚留于此。侍者有副官一,勤务三;此外有护兵八人。留园近旁花木甚多,此时桃花盛开,红者居多,间亦有绿者。各事安排就绪,拜访教育长王东原及主任秘书刘公武两先生,刘云余须演讲六小时,讨论两小时,一星期内可毕事(二月二十九日至三月四日)。学员149人大多数由党政班毕业生挑选出来,少数由蒋团长圈定(如昆明交通银行经理徐象枢及邮政总局联邮处长谷春帆、华阳县长彭善承等)。学员平均年龄为39.8岁,已婚者144人,除一人非党员,二人党籍不明外,余为国民党员。大学及独立学院毕业者62人占41.6%,专科学校毕业者11人占7.3%,国外专科以上学校毕业者66人占44.2%,军校毕业者10人占6.7%。以职务论,凡10人及以上者如下:行政人员最多,占25人(外加社会行政2人),次为党务占22人,又次为财政金融占16人,又次为政工占13人,又次为训练占12人,又次为教育占11人。彼等大致为简任以上官员,在党政界或在学校工作有年。由留园至讲堂(四维堂)步行六分钟可到,亦可坐轿。教官上讲堂时,学员起立,教官退时亦然。演讲时注重实际问题,减少一般的讨论,并注重"把握时间",上课与下课俱须准时进退。余所授社会调查,主要内容另编讲义,计(1)完全归纳法,讲解人口普查占两小时半,(2)选样法一小时半,(3)个案法一小时半,余半小时解释社会现象的性质(即余讲义中关于"测量与综合"部分)。此外有两小时的讨论。在讨论时，学员提出四川成都平原园相谈，据云内政部嘱的人口普查，去年冬至开始，至年底竣事，调查员以小学教员为主。随后余并约彭善承君至留园相谈，据云内政部令即接办户籍及人事登记，并谓须办九项。余谓此点尚未见诸法令，因《户籍法施行细则》仅规定先办四项。

中央调查统计局拟举办民意调查，余谓按性质此种工作应注重描写，不应采用统计法，因由统计甚难得着态度的测验与准确的分析。

三月七日蒋主席手谕到团，约余晚餐。七时三十分教育长王东原先生陪余至中四路德安里103号蒋公馆，尚有侍从室职员十余人。八时聚餐，四菜一汤，菜为两荤两素。各人座位前有一茶碗盛汤，另有一碟置菜。餐毕，方显廷兄报告战后世界经济建设，方君近自美国归来，已在该国经济作战部工作两年半。主席问余在清华所任功课及年数，并述及云南户籍示范工作。余面谢其拨款协助，陈布雷先生并谓周惺甫部长近已送到云南户籍报告一本。蒋主席精神健旺，声音宏亮。余谓此乃长寿的象征。

中训团逢星期六晚有游艺会，作为学科之一，高级班与党政班学员俱须参加。二月二十六日夜由国音乐院分院奏乐器及唱歌。院长戴君系余前学生黄自的弟子，有提琴独奏，技术绝佳。

三月一日陪都体育场举行命名典礼，岱孙与余即在留园门口坐看。游艺中有飞机竞赛，如放风筝然。郝更生兄报告时，岱孙与余虽未见其人，立察其口音。下午在大礼堂举行中训团留渝同学春季联欢大会，蒋团长演说云："本团已有五年的历史，毕业同学已有二万二千余人"，足见其对于党及政的势力。游艺有平剧，完全旧戏如（一）《镇檀州》，（二）《三娘教子》，（三）《御碑亭》等。三月四日（星期六）晚游艺会亦为平剧，有（1）《失街亭》，（2）《棒打薄情郎》等。

资源委员会于上清寺举办工矿产品展览会，在求精中学内分别陈列。分工业标准馆、铁属、非铁金属、电工器材等馆。搜罗极富，最有教育的意义。余某日于上课完毕后，抽闲参观，甚觉满意。

某夜，清华同学熊祖同兄等小团体聚会，吴文藻兄约余参加。席间王之电告，王自云前曾在余班中上课，因系军装，余骤然不识。王为MacArthur将军联络员，谓日军在菲律宾登陆时，进行路线系按原定计划，按部就班办理，并在山林中掘起以前埋藏的大炮，足见其处心积虑已久。日军杀华人20名，内7人为领事馆职员，领事杨光泩殉难，屠杀外交代表，各国间尚无先例。并谓MacArthur奉令组织菲军已六年，但至敌兵登陆尚未著成绩，惟后自Bataan退出时，军士甚少死伤者，是其伟大的成就。

周惺甫部长某日招宴时，席间有何敬之部长，何云：Truk有提长20哩宽30哩，美军恐难于短时期内击败日军。

重庆坐公共汽车时，须单行排队，减去争前恐后的烦扰。普通票价12元，特别快车25元。

重庆的物价虽亦增长，但较昆明为廉，举例如下：鸡每斤60元，猪肉每斤50元，鸡蛋每个8元，鱼每斤150元，客饭50元，双喜香烟20支装每包45元，华福香烟75元，滑杠由两路口上山至中训团30元。

三月九日晨七点十五分起飞，十时到昆，十二时三十分坐火车，于下午二时三十分到呈贡。一日之间由重庆到家，此为首次。

余自抗战以来，共往渝四次，伤风者三次。本次虽着中装，格外小心，仍感冒而归，但不剧。

七、社会部社会政策会议（三十四·四·七）

民国三十四年三月十九日下午二时二十五分，余由昆明巫家坝起飞，四时三十分到重庆，同行者有潘光旦、吴泽霖及戴世光三兄，被约者尚有李树青兄，因李已在重庆。余等五人俱为昆明组人口政策研究会委员，此次赴会，因谷部长电约。余与吴戴寄宿于两路口社会服务处宿舍，食宿由部供给，房间每夜200元，早餐用面，每碗50元（重庆市价须200元），标准餐每次150元（重庆市价倍之）。自余去年二月至重庆时与此次相比，市价高涨甚多，实为高涨最多的一次。公共汽车票价60元，猪肉每斤280元，一星期内又涨至380元，鸡蛋每个25元。三月二十日晨访程海峰不遇。傍午访吴麟伯，见其夫人。余在一小饭馆午餐，用炒羊肝、蛋花汤，付250元，如在昆明，其价必倍之。归时访高逸鸿，见姚匊珊夫人。匊珊夫妇去年于敌人在豫中蠢动时逃出洛阳。自卢氏至华阴，经十余日，俱步行。地多山及河流。每月翻数山及数河，衣服鞋袜常湿不干。中间有两日不食。一处见某军官煮包谷面，与之情商得少许，借火炉煮熟，无盐，淡食之。近华阴处，逃亡者正涉水渡河，难民中某军官有二勤务兵扶太太涉河，遇敌机，二兵逃走，太太顺水流溺死。

三月二十一日晨访周寄梅先生，周年64，发白，牙脱，但精神尚健，Prof. C. F. Remer与周同住，索余"Studies in Chinese Population"稿，留存彼处。归服务处，谷部长已有电话来，促到部参加劳工政策委员会，余于下午往部参加。余非该委员会委员，但因余已抵重庆，被邀出席，余作简短演说，述国际劳工立法对于提高工人地位的关系,及余个人对于中国工厂法施行的建议。

三月二十二日晨出席劳工政策委员会,余反对工厂会议,赞成加入奖励工人的发明。本会主席史维焕（奎光）先生,昨日上午会毕归家时,倒于门前,家人扶之入内,患脑充血,于昨日下午五时毕命。今日下午二时本会出席人员往吊。夫人哭云："昨晨你我分别时,你说要去开会,今日他们都来了,你有什么话再对他们讲么？"史有儿女七人,最幼者七岁。社会部发抚恤费20万元,劳动局发10万元,立法院决议,呈请褒奖。

三月二十三日人口政策研究会由陈伯修主席。该委员会已有研究报告草案,此次拟修正此草案。谷部长云,该草案曾提四中全会,戴元老对于性教育提出异议,未曾通过。出席者发表意见,大多数赞成节制人口,惟贺衷寒氏认为苏联于西比利亚鼓励人口的增加,以资发展农业及工业,可为我国效法,并谓如遇第二次战争,我国尤有增加人口的需要。据其估计在此次战争中,我国的死伤人数约为五千万人。有些委员对于优良分子不生育及对于堕胎表示遗憾。某君云新疆的面积约14倍于浙江,但仅有380万人,似有增加人口的可能。法人（Sion）曾发表言论,以为中国的人口尚可增加,因爪哇自接受欧化以来,业已有大量人口的增加。有人指出 Landis 在 *Current*

History, Jan., 1945发表论文，题曰"Can We Encourage Population Growth？"认为此次战事结束后，大概须鼓励人口的增加；但对于中国应以提倡教育及人民的福利为最切要的办法。

三月二十四日人口委员会继续开会，由余主席。今日讨论实施方案，研究结果，主张将性教育保留如原案，生育节制不入纲领，但入实施方案。会中对于儿童公育问题颇有争论，余付表决，反对者占多数。目下我国人口普查，据统计法由主计处统计局负责，人事登记由内政部负责。余自民国三十年修正《户籍法施行细则》以来，即主张将上述二事由同一机关主办，在《云南户籍示范报告》（建议章）里，业已如此主张，在本委员会去年草拟报告草案时亦如此主张。此次重申前议，陈伯修兄云立法院前修改《户口普查条例》时，已规定凡举行全国人口普查时以行政院院长为普查长，主计长及内政部部长为副普查长，已与余意见接近。此次讨论时强调"统一户政机构"的规定。

谷部长于席间报告此次赴黔办赈时，敌军在南丹及独石等处，作有计划的焚烧，以减少我国的物资。南丹被敌劫后，县政府仅余茶杯两只；县城原有房屋2000余所，劫后尚存20所。黔桂边界某县劫后，县城内仅能找出面盆一具。自桂逃入黔省的难民，总数约10万人，死去者约2万人，包括死于敌人惨刑者、病死者及饿死者。难民在贵阳各救济机关登记者已有8万人左右。

谷部长云：冯焕章先生由苏联学来三事：（1）苏联的标语往往冠以"列宁说"，冯的标语往往冠以"冯总司令说"；（2）大刀队；（3）苏联在莫斯科有民族博物馆，陈列各民族的模型及文物等，冯在开封举办五族共和博物馆；但工农民众不甚了解，呼之为"洋城隍庙"。

二十四日晚清华同学会举行茶会，欢迎社会系赴会的教授。出席者有梅校长等。成都同学此次赴会者有龙冠海，又言心哲曾于1925年得清华半官费，余前未知。主席赵文璧促吴至信报告在渝社会系同学现况，余被约报告国情普查研究所工作。

三月二十五日社会安全委员会第一次开会，盖此为新成立的委员会。谷部长云，社会安全计划拟于五月五日提出六全大会及十一月十二日国民大会。如蒙通过即为国家社会政策的一部。训政行将结束，宪政即将开始，对于战后的社会安全，必须筹措。安全制度的要点，必须包括（1）人民必须得到保障如职业及最低的收入等；（2）实施政策的条件，必须包括（a）财力的准备，（b）制度的采纳，（c）人才的培养，（d）技术的养成（调查、统计……）；（3）政策必须有弹性，本次仅以战后十年为目标，作为初步的设施。

谢征孚司长述美国的社会安全计划云：1932年计划成立，自1937年起逐渐施行。（1）社会保险：包括就业、失业保险及养老与遗族保险三部门；（2）对于贫民的救助：包括老人、无依者、盲人、孤儿等；（3）卫生设备与福利：包括儿童福利残废服务、妇婴保健、公共卫生等。1939年修正。

罗总统四大新政，社会安全居其一，提出四项基本自由，希图解除贫穷的压迫，依赖国际合作以实现之。下列九端认为基本的自由，即（a）工作的权利，（b）可以维持生活的入款，（c）衣食住的保障，（d）对于老及病的安全，（e）强迫服役的废除，（f）言论自由，（g）法律平等，（h）教育，（i）休息及娱乐。美国现有职业介绍所4500所。《大西洋宪章》八条之五，即关于社会安全，由世界经济合作，使劳动条件可以达到改良；使安全可以达到目的。国际安全理事会分章讨论时，亦注意经济安全及社会安全。《费城宪章》（1944）亦主张扩充社会安全的设施，给每人有得着安全生活的机会。安全会开会时，兵役部次长认为抗战士兵在战后必须使其得到生活安全，主张把士兵作为一个专门的方案。他说：洪杨之乱平后，曾文正大规模的遣散官兵，有人问曰："他们的家属，是否将蒙受绝大的痛苦？"曾答曰："一家哭，何如一路哭！"此种政策当时认为不妥，今日不宜再用；且去年有兵650万人，今年有裁去210万之说。战时如此，战后应如何？士兵的安全计划，应包括（a）职业介绍；（b）配合第二次动员计划；（c）军队学校化，授以教育；并（d）军队职业化，授以职业。

大会分三组：（1）职业介绍，（2）社会保险，（3）社会救助，余入第二组。三月二十六日社会保险组通过原则草案七条。余赞成社会保险应以伤害保险开始，取其易办，并亦系保障安全的要图之一。谢征孚司长云："三年前此问题初次讨论时，陈先生即如此主张，余为反对最力者之一；近自美国归来，并细察国内社会状况，无条件投降陈先生。"余曰："谢君的坦白，余极钦佩，但国民政府对于社会政策的实施，前已采纳余的主张两次，即《工厂法》及《户籍法》，但至今尚无显著的实效，其弊在不切实的施行。谢君为社会保险的主管人，苟今后切实施行，大众必蒙受利益，否则所说的投降，恐仍不免是口头的。"

罗北辰有提案云：请求大学增设关于社会保险课程，经小组通过。

余对于参加本会一部分会员的印象是：许多人不保持其原有的兴趣，并继续努力，例如某君在美国留学时习劳工问题，归国后改在银行服务。某君习保险，近在信托局任事。某君习社会学，近在某机关办理经济行政。这些人并非专为生活所迫，以致改行，实因意志不坚所致。

三月二十七日大会。社会保险组报告时，有人主张加入失业保险，余说明不加入失业保险的理由后，经大会表决维持原案，该组草案七条经大会讨论自九时三十分辩论开始至十一时三十分才通过，因发言者太多，又多不按议会手续，白费时间。职业介绍组又经大会改为就业组，余甚赞成。关于社会保险的机构，小组指明社会部，大会主张不指明，余赞成维持原案以免纷争，经大会议决通过。

吴潘出席人口及安全会，计五日，戴李出席人口会共两日，余出席劳工人口及安全会共七日。

三月二十八日马超俊氏发起中国劳工福利协会，约余为发起人之一，余允之。在广东酒家开谈话会，说明本会的立场，系无党无派，借社会的力量来替劳工谋福利。余作简短演说，叙述我国劳工运动略史，甚赞成无党无派的超然组织。次王云五氏说明商务于1932年至1937年期间，实由雇主工人与社会合作，那时期出书最多，书价最廉，劳工的福利最佳（比以前最佳的时期加一倍）。又云工作效率实为增加劳工福利的最要条件。刘鸿生氏云福利不是工厂的负担乃是资产，举一实例，某厂把一个厨房弄清洁后（如加铁纱门，加自来水管等），苍蝇绝迹，菜蔬洗濯干净，劳工的疾病减少，工厂的生产量增加。又抗战以来，渝市的厂主渐注意劳工的卫生，因在抗战初期各厂的劳工俱患疟疾，致厂方受损失，近对于疟疾的预防时常关心，足见劳工的福利，被厂方认为资产不认为负担。薛明剑云无锡某厂战前有工人六千人，战后被迫闭厂，内有二千人为劳工自治会会员，他们平时讲求自助，并习得各种手艺，最初厂方出资举办福利，后由工人捐出星期日所得的工资办福利，抗战后他们尚能依赖以前所习技术及手艺维持生活。至于在渝工厂大致每日工作11小时，但工资照一日半付给之（八小时为一工，工资400元，厂方实付600元）。所谓福利实包括衣食住行教卫六个项目。

劳动局约余演讲，题为"社会调查与劳工行政"（大纲另录）。

三月二十九日晨往访顾季高兄，见其对于人口问题，发生极深的兴趣，认为人口问题为经济建设的基础。美国Bretton Woods的会议，俱由专家参加，常人非但不能参加讨论，连旁听都无资格。关于华侨汇款一层，有些专家拟归入固定资金，因此要受管制，英国某教授反对之，中国代表亦谓此乃血汗的积聚，应列入流动资金，不受管制，大会采用此说。

Prof. C. F. Remer 为美国国务院远东财政顾问，此次与余谈话，提出下列各点：（1）战后中国将用何种方式利用外资？（2）战后的人口变动，如何影响工业、商业及农业？对于第二问题，自参考余的英文近著后，似乎得到人口变动不大的结论。

三月三十日晨至社会部与谢征孚谈伤害保险的实施问题，暂得结论如下：（1）采单行法规，（2）范围暂定为伤害、老废及死亡。谈毕，谢与余同见谷部长报告内容，蒙其采纳。

刘百闵氏代表文化服务社在留俄同学会商讨出版事宜，余允选择毕业生论文有关社会问题者委托发表。

中国儿童福利协会举行座谈会，潘仲昂主席，题为"遗传与环境对于儿童教育的影响"。余谓遗传系重要因素之一，但对于此点，人力很少有左右之功，但教育实有选拔真才之力。我国因教育不普及，有许多才智，目下尚湮没无闻，今后的努力应注重教育的普及。现在学校里虽有才智的儿童，但数量有限，举实例以明之。余在清华时，同级共33人，遇级际网球赛时余亦被选，但在全校网球队，选择队员时余即名落孙山。余之加入级网球队，可称为冒牌的才智。今日所谓才智，实因受教育的人数太少，在此少数人中所选出比较有才能者大致非奇才异能。将来教育普及之后，受教育者必大增（例如农工阶级），到那时候，冒牌的才智，亦应该名落孙山。

中央文化运动会约余演讲，题为"战时国内移民运动"，大纲另录。

三月三十一日黄任之先生约赴中华职业学校教育社宪政座谈会，余因事须先离席，爰先发言，略谓推行宪政于乡间，必注重县的组织，内中包含下列各问题：（1）面积与人口，（2）县长的人选，（3）绅士。就中余认为县长实系特别重要，有才能者固可推行各种行政包括宪政；庸碌的县长，往往一事无成。至于绅士，余认为系乡村势力的最要来源，公正廉洁者不及十之一，贪污无能者居十之九，这是实行宪政的主要障碍。

有一次社会部举行学术会议时，余讲社会公平的理论与实施，大纲另录。讲毕，部派人力车送余返寓，有一外人自余旁步行过去，视其背似相识者，下车追之，果为 J. B. Tayler，年66，秃顶，须发半白，但精神甚健，未见面者已十年。他说已在余寓留条，但余尚未返寓，约余晚到寓相谈，至时潘济时同来，亦抗战期间初次见面者。戴云缅北丽都有中国士兵二千余人，不久即将回国，对于生活、教育、救济等费尚无的款。余谓蒋廷黻（善后救济总署）、章元善（华洋义赈会）或周寄梅（国民政府顾问）诸先生俱可商谈。

四月一日晨八时与孙时哲、柯象峰、吴泽霖同乘公共汽车至沙坪坝（离渝10公里，票价126元）出席中央大学社会系社会服务实验区的成立会。至时哲宅休息，不久谢征孚亦至。饭后访老友傅尚霖及孙光远，光远与余同县，抗战后第一次见面，光远在中大校舍旁以800元盖一住所，现值20万元。得二子，虽其夫人患眼疾，亦不雇女工，家中买好鸭蛋500，每个35元，腌之，作为食品之一，屋中另存柴煤，准备燃料涨价时，略可节省用费。余笑谓曰："此可名曰自己与自己做生意，吾家亦如此耳。"开会时，象峰云，社会工作要艺术化，使对方不知不觉接受意见，因此减少抵抗或反对。举一实例：某乡人患肺病，认为有鬼作祟，某社会工作者应声曰："这是鬼的工作，最好拿病人的痰来。"此人把痰取来，社会工作者置痰于玻璃片上，放在显微镜下照之，告乡人曰："鬼已就范，见于玻片上，可取药归。"患病者依法治疗，不久病愈。此可表示社会工作者借艺术的精神，而达到服务的目标。吴景超云，国内有些社会学作品，无重心亦无系统的分析；读后不知作者用意所在。但有些作品成绩较佳，读后可以得着清晰的印象或结论，这些结论在别处有时亦可用，因此可以推广社会学的知识。关于第二种作品举张之毅的《易村手工业》为例。余讲观察与测量，大纲另录。

行政院县政计划委员会专员王先强氏,前曾起草新县制,某日与余谈推行户政,主张依赖小学教员为调查员,此点与余的经验符合。

四月二日晨九时,余在两路口四联总处讲战时国内移民运动,与前文化会的演讲内容大致相同,因赵晚屏认为这是适当的题目。讲毕,赴资源委员会讲"从人口的观点,研究云南的工业化",讲毕钱乙藜兄约余便餐,各菜简而洁,夫人适自歌乐山来,据云共生四小孩,殇其三,现存男孩一,十岁,颇健。乙藜兄云,月薪仅一万余元,入不敷出。余有同感焉。派车送余至社会部,余在会客室假寐半小时,与吴乃立兄同赴中国社会行政学会。余讲"我国人口研究与社会行政",大纲另录。主席为史尚宽先生,系初次见面者。

四月三日晨,顾季高兄约余同赴化龙桥中国农民银行讲"战时西南人口的研究",因季高对于生育节制深感兴趣,嘱余加述我国节育的工作。季高近来对于人口问题深感兴趣,并正预备"东方民族人口危机"的讲稿。余在农行见梁庆春兄及乔启明兄畅谈甚欢。本晚赴中华职业教育社讲"人事管理",听者为该校工商管理班学生。

四月四日儿童节,有儿童福利展览会的举行,地点在两路口社会服务处交谊室。余正在会场作笔记(分善生、善养、善卫、善教四部），适黄公度次长至，约余赴难童抗属儿童慰问会。谷部长及儿童协会陈兰生先生正先后演讲，讲后，余亦被约演讲。主席者为一小朋友，约13岁。他向大家问曰："目下有多少和我们一样的小朋友们，流离失所？"我说："我们和你们深表同情，同你们一样的人们，目前将及1500万人，他们和他们的尊长是同抱负、共患难的斗士，我们对于他们表示同样的恭敬及同情心呢！"晚赴中国劳动协会讲"我国劳工教育与劳工运动"，大纲另录。

四月五日晨四时半，世光与余至珊瑚坝机场，六时一刻起飞，九时到昆明，乘公共汽车返呈贡，一时二十分到家，汽车票价已增至500元。